Heute

Wie jedes Mal, wenn wir uns mit der Familie und den Freunden von Kai-Uwe trafen, lag ich auf der Lauer. Trotz all den Jahren traute ich dem Braten noch immer nicht.

Es war mir unerklärlich, wie diese Truppe es schaffte, so gekonnt vorzutäuschen, dass sie sich alle untereinander mochten. Kai-Uwe vergötterte seine Geschwister, von seinem kleinen Neffen Paul ganz zu schweigen.

Und mit genau dem kleinen Scheißer auf dem Arm kam Kais Bruder Don gerade auf mich zu und drückte ihn mir in die Hände.

Okay, gut. Ich mochte Paul auch. Streng genommen mochte ich die ganze Familie, mir war halt nur suspekt, dass sie sich gegenseitig leiden konnten.

Meine Schwester und ich waren wie Öl und Feuer – die alles vernichtende Todesspirale war unvermeidlich, sobald wir aufeinandertrafen. Da wir dies aber tunlichst vermieden, war die Weltordnung gesichert.

»Haben wir wirklich die ganze Bowlingbahn für uns?«, wollte Elena wissen und drehte sich um die eigene Achse. Ihr Mann Stephan wich ihr dabei elegant aus, denn Elenas dicker Schwangerschaftsbauch beanspruchte schon fast eine eigene Bahn für sich. Sie erwartete in zwei Monaten Zwillinge – immerhin lief die Veranlagung dafür durch die Familie und da es nicht aussah, als würde ihre eigene Schwester Helen sobald in die Kinderproduktion gehen, hatte Elena sich scheinbar gedacht, besser gleich zwei Babys zu bekommen.

»Zu meiner Verteidigung, hier gibt es nur vier Bahnen und eine davon ist außer Betrieb, da war es doch wohl irgendwie logisch, gleich alle drei zu mieten. Dann haben wir wenigstens unsere Ruhe«, warf Frederik ein. Helens Mann balancierte schon das erste Tablett mit Getränken an unseren Tisch.

Elena nickte, die Arme in die Hüften gestützt, schien dabei jedoch immer noch nicht zufrieden zu sein. »Und warum sind wir nicht am Valentinstag gegangen? Ich dachte, das wäre der Plan gewesen.«

Daniel nahm Frederik das Tablett ab, der daraufhin mit dem Finger auf Elena zeigte. »Wenn du solche Pläne hast, solltest du sie direkt mit mir besprechen und nicht mit deiner wortkargen Schwester. Auf diese Weise erfahre ich nämlich auch davon und komme deinem Wunsch nach. Du weißt genau, dass sie nicht zuhört, wenn sie lediglich ›Aha‹ antwortet.«

Elena seufzte und wandte sich an ihre Schwester. Der vorwurfsvolle Blick prallte an Helen ab. Sie runzelte nur die Stirn und fragte: »Was ist?«

Frederik lachte nur, legte einen Arm um seine Frau und küsste sie auf die Schläfe. »Nichts, nichts. Wir haben nur über dich geredet.«

»Ach so.« Helen machte eine wegwerfende Bewegung und ließ sich auf eine der Bänke fallen.

Sofort tauchte Elenas Mann Stephan hinter seiner Frau auf und erkundigte sich besorgt: »Willst du dich nicht vielleicht auch setzen?«

Elena rollte genervt mit den Augen. »Wenn du das heute noch einmal fragst, flippe ich aus.«

Veronikas heiseres Lachen erklang dicht neben mir. »Warum sollte es dir anders ergehen als mir damals? Dass Don nicht angeboten hat, für mich pinkeln zu gehen, war aber auch alles.«

Sie zwinkerte mir zu und fügte noch hinzu: »Wobei ich glaube, ein- oder zweimal hat er das sogar wirklich gefragt.«

Ihr Ehemann wurde rot und rümpfte die Nase. »Das hat man davon, wenn man nett sein will. Also wirklich.«

Wie immer hielt ich mich schweigend und dezent im Hintergrund, während die Geschwister und Paare liebevoll aufeinander herumhackten. Wenigstens wusste ich langsam, wie die Verwandtschaftsverhältnisse waren. Es war gar nicht so leicht gewesen, das bei vier Paaren zu entwirren, Kai-Uwe und mich nicht einmal mit eingerechnet.

Zweidrittelmond

Natalie Rabengut

Copyright: Natalie Rabengut, 2014, Deutschland.

Korrektorat: Claudia Heinen – http://sks-heinen.de

Coverfoto: © deviantART – fotolia.com

Alle Rechte vorbehalten. Ein Nachdruck oder eine andere Verwertung ist nachdrücklich nur mit schriftlicher Genehmigung der Autorin gestattet.
Sämtliche Personen in diesem Text sind frei erfunden. Ähnlichkeiten mit lebenden oder verstorbenen Personen sind zufällig.

Sie erreichen die Autorin unter rabengut@gmail.com und www.natalierabengut.com

Don war Kai-Uwes älterer Bruder und mit Veronika verheiratet, die beiden hatten einen Sohn namens Paul und wenn ich die Zeichen richtig deutete, war Kind Nummer 2 entweder in Planung oder im Geheimen schon unterwegs.

Mo war die jüngere Schwester meines Freundes und mit Daniel verheiratet, der wiederum zwei Schwestern hatte, nämlich Helen und Elena. Diese waren jeweils mit ihren Männern Frederik und Stephan da waren. Elena hatte zusätzlich die ungeborenen Zwillinge im Gepäck.

Lautes Geschnatter, für das hauptsächlich Elena und Mo verantwortlich waren, erfüllte den Raum. Je länger ich die Gruppe betrachtete, desto mehr fiel mir auf, dass der Druck auf Kai-Uwe und mir endlich zu heiraten immer größer wurde.

Seufzend wiegte ich Paul auf meiner Hüfte und sah ihn an. Er schenkte mir sein halb zahnloses Lächeln und wirkte dabei sehr altklug. Widerwillig musste ich lächeln und begegnete dabei Kai-Uwes Grinsen.

Er wusste, wie schwer es mir fiel, mich in der Gegenwart der ganzen Leute zu entspannen, und dass ich eigentlich überhaupt nicht so schweigsam war. Aber ich brauchte einfach lange, um mich an neue Umstände zu gewöhnen. Dass wir schon fast vier Jahre zusammen waren, ließ ich dabei dezent unter den Tisch fallen.

Vermutlich würde ich mich niemals daran gewöhnen, wie die Geschwister miteinander umgingen. Obwohl Kai-Uwe sich oft über seine Position als mittleres Geschwisterkind beschwerte, ließ er nicht zu, dass jemand ein schlechtes Wort über sie verlor.

Und als wir damals zusammengezogen waren, war der Umzug in wenigen Stunden erledigt gewesen, weil so viele Hände mit angefasst hatten.

Davon konnte ich bei meiner Familie nur träumen. Wenn meine Schwester über den Rand der Erde fallen würde, würde es vermutlich gute anderthalb bis zwei Jahre dauern, bevor mir das auffiel. Es sei denn, mein Vater würde anrufen und es mir mitteilen – aber das wiederum würde voraussetzen, dass ich ans Telefon ging, wenn ich seine Nummer sah. Das tat ich aber höchstens an meinem Geburtstag.

Mit einem lauten Seufzen zwang ich mich wieder in die Gegenwart. Der Abend würde wie immer lustig und angenehm werden, und je früher ich mich entspannte, desto schneller würde mein Argwohn verschwinden. Egal wie sehr ich lauerte, langsam musste ich mich mit der Erkenntnis anfreunden, dass sie sich alle wirklich mochten und nicht jeder eine so kaputte Familie hatte wie ich.

Mos glitzernde Augen verhießen nichts Gutes, als sie sich mir zuwandte. Verdammt, ich hatte vermutlich zu laut geseufzt und die Aufmerksamkeit auf mich gelenkt. Auch Elena betrachtete mich interessiert.

Scheiße. Sie hatten bestimmt über mich geredet. Dabei war ich doch die letzten drei Jahre ganz wunderbar mit dem Hintergrund verschmolzen. Ich wusste, dass es Kai-Uwe nicht gefiel, dass ich mich so zurückhielt, aber ich konnte mich einfach nicht öffnen.

Pauls kleine Hand, die sich an meinen Zeigefinger klammerte, spendete mir irgendwie Trost.

»Sag mal, Sabrina, du kannst doch reden, nicht wahr? Immerhin antwortest du auf Fragen ab und zu ›Ja‹ oder ›Nein‹«, stellte Mo fest und tippte sich dabei an die Unterlippe, als würde sie wichtige wissenschaftliche Erkenntnisse festhalten.

Mein mieser Freund verkniff sich mit Mühe das Grinsen und nahm mir Paul ab. Plötzlich stand ich ohne Schutzschild da und nickte nur knapp. Das erschien mir irgendwie sicherer.

Einer heimtückischen Muräne gleich tastete sich auch Elena an mich heran. »Erzähl doch mal, wie ihr euch kennengelernt habt. Du und Kai-Uwe. Wie lautet eure große, romantische Geschichte?«

Kai-Uwe stieß ein verräterisches Geräusch aus, irgendwo zwischen entsetztem Stöhnen und höhnischem Gelächter. Er hatte mich vorgewarnt, dass es eines Tages passieren würde. Er war sogar so nett gewesen, mir eine Alibi-Geschichte anzubieten, doch ich hatte abgelehnt und immer gesagt, dass ich dann einfach improvisieren würde.

Dabei war meine Hoffnung gewesen, dass ich einfach so langweilig wirkte, dass es niemanden interessieren würde. Gegen Veronika mit ihren Tattoos, Mos und Elenas losen Mundwerken und Helen mit ihrer beeindruckenden Karriere wirkte ich ohnehin farblos und uninteressant – hatte ich zumindest gedacht.

»Ach das.« Ich winkte ab.

»Ha!«, stieß Helen triumphierend hervor und deutete mit dem Finger auf mich. »Sie ist im Begriff zu lügen – wenn man sich an etwas erinnert, guckt man zur anderen Seite!«

Die Männer standen unschlüssig herum und wussten nicht so recht, ob sie einschreiten und ihre Frauen zurechtweisen sollten oder ob ihre eigene Neugier zu stark war.

Kai-Uwe warf mir einen Blick zu, der besagte, dass es meine Entscheidung war und er mir so oder so den Rücken stärken würde. In mir wuchs das Verlangen nach einer Zigarette. So stark wie schon seit ein paar Jahren nicht mehr. Aber ich brauchte gar nicht in meiner Tasche zu wühlen – das Rauchen hatte ich mir schon lange abgewöhnt.

Doch es war sowieso an der Zeit, dass ich meine Schande gestand. Denn ich war ein ganz schönes Ekelpaket gewesen und bis heute erstaunt, dass Kai-Uwe mich nicht erschlagen hatte.

Also hockte ich mich fügsam auf die Bank zwischen meine Fast-Schwägerinnen und Beinahe-Freundinnen und begann zu erzählen.

2

Fünf Jahre zuvor

Genervt zog ich ein letztes Mal an der Kippe, bevor ich sie zu Boden fallen ließ und mit dem Absatz meines Stiefels austrat. Dabei tastete ich in meiner Jackentasche bereits nach der Packung, um mir eine weitere anzuzünden.

Hatte ich schon erwähnt, dass ich warten hasste? Besonders im Winter – draußen, wo es kalt und dunkel ist? Fluchend beugte ich mich nach vorne, weil mir die Zigarettenpackung aus den klammen Fingern gefallen war.

»Lass sie doch liegen. Rauchen gefährdet ohnehin die Gesundheit«, riet eine dunkle Stimme mir.

Ruckartig richtete ich mich auf und funkelte mein Gegenüber böse an. »Klugscheißen auch.«

Er lachte, zuckte mit den Schultern und verschwand neben mir im Gebäude. Neidisch blickte ich ihm hinterher. Ich hätte gern drinnen gewartet, doch dort durfte ich nicht rauchen. Und wenn ich nicht rauchen konnte, knibbelte ich an meiner Nagelhaut – zumindest, wenn ich nervös war. Also lieber rauchen.

Verfluchte Blind Dates. Ich hätte direkt ablehnen sollen, als dieser Typ das Planetarium vorgeschlagen hatte. Was war das denn bitte für ein Ort für ein erstes Date, wenn man sich noch nicht kannte?

Den Kopf in den Nacken gelegt starrte ich in den Nachthimmel. Warum sollte ich Eintritt dafür bezahlen, mir Bilder vom Himmel und dem Mond anzusehen, wenn beides hier draußen umsonst zu sehen war?

Wolken zogen träge am Mond vorbei, der zu guten Zweidritteln verborgen war – wie eine Münze, die man in die Spardose steckt. Das Bild gefiel mir und der Anblick entspannte mich ein wenig. Überhaupt nahm ich mir viel zu wenig Zeit für solche Momente. Einfach nach oben sehen und bewundern.

In der anderen Jackentasche piepte mein Handy. Meine Kollegin Sophie, die mir den Typen aufgeschwatzt hatte, schickte mir die Möglichkeit, das Blind Date zu beenden, sollte es sich als miserabel entpuppen. Mein Schlupfloch – was gleichzeitig bedeutete, dass besagtes Date vor einer Dreiviertelstunde hätte beginnen sollen. Ich war also eindeutig versetzt worden, daran gab es nichts zu beschönigen.

Als Antwort tippte ich ein schnelles »Alles okay«; schon allein, weil ich keine Lust auf umständliche Erklärungen und – viel schlimmer – Mitleid hatte. Zu dumm nur, dass ich mich ohnehin nur auf dieses blöde Blind Date eingelassen hatte, weil ich eine Begleitung zum jährlichen Jubiläumsfest meiner Firma wollte.

Es kostete mich schon jedes Mal alles an Kraft, überhaupt Small Talk in der Firma zu führen, deshalb vermied ich es meistens. Doch Sophie war ein echter Bluthund und hatte zielsicher die richtigen Fragen gestellt. Da es um die Organisation der Firmenfeier ging, konnte ich ihr nicht ausweichen, weil sie es unter Garantie unserem Boss erzählen würde, und seinen Vortrag zum Thema »Kooperation« konnte ich inzwischen auswendig.

Sophie hatte nach meiner Begleitung gefragt und war sofort darauf angesprungen, als ich nur gleichgültig mit den Achseln gezuckt hatte.

Dabei hasste ich diese Veranstaltung sowieso. Der Abend endete meist in einem peinlichen Desaster, wenn ich ohne Begleitung aufkreuzte, weil irgendein Kollege betrunken der festen Überzeugung war, mich herumbekommen zu können.

Da mein Blind Date mich versetzt hatte, würde ich letztendlich wohl doch auf irgendeinen Escortservice zurückgreifen. Für alles andere fehlten mir sowohl Zeit als auch Nerven. Dass ich in diesem Moment hier allein herumstand, bestätigte mein Vorhaben nur.

Noch immer starrte ich den Mond an und überlegte, was ich nun mit dem angefangenen Abend tun sollte. Mir war danach, mich im Bett zu verkriechen und morgen schön auszuschlafen, aber an einem Samstag um 21 Uhr alleine nach Hause zu gehen, war doch auch Verschwendung.

Blöderweise hatte ich schon eine Eintrittskarte für das Planetarium gelöst, damit ich mich nicht einladen lassen musste. Das konnte ich nämlich gar nicht haben. Ich bezahlte immer schön für mich selbst – dann kam ich gar nicht erst in die Verlegenheit, mich für die Karte bedanken zu müssen. In welcher Form auch immer ...

Hinter mir erklangen Schritte. »Du bist ja noch hier«, stellte die Stimme treffend fest.

Für mich noch lange kein Grund, den Blick vom Himmel abzuwenden. »Hm.«

»Bitte sag mir wenigstens, dass du nicht die ganze Zeit geraucht hast.«

»Ich wüsste nicht, was dich das angehen sollte.«

»Kai.«

Irritiert fragte ich nach: »Bitte?«

»Ich wüsste nicht, was dich das angehen sollte, Kai.«

Meine Antwort beschränkte sich auf ein knappes Nicken. Wann genau würde er endlich verschwinden?

»Irgendwie scheine ich mein Date verstimmt zu haben und sie hat mich sitzenlassen«, plauderte er ruhig weiter.

Das machte mich dann doch neugierig und ich sah ihn an. Schlecht sah er mit seinen blonden Haaren nicht aus. Außerdem schien er recht gut gebaut zu sein – soweit ich das unter der Winterjacke erahnen konnte.

»Was hast du denn gemacht?«, wollte ich wissen.

Er verdrehte die Augen. »Klar! Erst einmal davon ausgehen, dass ich auf jeden Fall der Schuldige bin.«

»Hast du doch selbst gesagt.« Dazu zuckte ich mit den Achseln. Warum stand ich eigentlich noch hier?

»Ich wollte Tickets kaufen und habe sie dabei mit dem falschen Namen angesprochen.« Verlegen strich er sich durch die Haare, ich wollte es ihm gleichtun und ebenfalls durch die seidigen Strähnen streichen.

»Das ist doch nicht schlimm. Viele Leute können sich Namen schlecht merken und benutzen den falschen.« Nur deswegen hätte ich noch lange nicht die Flucht ergriffen, aber das musste ich ihm ja nicht auf die Nase binden.

Er schob die Hände in die Hosentasche und begann, auf seinen Füßen zu wippen, was mich sofort nervös machte. Dann räusperte er sich. »Ich weiß nicht. Als ich nach dem dritten Versuch ihren Namen immer noch nicht wusste, ist sie irgendwie sauer geworden.«

Gegen meinen Willen musste ich lachen. Ganz spontan und lauter, als ich wollte. Lauter und dreckiger.

Meine Reaktion zauberte ein charmantes Lächeln auf sein Gesicht. Wir konnten uns direkt in die Augen sehen, weil wir in etwa gleich groß waren. Möglicherweise war er wenige Zentimeter größer als ich.

»So. Ich geh mir jetzt mal dieses beknackte Planetarium ansehen«, sagte ich und setzte mich langsam in Bewegung.

»Allein?«, fragte er und klang dabei, als wäre mein Vorhaben höchst unanständig.

»Das ist der Plan.«

»Wieso hast du denn dann so lange hier in der Kälte ausgeharrt?«, forschte er nach und kam mir dabei hinterhergelaufen.

Mit einem leisen Seufzen verkündete ich: »Ich habe schon eine Karte gekauft, aber mein Date hat mich versetzt.«

»Das ist ja wunderbar, dann begleite ich dich.«

Entgeistert drehte ich mich um und starrte ihn an. »Nicht nötig.«

»Aber ich würde gern«, beharrte er.

»Ich brauche aber keine Begleitung!«, stellte ich klar und verschränkte trotzig die Arme.

»Das ist doch Unsinn. Du hättest doch wohl kaum auf dein Date gewartet, wenn du lieber alleine gehen würdest.« Ruhig erwiderte Kai meinen Blick.

Die Sekunden dehnten sich aus und es dauerte nicht lange, bis ich die Stille nicht mehr ertrug. »Danke. Aber ich denke, ich gehe alleine.«

Dann drehte ich mich um und ging auf das Planetarium zu. Dabei musste ich mich zurückhalten, meine Schritte nicht zu beschleunigen. Dieser Typ machte mich echt nervös. Allerdings nicht auf die Art und Weise, dass ich Angst gehabt hätte, er könnte ein Psycho sein. Es machte mir viel mehr Sorgen, dass ich ihn anziehend fand.

Leider konnte ich nur zu deutlich hören, dass er mir folgte. »Ich werde dich jetzt bestimmt nicht alleine hier herumstreunen lassen.«

Genervt blieb ich stehen. »Das Letzte, was ich brauche, ist ein Babysitter«, sagte ich über die Schulter. Dabei schwankte ich zwischen dem Verlangen, ein Gebet auszustoßen, dass er verschwand, und dem Wunsch, dass er hartnäckig blieb. Letzteres löste um ein Haar eine Migräneattacke aus. Das war nicht gut.

»Ich hatte eher an ein Date gedacht.«

Genau, Date, Beziehung, Hochzeit, Kinder, Tod – eine traumhafte Vorstellung. Für jeden außer mir.

»Um Himmels willen. Von mir aus können wir uns dieses beknackte Planetarium ansehen. Aber nur, wenn du das nicht als ›Date‹ bezeichnest.«

Sein Grinsen entlockte mir ein Lächeln. »Einverstanden.«

Kopfschüttelnd, dass ich mich überhaupt darauf einließ, stapfte ich weiter. »Du spekulierst doch ohnehin nur auf Sex.«

»Vielleicht«, antwortete er lässig. »Aber du brauchst gar nicht zu versuchen, mich davon zu überzeugen, dass du bei dem Blind Date auf die Liebe deines Lebens gehofft hast.«

Ich stieß ein verächtliches Geräusch aus. »Dazu müsste es die erst mal geben.«

»Autsch, das ist aber pessimistisch!«

»Das Wort, das du suchst, ist ›realistisch‹«, verbesserte ich ihn.

Meine Hand lag bereits auf dem Griff der Tür, als seine Stimme mich innehalten ließ.

»Wonach suchst du denn, wenn nicht nach der großen Liebe? Ich meine, irgendetwas musst du ja suchen, sonst würdest du hier nicht stehen.«

Wow, wenn ich jetzt den ganzen Abend solche Gespräche führen musste, würde ich entweder ihn oder mich umbringen. Ich zwang meine Mundwinkel nach oben und hoffte, dass mein Gesichtsausdruck irgendwie als »verführerisch« durchgehen würde.

»Eigentlich hast du recht«, antwortete ich. »Wir können uns den Quatsch mit dem Planetarium einfach sparen und direkt zu mir fahren.«

Er blinzelte wenigstens überrascht, bevor er sich fing. »Bist du dir sicher?« Seine Stimme klang dabei merkwürdig neutral, als wäre er sich nicht sicher, was er von meinem Angebot halten sollte. Ob er Interesse hatte, konnte ich in diesem Moment nicht erkennen.

Sofort ärgerte ich mich, dass ich überhaupt gefragt hatte. Vielleicht hatte ich den Ausdruck in seinen grauen Augen falsch gedeutet.

Obwohl ich mir größte Mühe gab, konnte ich den gereizten Tonfall nicht unterdrücken. »Ja oder nein?«

Für den Bruchteil einer Sekunde war ich davon überzeugt, eine merkwürdige Schwingung zwischen uns wahrzunehmen, dann lächelte er wieder und sagte: »Als ob ich mir das entgehen lassen würde.«

Die Anspannung war verflogen und ich zuckte mit den Schultern. »Gut. Mein Auto steht im Parkhaus.«

Nachdem ich mich vergewissert hatte, dass er mir folgte, eilte ich auf das Parkhaus zu. Mit einem Mal konnte ich es kaum erwarten, aus der Kälte herauszukommen.

Den Mond konnte ich mir genauso gut von meinem Schlafzimmerfenster aus ansehen. Mit diesem netten kleinen One-Night-Stand wäre der Abend zumindest kein kompletter Reinfall mehr. Außerdem wirkte Kai – genau wie ich – nicht, als wäre er auf der Suche nach der großen Liebe.

Vor meinem Auto blieb ich stehen und wartete die Reaktion ab. Vielleicht war es gar nicht so schlecht, ihm direkt klarzumachen, dass wir in absolut verschiedenen Ligen spielten. Dann würde ich ihm bestimmt nach dem Sex schneller wieder loswerden.

Ehrfürchtig strich Kai über die Motorhaube. »Ist das deiner?«

Was war es bloß mit Männern und Autos? Die Reaktion war jedes Mal die gleiche. Ein Haufen Metall mit vier Rädern und trotzdem konnten Männer stundenlang davorstehen und den Klumpen verzückt anstarren.

»Ja. Lass mich raten – dein Verlangen, mich zu heiraten, ist gerade um ein Vielfaches gestiegen«, witzelte ich und versuchte die Anspannung, die sich in mir ausbreitete, zu ignorieren.

Er winkte lediglich ab. »Da warte ich erst einmal, wie deine Wohnung aussieht.«

Die Antwort verblüffte mich so sehr, dass ich schon wieder lachen musste. Wann hatte ich wohl das letzte Mal so oft in einer Woche gelacht?

Ich ließ mich auf dem Fahrersitz nieder und wartete. Irgendwann wurde es mir zu bunt und ich drückte den Schalter, um das Beifahrerfenster herunterzulassen. »Möchtest du vielleicht einsteigen oder brauchst du eine Extra-Einladung?«

Er beugte sich nach vorne und schielte durch das Fenster. »Irgendwie habe ich Angst, die Sitzpolster dreckig zu machen.«

Leise kichernd schüttelte ich den Kopf und er öffnete endlich die Beifahrertür. Erst nachdem er den Sicherheitsgurt geschlossen hatte, startete ich den Motor.

Das gleichmäßige Schnurren schien Kai zu entspannen und er sah sich neugierig um. »Ich hatte gleich vermutet, dass du als Model arbeitest, schöne Frau.«

Statt zu antworten, musste ich mir auf die Unterlippe beißen. Sollte ich mich geschmeichelt fühlen – oder ihm eine Ohrfeige verpassen, weil er mich auf mein Äußeres reduzierte? So attraktiv fand ich mich abgesehen davon gar nicht.

Außerdem musste ich ihm ja nicht erzählen, dass ich mir den Wagen zwar leisten konnte, ihn aber von meinem Vater geschenkt bekommen hatte. Ein weiterer, trauriger Versuch, über unser beschissenes Familienverhältnis hinwegzutäuschen.

»Tut mir leid, deine Traumwelt aus den Fugen zu kippen, aber ich bin kein Model.«

»Lass mir doch meine Illusionen. Wie viel PS hat der Wagen?«, wollte er jetzt wissen und strich mit der Hand über die Türverkleidung.

»450 – glaube ich zumindest.«

»Ach ja«, seufzte er. »So ein BMW ist schon etwas Feines.« Dabei schenkte er mir ein treuherziges Lächeln.

Fast wäre ich versucht gewesen, ihm anzubieten, dass er ihn ja einmal fahren könnte. Ich musste mich im Stillen wirklich dazu zwingen, nichts zu sagen.

»Eigentlich wollte ich nicht unhöflich sein und das fragen, aber in welchem finanziellen Rahmen bewegen wir uns hier?« Er war jetzt dazu übergegangen, versonnen das Armaturenbrett zu streicheln.

Mit einem unguten Gefühl räusperte ich mich. »So in etwa 75.000 Euro.«

Kai pfiff leise durch die Zähne. »Und du arbeitest wirklich nicht als Model?«

Nachdrücklich schüttelte ich den Kopf und gab vor, mich intensiv auf das Autofahren zu konzentrieren. »Ich bin Brokerin.«

Er dachte kurz nach, bevor er fragte: »An der Börse?«

»So in etwa. Die Firma sitzt in Düsseldorf.« Mehr sagte ich dazu nicht. Schon allein, weil ich nicht gerne über mich sprach. Bevor er die Gelegenheit hatte, mich noch weiter auszuquetschen, erkundigte ich mich eilig: »Und was machst du?«

Mittlerweile erkundete er mit den Fingerspitzen die Innenverkleidung über unseren Köpfen. Ein kurzer Schauer überlief mich und ich war überrascht davon. Ich wollte wirklich gern mit ihm schlafen und stellte mir bereits vor, mit dem Stoff unter seinen Fingern zu tauschen.

»Ich arbeite als Fitnesstrainer und studiere begleitend Ernährungswissenschaften.«

Zugegeben: Nach dem Wort »Fitnesstrainer« hatte ich bereits nicht mehr zugehört. Stattdessen fantasierte ich lieber darüber, wie er wohl nackt aussah. Ich hatte schon vorhin vermutet, dass er gut gebaut war. Jetzt ließ sich meine Neugier kaum mehr im Zaum halten.

Da ich nicht reagierte, zuckte er irgendwann mit den Achseln und sah aus dem Fenster. Die Nacht war erstaunlich klar und der Mond hing groß und blass mitten am Firmament – zumindest der sichtbare Teil. Vereinzelte Wolkenfetzen zogen vorbei. Es war wirklich ein schöner Himmel heute Nacht.

Vielleicht würde ich mich nachher noch ein wenig mit meiner dicken Decke auf die Terrasse setzen, wenn ich meinen Begleiter hinausgeworfen hatte. Die Idee verlockte mich.

»Wohnst du hier in der Nähe?« Seine Stimme durchbrach die angenehme Stille.

»Relativ, ja. Es ist jedenfalls nicht mehr weit.«

»Der Stadtteil legt die Vermutung nahe, dass du sehr gut in deinem Job bist und viel zu viel arbeitest.«

Verlegen bemerkte ich, dass eine verräterische Röte meinen Hals hinaufkroch. »Möglicherweise.«

Ich würde mich sicherlich nicht dafür rechtfertigen, dass ich gut in meinem Job war, ein teures Auto fuhr und in einer schicken Gegend wohnte. Wozu auch?

»Bist du immer so ruhig?«, bohrte er nach.

»Redest du immer so viel?«, konterte ich ruhig.

Sein leises Lachen sorgte dafür, dass ein warmes Gefühl meinen Bauch durchströmte. »Alles klar, ich habe verstanden.«

Wir verfielen wieder in Schweigen. Doch es war kein beklemmendes Gefühl, wie ich es sonst immer mit Fremden hatte. Ganz im Gegenteil, irgendwie war es nett, mit jemandem einfach so sitzen zu können.

Zwischendurch schielte ich immer mal wieder zu dem attraktiven Mann auf dem Beifahrersitz. Eigentlich hatte ich erwartet, dass er eingeschüchtert sein würde.

Doch er wirkte geradezu relaxt. Das warf in mir die Frage auf, wie oft er mit Frauen nach Hause ging. Auf der anderen Seite war meine Moral in diesem Moment ebenfalls nicht einwandfrei.

Mit einer unwilligen Kopfbewegung verwarf ich den Gedanken. Wenn ihm mein abruptes Kopfschütteln aufgefallen war, ließ er es sich nicht anmerken.

Als die Einfahrt zu der Tiefgarage in Sicht kam, machte sich ein aufgeregtes Prickeln in mir breit. Natürlich war es auch nicht das erste Mal, dass ich einen Mann mit zu mir nahm, aber heute war irgendetwas anders.

Ich konnte es zuerst nicht deuten, bis ich feststellte, dass meine Erwartungshaltung einfach höher war als sonst – wie auch immer Kai es fertiggebracht hatte, diese Reaktion in mir auszulösen.

Normalerweise nahm ich Männer nicht mit zu mir – ich bevorzugte Hotelzimmer oder die Wohnungen der

Männer, aus denen ich dann klammheimlich verschwand. Aber dass ich jemanden mit zu mir nahm, war wirklich die seltene Ausnahme.

Nachdem ich den Wagen auf meinem Stellplatz geparkt hatte, ignorierte ich mein klopfendes Herz und löste mit leicht zittrigen Fingern den Sicherheitsgurt.

»Lass mich raten, hier gibt es einen Aufzug«, bemerkte Kai trocken und folgte mir.

»Ja, es sei denn, du spürst das dringende Verlangen bis in den dritten Stock zu laufen.« Ich würde definitiv den Aufzug nehmen. Beim Sex zu schwitzen war die eine Sache, davor möglicherweise schon zu müffeln, die andere.

»Damit hätte ich kein Problem, da es aber dein Zuhause ist, folge ich dir natürlich«, entgegnete er diplomatisch und bedeutete mir mit einer kleinen Verbeugung, dass ich vorgehen sollte.

Im Aufzug tippte ich den notwendigen Code in das Zahlenpad und der Fahrstuhl beförderte uns sanft in die Höhe. Ich stand neben ihm und überlegte gerade, ob ich irgendetwas sagen sollte, als Kai meine Hand nahm.

Überrascht sah ich ihn an. Sein Lächeln war definitiv für meine weichen Knie verantwortlich und als er sich in meine Richtung beugte, kam ich ihm nur zu gern entgegen.

Seine Lippen waren warm und er übte genau den richtigen Druck aus. Er drängte sich mir nicht auf, war aber auch nicht so zaghaft, dass er unentschlossen wirkte.

Als ich meinen Mund öffnen wollte, um seine Zunge willkommen zu heißen, zog er sich zurück. Empört schlug ich die Augen auf. Er lächelte noch immer, als sich mit einem leisen »Pling« die Aufzugtüren öffneten.

Meine Füße wollten mir partout nicht gehorchen und ich blinzelte ihn verblüfft an.

»Was denkst du?«, wollte er von mir wissen.

»Dass du für einen Klugscheißer ziemlich gut küssen kannst.«

Doch so leicht war Kai nicht aus dem Konzept zu bringen. »Danke.« Wieder dieses charmante Lächeln, das gleichzeitig natürlich und über Jahre einstudiert wirkte. Entweder er war der geborene Charmeur oder er hatte einen grandiosen Lehrer gehabt.

Die Tür des Aufzugs hatte sich bereits wieder geschlossen und ich musste den Knopf drücken, damit wir die Kabine verlassen konnten.

Nachdem ich die Wohnungstür aufgeschlossen hatte, fragte ich: »Kann ich dir etwas anbieten? Kaffee oder Weißwein?«

Mit einem leichten Kopfschütteln folgte er mir und schloss artig die Tür hinter sich. »Das sind die einzigen Optionen? Kaffee oder Weißwein?«

»Ich kann einen Blick in den Kühlschrank werfen, aber ich schätze, auf diese Auswahl läuft es hinaus.«

Ordentlich wie immer hängte ich meine Jacke an die Garderobe neben der Tür und reichte Kai einen Bügel für seine. Dann ging ich in die Küche, schaltete das Licht ein und öffnete die Kühlschranktür.

Dicht hinter mir blieb er stehen und sah über meine Schulter in die gähnende Leere. Mit einem mitfühlenden Seufzen sagte er: »Wow. Wann warst du das letzte Mal einkaufen? Kurz vor dem Millennium?«

Tatsächlich musste ich kurz nachdenken. »Ganz so lange ist es wohl nicht her.« Immerhin war mein Weißwein-Vorrat noch nicht aufgebraucht. Es konnte also noch gar nicht so lange her sein, dass ich einen Supermarkt von innen gesehen hatte.

Kai schlenderte durch die Küche. »Wahnsinn. Wo ist das Wohnzimmer?«

Ich deutete auf die Tür und fragte mich, was er vorhatte. Also folgte ich ihm neugierig und beobachtete, wie er sich um die eigene Achse drehte.

»Hier gibt es nicht ein einziges lebendiges Objekt!«

Im Stehen goss ich den kalten Wein in ein Glas und fragte wenig eloquent: »Hä?«

»Keine Pflanze oder Blume, nicht einmal ein einsamer Kaktus ist zu sehen. Keine Schale mit Obst auf dem Tisch, kein Gemüse im Kühlschrank. Das ist genauso traurig wie beeindruckend.«

Meine Laune brach deutlich ein. »Ich kann mich nicht erinnern, dich um eine Analyse gebeten zu haben.«

»Keine Sorge, die ist gratis. Du arbeitest viel zu viel, trinkst zu viel Kaffee, vermutlich noch mehr Wein, isst zu wenig Frischzeug und schläfst vermutlich bedenklich wenig.«

»Bist du fertig?«

»Für den Moment«, nickte er. »Ich mache jetzt etwas total Verrücktes und hole mir ein Glas Wasser aus dem Hahn. In der Zeit kannst du dir ja überlegen, wann genau du mir eigentlich deinen Namen verraten willst.«

Lässig drehte er sich auf dem Absatz um und verschwand in der Küche. Genervt stellte ich die Weinflasche, die nun ohnehin leer war, auf den Wohnzimmertisch und zog die Schiebetür zur Dachterrasse auf.

Eigentlich hätte ich mir bei dem Job, den er hatte, ja schon denken können, dass er ein Gesundheitsfanatiker war. Prompt löste dieser Gedanke in mir die Lust auf eine Zigarette aus.

Stattdessen erinnerte ich mich an meinen gesunden Menschenverstand und stellte den Wein ab. Das Schlafzimmer lag direkt hinter dem Flur und in meiner Nachttischschublade lag eine gut gefüllte, kleine Kiste mit Kondomen.

Zwei steckte ich in die kleine Tasche an meinem Rock, bevor ich wieder nach draußen schlenderte.

Er kam tatsächlich mit einem Glas Wasser zurück und ich starrte ihn an, als wäre er soeben mit seinem Raumschiff neben mir gelandet. Wer trank denn freiwillig Wasser, wenn es Wein gab?

Kurz biss ich mir auf die Unterlippe. »Wie lang wird wohl der Vortrag, wenn wir einmal annehmen, ich würde eine Zigarette rauchen wollen?«

Mit einem unglücklichen Gesichtsausdruck verschränkte Kai die Arme. »Sehr, sehr lang. Das ist wirklich eine grauenvolle Angewohnheit. Vor allem ...«

Mit einer raschen Handbewegung unterbrach ich ihn. »Schon gut. Ich verzichte.« Innerlich verdrehte ich die Augen.

Kai hingegen nickte völlig zufrieden und stellte sich neben mich an das Geländer. Die Arme hatte ich aufgestützt und den Kopf in den Nacken gelegt.

»Also?«, fragte er bedeutungsschwanger.

Was wollte er? Ich wandte mich zu ihm, sein Gesicht dicht vor meinem. Dann fiel mir seine Frage wieder ein. »Sabrina.«

Seine Mundwinkel wanderten nach oben. »Angenehm, Sabrina. Mein ganzer Name ist übrigens Kai-Uwe.«

»Kai-Uwe?«, wiederholte ich, als hätte ich ihn nicht verstanden.

»Genau. Kai-Uwe mit Bindestrich«, fügte er noch hinzu.

»Du verarschst mich doch«, entgegnete ich trocken, sah wieder nach vorne und fragte mich, was er damit bezweckte.

Mit einem Seufzen und einer routinierten Bewegung zog er sein Portemonnaie aus der Gesäßtasche. Er reichte mir seinen Personalausweis und ich schlug die Hand vor den Mund.

»Oh je!«

»Ach, ist halb so wild. Inzwischen habe ich mich daran gewöhnt.«

»Also, ich heiße nur Sabrina, mit einem zweiten Namen kann ich nicht dienen, geschweige denn mit einem Doppelnamen.«

»Aber du musst zugeben: So ein Bindestrich ist schon schick.« Er betrachtete seinen Ausweis, als wäre er ein seltenes Kunstwerk.

Leise lachend erwiderte ich: »Klar, vor allem zwischen ›Kai‹ und ›Uwe‹.«

Er verstaute das Portemonnaie und schüttelte den Kopf.

Was für ein schräger Abend. Lächelnd nippte ich an dem kalten Weißwein. Als ich seine Hand auf meinem unteren Rücken spürte, konnte ich den Schauer nicht unterdrücken. Die Gänsehaut kroch langsam Wirbel für Wirbel nach oben und breitete sich über meine Schultern aus.

Ich schlang meine Finger um seinen Nacken und küsste ihn. Dieses Mal wartete ich nicht so lang und ließ meine Zunge zwischen seine Lippen gleiten. Nebenbei bemerkte ich, dass er mir das Glas aus der Hand nahm.

Das war gut, denn so konnte ich die zweite Hand auch in seinen weichen Haaren vergraben.

Mein Herz klopfte schneller und mein Puls stieg in schwindelerregende Höhen. Kai schlang die Arme um mich, zog mich näher an sich. Sein Körper fühlte sich fest und warm an. So warm, dass ich sogar die frische Nachtluft vergaß.

Zu keinem Zeitpunkt hatte ich das Gefühl, nicht zu wissen, was ich tun sollte. Es gab keinen Moment, wo wir nicht wussten, wer seinen Kopf jetzt nach rechts legen sollte oder wir uns mit irgendwelchen Gliedmaßen in die Quere kam.

Auf eine gewisse Weise fühlte es sich an, als hätten wir das schon unzählige Male getan – allerdings nicht auf eine stumpfe, routinierte Weise, die schon fast langweilig war, sondern völlig harmonisch, als würden wir uns ewig kennen und wüssten genau, was der andere braucht.

Der Gedanke kam so überraschend, dass ich abrupt meinen Kopf zurückzog. Verblüfft starrte ich Kai an, der meinen Blick belustigt erwiderte. »Alles klar?«

Die Frage war gar nicht so einfach zu beantworten. Distanziertheit war eigentlich meine Spezialität. Doch zum ersten Mal hatte ich das Gefühl, als hätte ich vergessen, Kai das mitzuteilen. Seine Augen zogen mich in jeder Sekunde bis auf die Haut aus und ich hatte meinen Schutzpanzer bereits abgelegt.

Zwei- oder dreimal musste ich blinzeln, bevor ich antworten konnte. »Ich glaube, ich bin betrunken.« Eine andere Erklärung hatte ich für meine seltsamen Gedankengänge nicht parat. Vielleicht würde ihm nicht auffallen, dass ich lediglich drei kleine Schlucke vom Wein genommen hatte.

»Hm.« Er betrachtete mich eindringlich und strich eine Haarsträhne hinter mein Ohr. Seine Hände lagen immer noch um mein Gesicht und ich schluckte schwer. Seine grauen Augen sorgten dafür, dass mein Magen Achterbahn fuhr.

»Zu betrunken?«, fragte er schließlich.

»Auf keinen Fall«, erwiderte ich hastig.

Zufrieden ließ Kai sich in den breiten Teaksessel sinken, der als einziges Möbelstück neben dem kleinen Beistelltisch auf der Dachterrasse stand, und zog mich auf seinen Schoß.

Ich konnte seinen harten Schwanz eindeutig unter meinem Schenkel spüren und schmiegte mich an Kais Körper. Dieses Mal küsste er mich fordernder und unsere Zungen umspielten einander.

Etwas mutiger stützte ich meine Hände auf seiner Brust ab und kam ihm entgegen. Das Blut pulsierte bereits in meiner Klit und ich konnte nicht genug davon bekommen, wie er sanft an meiner Unterlippe knabberte. Jede Berührung seiner Zähne sandte einen prickelnden Impuls in meinen Schoß.

Die Feuchtigkeit sammelte sich zwischen meinen Schenkeln. Hätte ich es nicht besser gewusst, hätte ich selbst vermutet, dass mein letzter Sex eine Ewigkeit her sein musste.

Seine Finger tasteten sich über meinen Rücken und ich zog erregt die Luft ein, als sie unter mein Shirt glitten. Das wollte ich auch, also raffte ich sein T-Shirt hoch und schob meine kalten Hände darunter. Er zuckte zusammen und sah mich strafend an. »Die sind aber warm«, murmelte er dicht vor meinen Lippen.

»Mhm«, lautete meine Antwort. Ich konnte mich nicht konzentrieren, denn im Gegensatz zu meinen Eispfoten war seine Haut geradezu heiß und es machte viel zu viel Spaß, seine Muskeln nachzuzeichnen.

Empört schlug ich die Augen auf, als er seinen Kopf zurücknahm und so unseren Kuss unterbrach. Allerdings ließ das Funkeln in seinen Augen meinen Protest sofort verstummen. Mit einer fließenden Bewegung streifte er mir das Oberteil ab und lächelte schließlich zufrieden.

Schulterzuckend dachte ich mir, dass ich das auch konnte. Allerdings entschied ich mich für seine Hose und öffnete den Knopf. Das kleine Stöhnen, das er von sich gab, als meine Finger zum ersten Mal die Beule unter dem dünnen Baumwollstoff seiner Boxershorts berührten, war unbezahlbar.

Eilig schob ich das störende Kleidungsstück beiseite und spürte die samtige Haut seines harten Schwanzes an meinem Oberschenkel. Ich biss mir auf die Unterlippe und rieb mich an ihm.

Seine Hände wanderten bereits wieder an meinem Rücken empor und fanden zielsicher den BH-Verschluss. Ungeduldig zerrte ich an seinem Shirt und er lachte leise, zog sich aber dann doch aus.

Mir war bewusst, dass wir draußen waren und es eigentlich viel zu kalt war – doch das war mir in diesem Moment ebenso egal wie mögliche Beobachter. Mittlerweile glühte mein ganzer Körper; die Erregung rann durch meine Glieder, pulsierte förmlich durch meine Adern.

Kai beugte sich vor und ich schnappte erregt nach Luft, als seine Lippen sich um meine harte Brustwarze schlossen. Als ich den Kopf in den Nacken legte, betrachtete ich den Nachthimmel. Große Güte, war das alles surreal.

Meine Finger vergrub ich in seinen Haaren und presste mich ihm entgegen. Das süße Ziehen lief von meinen Nippeln direkt in meine Lustperle, die bereits ungeduldig klopfte. Ich hielt es schon nach kurzer Zeit nicht aus und stand wieder auf. Mit schnellen Handgriffen stieg ich aus meinem Rock und der zarten Unterwäsche, die ich für mein eigentliches Date getragen hatte. Die halterlosen Strümpfe hatte ich bereits im Schlafzimmer ausgezogen – so etwas hielt doch sonst nur unnötig auf.

Zuerst sah er mir zu, dann zog auch Kai sich aus. Ich konnte mich gar nicht an ihm sattsehen. Damit, dass er so gut gebaut war, hatte ich nicht gerechnet. Jeder einzelne Muskel zeichnete sich deutlich definiert ab und an seinen schrägen Bauchmuskeln hätte ich vermutlich Käse reiben können. Für den Anblick würde ich mir getrost weiterhin seine Gesundheitsvorträge anhören.

Er machte einen Schritt auf mich zu, doch ich hatte einen anderen Plan. Also drückte ich ihn zurück auf den Stuhl, reichte ihm eins der Kondome und setzte mich auf seinen Schoß, dabei wandte ich ihm den Rücken zu.

Als Kai meine Taille umfasste und mich langsam zu ihm zog, spürte ich eine Gänsehaut meinen ganzen Körper. Ich spreizte meine Beine und tastete nach seinem harten Schaft. Die Vorfreude war kaum zu ertragen.

Plötzlich entfuhr mir ein kleiner Schrei der Überraschung, als er seine Hände unter die Rückseiten meiner Beine schob und mich mühelos hochhob. Endlich fand ich das Objekt meiner Begierde und schloss meine Finger darum.

Ich dirigierte ihn zwischen meine feuchten Labien und stützte mich dann auf Kais Oberschenkel. Langsam ließ ich mich sinken und genoss das Gefühl, wie er Millimeter für Millimeter in mich eindrang. Jeder klare Gedanke verflüchtigte sich und ich konnte mich nur noch auf die Lust konzentrieren. Mein Körper reagierte absolut intuitiv auf Kai und ihm schien es nicht anders zu gehen.

Er war jetzt ganz in mir und ich lehnte mich selbstvergessen an ihn. Sein beschleunigter Atem streifte meinen Hals; ich schloss die Augen.

Seine Lippen strichen über meine Haut, während seine Hände überall gleichzeitig zu sein schienen. Als ich seine Finger schließlich an meiner Klit fühlte, keuchte ich leise auf. Ermutigt von meiner Reaktion, erhöhte er den Druck.

Ich gab ein ersticktes Geräusch von mir. Das war wunderbar!

»Alles in Ordnung?«, fragte er leise, dicht neben meinem Ohr.

»Ja«, erwiderte ich bestimmt. Er sollte bloß nicht auf die Idee kommen, jetzt aufzuhören. »Ich habe mich nur gerade zu der Idee beglückwünscht, dich mit nach Hause genommen zu haben.«

Kai sagte nichts, sondern presste einen Kuss auf meine Schulter. Ich legte meine Hand auf seine und zeigte ihm den perfekten Rhythmus. Er lernte schnell – sehr schnell.

Nur wenige Herzschläge später bebte ich in seinen Armen, meine Muskeln flatterten und mein Puls raste. Es war unglaublich. Das Zucken in meiner Pussy schien überhaupt nicht nachzulassen.

Ehe ich wusste, was ich tat, sagte ich laut: »Wow.«

Kais leises Lachen bestätigte, dass er mich definitiv gehört hatte. Statt einer Antwort begann ich, mein Becken heftiger kreisen zu lassen, und hörte zufrieden, wie der Mann hinter mir scharf Luft holte. Also bewegte ich mich schneller und versuchte auf jede noch so kleine Regung, die er von sich gab, zu reagieren.

Dann spannten seine Oberschenkel sich fühlbar unter meinen Fingern an.

Eigentlich hatte ich erwartet, dass er unmittelbar danach kommen würde, doch zu meinem Erstaunen fanden seine Finger erneut meine Lustknospe. Um Himmels willen – er erwartete doch nicht etwa, dass wir gemeinsam kamen! Oder etwa doch? Das war meiner Meinung nach nicht nur gnadenlos überschätzt, sondern auch unmöglich.

Zu meinem großen Entsetzen wurde ich eines Besseren belehrt. Kai wusste genau, wie er mich reizen musste und so erreichte ich kurze Zeit später den zweiten Höhepunkt. Dieses Mal hielt er bedeutend länger an und ich bekam nur flüchtig mit, wie sein Penis in mir zuckte.

Ich hörte ein sehr kehliges Stöhnen – es dauerte, bis mir aufging, dass es tatsächlich meines war. Erschöpft und mit rasendem Herzen ließ ich mich gegen Kais Brust sinken. Er schlang die Arme um mich und hielt mich fest.

Nach einer Weile wusste ich, dass ich mich langsam besser wieder aufrichten sollte. Es wurde kalt und die Romantik wich der Realität. Mich durchfuhr ein Stich des Bedauerns. Irgendwie wollte ich noch nicht, dass es vorbei war.

Seufzend zeichnete ich seinen großen Brustmuskel nach. »Sollten wir langsam reingehen?« Dabei versuchte ich, mir nicht die merkwürdige Melancholie anmerken zu lassen, die von mir Besitz ergriffen hatte.

»Ins Schlafzimmer? Eine gute Idee«, murmelte Kai an meinen Haaren und streichelte dabei weiter meine nackte Schulter.

Aufregung erfasste mich. Auf die Idee war ich gar nicht gekommen. Aber warum nicht? Ich hatte zwar eigentlich gemeint, dass ich ihn zur Tür bringen wollte, doch sein Plan klang sehr viel besser.

Außerdem war es ja noch früh. Rauswerfen konnte ich ihn immer noch später.

3

Erschrocken richtete ich mich auf und versuchte, meine Augen zu öffnen. Mein Hals war unglaublich trocken und mein Herz schlug bis zum Hals. Ich zitterte am ganzen Körper und wusste zuerst nicht, wo ich war.

Je mehr ich mich auf meine Atmung konzentrierte, desto ruhiger wurde ich wieder. Ich war in meinem Bett, saß aufrecht darin, die Bettdecke war weggerutscht. Als ich mit den Finger danach tastete, stieß ich auf warme Haut.

Sofort riss ich meine Hand zurück. Der Puls schoss wieder in die Höhe, die Kehle wurde eng. War ich eingeschlafen? Musste ich wohl.

Während ich meine Haare nach hinten strich, sah ich die rot leuchtenden Ziffern auf meinem Wecker an. Es fiel mir schwer, die Zahlen wirklich zu erkennen.

Halb fünf? Konnte das sein? Sollte ich tatsächlich mehr als drei Stunden am Stück geschlafen haben? Das konnte ich mir absolut nicht vorstellen. Plötzlich fröstelte ich und wollte vorsichtig die Decke zu mir ziehen.

Warme Finger legten sich um mein eiskaltes Handgelenk. »Was ist los?«, fragte Kai leise und ich konnte die Besorgnis hören. Sicherlich war er es nicht gewohnt, dass die Frauen neben ihm hochschreckten und ihn panisch anstarrten.

»Nichts«, murmelte ich und hörte selbst, wie heiser meine Stimme klang. Großer Gott – hatte ich etwa geschnarcht?

»Schlecht geträumt?«, wollte er wissen und klang merkwürdig zärtlich. Seine Finger streichelten rhythmisch in einem sehr beruhigenden Tempo meine Haut.

Unwillig machte ich mich los und stieg trotz der Kälte aus dem Bett. Der Mond tauchte das Schlafzimmer in fahles Licht. »Du musst jetzt gehen.«

Ich konnte kaum einen klaren Gedanken fassen; mein Kopf fühlte sich an, als wäre mein Gehirn mit klebrigen Spinnweben umwickelt.

Wieso war ich bloß eingeschlafen? Und warum zum Teufel war er geblieben? Hätte er nicht einfach anständig sein können? Die Gunst der Stunde nutzen können, um zu verschwinden?

Kai richtete sich mit einem misstrauischen Blick auf. Die Decke glitt herab und entblößte seine muskulöse Brust. Ich biss mir auf die Unterlippe und wich seinen forschenden, grauen Augen aus. »Was ist denn los?«

»Du musst gehen«, beharrte ich einfach weiter.

»Jetzt? Mitten in der Nacht?« Er wischte sich mit der Hand über das Gesicht und warf, genau wie ich zuvor, einen Blick auf die Uhr.

»Ja, jetzt. Du hättest gar nicht erst bleiben sollen.«

Er seufzte, bevor er die Decke zurückschlug und aufstand. »Dann hättest du mir das vielleicht sagen sollen.« Dabei klang er nicht einmal sonderlich vorwurfsvoll.

Stumm sah ich zu, wie er seine Klamotten einsammelte und wandte mich erst ab, als er in seine Jeans stieg. Schnell fischte ich das Shirt, das ich noch vor wenigen Stunden getragen hatte, vom Boden und zog es über.

Meine Oberarme waren von einer Gänsehaut überzogen. Dann wurde es dunkel im Zimmer – der Mond war hinter Wolken verschwunden.

Kurz vor mir blieb Kai unschlüssig stehen. »Bist du sicher, dass mit dir alles in Ordnung ist? Mir ist nicht wohl bei dem Gedanken, dich jetzt alleine zu lassen.«

»Das lass meine Sorge sein«, fuhr ich ihn an und legte die Hand auf seine Brust, um ihn aus dem Zimmer zu schieben. Meine Angst, dass er sich wehren könnte, war vollkommen unbegründet. Er trottete aus dem Raum, beäugte mich aber immer wieder kritisch von der Seite.

Ich wollte bereits die Wohnungstür öffnen, doch er hielt mich zurück. Klugerweise fasste er nicht mich an, sondern legte die Hand gegen die Tür, sodass ich sie nicht öffnen konnte.

»Sabrina, was ist los?«

Weil ich nicht mehr wusste, was ich noch machen sollte, um ihn loszuwerden, starrte ich zu Boden und murmelte kaum hörbar: »Du solltest jetzt verschwinden. Mein Freund kommt bald nach Hause.«

»Wow. Du bist eine unglaublich miserable Lügnerin. Wenn es dir unangenehm ist, was passiert ist, hättest du das sagen können. Dann wäre ich einfach nach Hause gegangen.« Zu meinem großen Entsetzen lachte er und schüttelte dabei vergnügt den Kopf. Dann zog er sein Portemonnaie hervor und reichte mir eine Visitenkarte.

»Da ich es echt nett fand, schlage ich vor, dass du dir alles morgen im Tageslicht noch einmal in Ruhe durch den Kopf gehen lässt. Wenn du es wiederholen möchtest, ruf mich an.«

Seine Hand legte sich auf meine Schulter und bevor ich es verhindern konnte, gab er mir einen sanften Kuss auf die Wange.

Um ein Haar wäre ich deswegen in Tränen ausgebrochen. Doch dann überwog die Erleichterung, weil er ohne ein weiteres Wort verschwand.

Drei Wochen hielt ich durch – drei Wochen, bevor ich so angespannt war, dass ich glaubte, beim nächsten blöden Witz meines Kollegen explodieren zu müssen. Da ich bereits meinen Tacker nach ihm geworfen hatte, griff ich nach dem nächstbesten Gegenstand auf meinem Schreibtisch, um ihm endgültig seinen dämlichen Schädel zu zertrümmern.

Noch ein Blondinenwitz und er würde sterben! So sah es nämlich aus! Ich konnte nichts dafür, dass der Typ nicht damit klarkam, dass ich das dritte Jahr in Folge den höchsten Bonus der Firma eingefahren hatte.

Mein Arm hob sich schon zum Wurf, da bemerkte ich, dass ich vor lauter Wut mein Handy gegriffen hatte. Wie jedes Mal in den vergangenen Tagen tauchte auch jetzt beim Anblick des Telefons ein Paar grauer Augen vor meinem inneren Auge auf.

Prüfend strich ich mit der Zunge über meine Zähne. Sollte ich Kai anrufen? Vielleicht war anständiger Sex eine Möglichkeit, meine Wut abzureagieren. Zwar war ich unter meinen Kollegen für meine notorisch schlechte Laune bekannt – doch selbst ich nahm wahr, dass es im Moment noch schlimmer war als sonst.

Ich suchte nach den richtigen Worten und starrte auf das polierte Display. Schließlich tippte ich einfach: *»Ficken?«*

Das Handy ließ ich liegen und ging in die Küche, um mir einen weiteren gigantischen Kaffee zu machen.

Obwohl mir selbst nicht klar gewesen war, warum ich es getan hatte, hatte ich Kais Nummer gespeichert – in dem Moment, als er aus der Tür getreten war.

Inzwischen hatte ich sie so oft angestarrt, dass ich sie bereits auswendig konnte. Wie konnte mir ein einzelner Mann, der eigentlich nicht einmal mein Typ war, so unter die Haut gehen?

Sein Klugscheißen, die Predigten über gesundes Essen – das war überhaupt nichts, was ich mir auf Dauer anhören wollte. Überhaupt hatten wir vielleicht eine Stunde mit Reden verbracht – gut, er hatte geredet, ich hatte geschwiegen und mich gewundert, dass ihn die Kälte, die ich ausstrahlte, überhaupt nicht störte.

Doch kaum dachte ich an sein Lächeln, wollte ich ihn anrufen. Ein Verlangen, von dem ich Magenschmerzen bekam.

Sauer stellte ich fest, dass ich noch keine Antwort von Kai bekommen hatte, als ich an meinen Arbeitsplatz zurückkehrte.

Als mein Handy sich schließlich mit einem leisen Brummen meldete, zwang ich mich selbst dazu, noch eine weitere Viertelstunde zu warten, bevor ich die Antwort las. Es gefiel mir nicht, wie mein Herzschlag sich beschleunigte, als ich nach dem Telefon griff.

»So eine charmante Frage – Sabrina?«

Ach ja, richtig, er hatte ja meine Nummer nicht. Das hatte ich ganz vergessen. Ich antwortete direkt und ohne Schnörkel. *»Ja.«*

»Soll ich dich zum Essen abholen?«

Darüber musste ich nicht einmal nachdenken. *»Nein. Nur das, was ich geschrieben habe. Sex. Keine Verabredung, keine Gefühle. Nur Sex.«*

Eine Weile blieb mein Handy stumm, bevor es erneut vibrierte. *»Das ist ja wie Fische aus dem Fass angeln.«*

Ich las die Nachricht noch einmal, dann lachte ich.

Überrascht hob mein Kollege den Kopf und starrte mich durch die offene Bürotür an, als würde er mich gerade zum ersten Mal sehen.

Sofort spürte ich, wie meine Augenbrauen sich zusammenzogen. »Was?«, blaffte ich ihn an.

»Nichts«, erwiderte er eilig. »Ich kann mich nur nicht daran erinnern, dass du jemals gelacht hast.«

Meine Miene gefror und ich senkte den Blick auf mein Handy. Heiße Röte kroch in meine Wangen und ich bekämpfte das Verlangen, die Kaffeetasse nach meinem Kollegen zu werfen. Allerdings würde sich das nur lohnen, so lange der Kaffee noch heiß war.

Lieber wieder auf das Wesentliche konzentrieren. *»Wo soll ich dich abholen?«*, tippte ich.

»Ich muss bis 21 Uhr arbeiten. Königsstraße 43. Soll ich nicht direkt zu dir kommen?«

Wieder schlich sich ein Grinsen auf meine Lippen. Kai war dermaßen höflich – unglaublich. Also tippte ich: *»Kein Problem. In der Regel arbeite ich auch so lange.«*

Die empörte Antwort ließ nicht lange auf sich warten. *»Du arbeitest zu viel.«*

Während ich die Augen verdrehte, schrieb ich nur *»Bis später«*, und wandte mich wieder der Arbeit zu.

Kai stand bereits am Straßenrand, als ich um die Ecke bog. Ich hielt direkt neben ihm und schenkte ihm mein bestes Lächeln, als er einstieg. Die Vorfreude pulsierte bereits seit dem späten Nachmittag durch meinen Körper.

Er schnallte sich an, ich runzelte die Stirn und deutete mit dem Kinn auf ihn. »Was ist das?«

»Eine Ananas, eine Fruchtpflanze aus der Familie der Bromeliengewächse, reich an Vitaminen, Mineralstoffen und Enzymen. Deswegen habe ich sie dir mitgebracht.«

»Die ist für mich?«, fragte ich nach. Leichte Panik schwang in meiner Stimme mit. Was sollte ich denn mit einer verfluchten Ananas?

»Genau. Ich hatte irgendwie das Gefühl, dass du mir einen Blumenstrauß möglicherweise um die Ohren hauen würdest. Außerdem kann ich so mein Gewissen beruhigen, dass du wenigstens ein bisschen was Gesundes zu dir nimmst.«

Obwohl ich die Augen verdrehen wollte, musste ich stattdessen lachen. Seine Theorie mit dem Blumenstrauß war nicht abwegig. Trotzdem ging es mir gegen den Strich, dass er mir überhaupt etwas mitgebracht hatte. Das musste ich ihm abgewöhnen.

»Ich nehme nicht an, dass ich einfach einen Strohhalm in die Ananas stecken kann und darin ein – sagen wir – Ananas-Kokos-Cocktail ist?«, fragte ich sicherheitshalber nach.

»Ganz sicher nicht. Die hier musst du erst schälen.«

Genervt stöhnte ich auf. »Auch das noch.«

Kai streckte den Arm aus, umfasste meinen Nacken und streichelte die empfindliche Haut mit seinem Daumen. »Keine Sorge. Ich zeige dir, wie das geht.«

In Wahrheit dachte ich, dass er mir lieber ganz andere Dinge zeigen sollte, aber ich schaffte es, höflich zu antworten: »In Ordnung.«

»Du solltest dir das dreckige Grinsen abgewöhnen, wenn du vertuschen willst, dass du an Sex denkst«, stellte er belustigt fest und ich warf einen schnellen Blick in den Rückspiegel. Jepp, da hatte er recht. Ich grinste wirklich sehr, sehr dreckig.

Er lachte leise und massierte weiter meinen Nacken. Hoffentlich schafften wir es noch nach Hause, bevor ich anfing, wie ein Kätzchen zu schnurren.

»Und? Was hast du heute so gemacht?«, fragte er jetzt beiläufig und kuschelte sich dabei gemütlich in den Beifahrersitz.

Fast hätte ich den Wagen in den Gegenverkehr gelenkt, so sehr brachte seine Frage mich aus dem Konzept. »Wie bitte?«

»Na, wie du deinen Tag verbracht hast«, erklärte er mir, als wäre ich eine Erstklässlerin.

»Warum willst du das wissen?« Mich als irritiert zu bezeichnen, wäre stark untertrieben gewesen. Aus dem Augenwinkel konnte ich sehen, dass er mich fassungslos anstarrte.

»Ich versuche lediglich, ein bisschen Small Talk zu machen.« Sein Daumen übte einen geradezu hypnotischen Druck auf meinen verspannten Nacken aus.

»Ach so.« Erleichtert zuckte ich mit den Schultern. »Das brauchst du nicht. Kein höfliches Geplänkel.«

»Du machst mich wirklich fertig, Sabrina.«

Ich mochte die Art, wie er meinen Namen seufzte. Offenbar konnte ich ihn ziemlich leicht aus dem Konzept bringen.

»Vielleicht möchte ich mich aber tatsächlich mit dir unterhalten.« Sein Tonfall war definitiv in Richtung »schmollend« gerutscht.

»Keine Sorge, du musst dich nicht bemühen. Ich werde so oder so mit dir schlafen«, verkündete ich und hoffte, dass ihn das beruhigen würde.

»Das habe ich deiner sensiblen Textnachricht durchaus entnommen. Aber ich würde gern mehr über dich erfahren.«

Glücklicherweise hatte ich gerade erst in den Rückspiegel gesehen, deswegen war es nicht schlimm, dass ich eine glatte Vollbremsung hinlegte. Außerdem befanden wir uns bereits in der 30er-Zone vor meiner Wohnung.

»Um Himmels willen! Warum? Wieso sollte ich dich interessieren? Reicht es nicht vollkommen, wenn wir wissen, wie der andere nackt aussieht?«

Wieder einmal betrachtete er mich, als wäre ich eine neuartige Spezies, die er noch nicht ganz einschätzen konnte. »Von mir aus. Ich kann auch einfach nur über mich reden.«

Statt einer Antwort seufzte ich bloß hörbar und legte den ersten Gang ein. Kai machte ernst und unterhielt mich tatsächlich den Rest des kurzen Weges mit Anekdoten seines Tages. Obwohl ich meine Ohren auf Durchzug hatte stellen wollen, musste ich doch ständig lachen. Er hatte eine unglaublich lustige Art, Dinge zu erzählen. Unter anderem berichtete er mir von einer Gruppe älterer Damen, für die er morgens in dem Fitnessstudio, wo er arbeitete, einen Rücken-Fit-Kurs gab. Als er die Frauen nachmachte, hätte ich Tränen lachen können. Ich gab mir die größte Mühe, ihn nicht zu ermutigen, doch er quatschte in einer Tour durch. Selbst in der Tiefgarage hielt er nicht den Mund. Mittlerweile war er bei einer Art Schälgerät für Zucchini-Spaghetti angelangt.

Da hob ich die Hand. »Was sind denn Zucchini-Spaghetti?«

»Genau das, was der Name vermuten lässt: Spaghetti aus Zucchini geschnitten. Das spart eine Menge Kohlehydrate.« Er sah mich stolz an.

Leider spürte ich, dass meine Mundwinkel zuckten. »Aha.«

»Mach dich ruhig über mich lustig. Wenigstens laufe ich nicht Gefahr, an Skorbut zu sterben.«

Empört schlug ich nach ihm. »Hey! Das stimmt nicht!«

Ich schloss bereits die Wohnungstür auf und Kai folgte mir in die Küche. Nachdem er die Ananas auf die Arbeitsfläche gestellt hatte, nahm er sich ein Wasserglas aus dem Schrank und füllte es unter dem Hahn.

»Das stimmt also nicht?« Er deutete auf den Herd. »Dann verrate mir doch mal, wann du den das letzte Mal in Betrieb hattest?«

Tatsächlich musste ich kurz nachdenken. »Ähm ...«

»Alles, was bereits vorportioniert in Backofen- und Mikrowellen geeignetem Geschirr gekommen ist, zählt übrigens nicht.«

Mist. Damit war ich definitiv raus. Also zuckte ich resignierend mit den Schultern. »Dann weiß ich es nicht. Meistens esse ich sowieso im Büro.« Kochen bestand bei mir in der Regel daraus, dass ich eine Nummer am Telefon wählte und das Essen meiner Wahl 30 Minuten später geliefert wurde.

Er verzog das Gesicht. »Das klingt gesund.«

Langsam, aber sicher sorgte er für ein schlechtes Gewissen bei mir. Davon sollte ich mich schleunigst ablenken – und ich hatte schon eine Idee, wie ich das anstellen konnte.

Lasziv senkte ich die Lider und ging langsam auf ihn zu. Die Arme legte ich um seinen Nacken, dann schnupperte ich an seinem Hals. Er roch wunderbar: frisch und leicht holzig. Ich ließ meine Lippen an der warmen Haut empor gleiten, bis ich am Ohrläppchen knabbern konnte.

Kai erschauerte und umfasste meine Taille, um mich näher an ihn heran zu ziehen. Ermutigt rieb ich meinen Unterleib an ihm und genoss mit jeder Faser, wie er darauf reagierte.

Erst jetzt bemerkte ich, wie sehr ich mich danach gesehnt hatte, wieder mit ihm zu schlafen. Das letzte Mal war so berauschend gewesen, dass es den Hunger nach mehr geweckt hatte.

Seine Hände waren inzwischen hoch gewandert und legten sich um meine Brüste. Meine Nippel reagierten sofort und zogen sich fest zusammen.

Er legte den Kopf schräg und ich folgte der Einladung. Alles an uns schien perfekt zusammenzupassen. Seine Zunge schlüpfte zwischen meine Lippen und ich lehnte mich ihm entgegen.

Während wir immer leidenschaftlicher wurden, kam mir die Erkenntnis, dass wir es vermutlich nicht mehr ins Schlafzimmer schaffen würden. Meine Hand war bereits in Kais Hose gewandert. Sein Schaft pulsierte zwischen meinen Fingern, kurz knabberte ich an seinem Ohrläppchen und erfreute mich an dem leisen Geräusch, das er von sich gab.

Im Gegenzug hatte er meine Bluse aufgeknöpft und die Schalen des BHs einfach zur Seite geschoben. Dann drängte Kai mich nach hinten, bis ich an den Küchentisch stieß. Er packte meinen Po und setzte mich auf die Tischplatte.

Da ich nur einen Rock trug, konnte ich mein Höschen in dieser Position leicht ausziehen. Dabei sah ich zu, wie Kai seine Hose und das Shirt auszog.

Ich bedeckte seine Brust mit Küssen und spreizte gleichzeitig die Beine. Glücklicherweise dachte er dieses Mal an die Verhütung. Voller Verlangen biss ich mir auf die Unterlippe und sah zu, wie er das Kondom überstreifte.

Seine erhitzte Haut berührte meine und ich wollte keine Sekunde länger warten. Zielsicher griff ich nach seinem Schwanz und führte ihn an die richtige Stelle.

Dann schlang ich die Beine um seine Hüften und zog ihn förmlich in mich hinein.

Ein leises Keuchen entschlüpfte mir, dann war Kai schon ganz in mich eingedrungen. Ich suchte seinen Mund, er kam mir entgegen und imitierte mit seiner Zunge die Stöße seines Penis.

Mein Körper reagierte mit einem lustvollen Schauer. Dann unterbrach Kai den Kuss und sah mich an. Seine Hand lag auf meiner Schulter und drückte mich sanft, aber bestimmt nach hinten, bis ich auf dem Rücken ausgestreckt vor ihm lag. Seine Finger wanderten von meiner Schulter über den Bauch nach unten. Vorher streifte er kurz meine harte Brustwarze.

Zielsicher fand er meine Klit und rieb sie. Mit einem Keuchen riss ich die Augen auf und wand mich unruhig auf der glatten Tischplatte.

Immer tiefer und schneller stieß Kai in mich hinein. Ich packte die Tischkante, um mich festzuhalten, und spürte, wie sich das feine Prickeln in mir aufbaute und den Orgasmus ankündigte.

»Oh mein Gott«, flüsterte ich atemlos und bemerkte das zufriedene und sehr sinnliche Lächeln auf seinem Gesicht.

Seine Finger bewegten sich in perfektem Rhythmus, meine Muskeln spannten sich an und ich konnte nur noch an das himmlische Gefühl denken, das durch meinen Körper pulsierte.

Ich zog ihn mit meinen Beinen noch näher an mich heran, wollte ihn noch mehr spüren. Mit einem leisen Schrei kam ich heftig. Für einen Moment glaubte ich, explodieren zu müssen. Meine Finger schmerzten, so fest klammerte ich mich an den Tisch.

Kai rieb noch immer über meine Lustperle und das Pulsieren schien nicht enden zu wollen. Als ich schließlich nur noch bebend und zitternd vor ihm lag, beugte er sich nach vorne und küsste mich.

Ein letzter, harter Stoß, dann kam auch er.

Völlig selbstvergessen streichelte ich seinen Nacken, bis er sich schließlich räusperte. »Ich glaube, wenn wir hier noch länger so kauern, bekommen wir ziemlich üble Rückenschmerzen.«

»Da ist vermutlich etwas dran.« Erschrocken versuchte ich, mir nicht anmerken zu lassen, dass ich selbst von der Wehmut in meiner Stimme überrascht war.

Als ich wieder aufrecht saß, zupfte ich verlegen meine Bluse zurecht. Allerdings gab ich es schnell wieder auf, mein BH saß schief, mein Rock hing zerknittert auf Taillenhöhe und ich hatte nicht die geringste Ahnung, wo mein Höschen abgeblieben war. Mein Anstand hatte sich längst verabschiedet, da machte die offene Bluse auch keinen Unterschied mehr.

Kai hatte bereits seine Hose wieder geschlossen und sah sich nach seinem Shirt um. Da bemerkte ich, dass ich halb darauf saß.

So ruhig wie möglich strich ich meine Haare nach hinten. Wie meine Frisur aussah, wollte ich lieber nicht wissen, nachdem ich meinen Kopf so leidenschaftlich über die Tischplatte gerieben hatte.

»Möchtest du noch etwas trinken?«, fragte ich.

Er lachte und ich bildete mir ein, dass er dabei den Kopf schüttelte. »Was steht denn zur Auswahl? Weißwein oder Kaffee?«

Das Thema hatten wir schon mal gehabt. »Ich wollte nur höflich sein«, warf ich ein.

»Keine Sorge, ich habe dich schon verstanden.« Er schmunzelte noch immer und ich konnte mich des Eindrucks nicht erwehren, dass der Witz irgendwie auf meine Kosten ging.

Stumm reichte ich ihm sein Shirt.

»Ah, da war es. Danke.« Er beugte sich vor und gab mir einen Kuss auf die Wange.

Erst jetzt begriff ich, dass er schon gehen wollte, und protestierte: »Aber es ist doch noch früh.«

»Jepp, aber mein Tag war lang und ich verspüre nicht das Bedürfnis, heute Nacht um vier Uhr vor die Tür gesetzt zu werden.«

Meine Wangen wurden so heiß, dass ich mir sicher war, dass ich gerade errötete. »Aber ein oder zwei Stunden kannst du doch bestimmt noch bleiben. Du wolltest mir zeigen, wie man dieses Monstrum schält.«

In meiner Panik war die Ananas das einzige gute Argument, das mir einfiel, um ihn zum Bleiben zu bewegen – eigentlich ganz schön peinlich.

»Hör auf. Sonst fange ich noch an zu glauben, dass du meine Gesellschaft genießt.« Kai verschränkte die Arme und grinste mich vergnügt an.

Da ich davon abgelenkt war, wie sein Bizeps anspannte, zuckte ich nur mit den Achseln. »Du hast es versprochen.«

»Das stimmt.« Sein Tonfall klang triumphierend, doch ich ignorierte es, weil ich einfach zu sehr mit sexuellen Fantasien beschäftigt war.

»Hast du ein Brotmesser mit Sägeklinge?«

Verständnislos blinzelte ich ihn an. »Ein was?«

Er rollte mit den Augen. »Oh Mann! Lass gut sein, ich gucke schon selber.«

Also setzte ich mich brav auf den Küchenstuhl, ignorierte meine offene Bluse und sah zu, wie Kai in meiner Küchenschublade herumkramte. Dabei murmelte er vor sich hin. Allerdings hatte ich das untrügliche Gefühl, dass ich lieber gar nicht erst wissen wollte, was er da sagte.

4

Zufrieden betrachtete ich Kais knackigen Hintern, bevor er zu meinem großen Bedauern unter der ersten Schicht Stoff verschwand.

Also legte ich mich stattdessen auf den Rücken, verschränkte die Arme hinter dem Kopf und starrte die Decke an.

Seit knapp zwei Monaten vögelten wir jetzt auf regelmäßiger Basis. Und es lief super – zumindest fand ich das. Ein bis zwei Mal in der Woche verabredeten wir uns und ich nahm ihn mit zu mir. Es war einfach herrlich.

Nur einen Punkt gab es, der mich unfassbar störte. Ich musste immer warten, bis Kai wieder verschwunden war, bevor ich endlich in Ruhe meine Zigarette danach rauchen konnte; der kleine Gesundheitsfanatiker hielt mir sonst stundenlang Vorträge.

Zumindest an die Ananas, die er jedes Mal mitbrachte, hatte ich mich inzwischen gewöhnt. Um ehrlich zu sein, aß ich sie mittlerweile sogar.

Erst jetzt bemerkte ich, dass Kai mich anstarrte. Ich drehte den Kopf zu ihm. »Was ist?«

»Ich habe gesagt, dass ich Samstag nicht kann«, wiederholte er, was mir offenbar gerade entgangen war.

Sofort bemerkte ich, dass diese Aussage mich wurmte, obwohl ich nicht genau benennen konnte, warum. Ich drehte mich auf die Seite, stützte meinen Kopf in die Hand und fragte: »Warum nicht?«

Überrascht zog Kai die Augenbraue hoch. »Seit wann interessiert dich das denn?«

Schon bereute ich die Frage wieder. Ich hatte Kai anfangs sehr eindringlich klar gemacht, dass er nichts in meinem Leben zu suchen hatte und ich auch nicht daran interessiert war, an seinem teilzunehmen. Allerdings ignorierte er diesen Umstand beharrlich und plauderte immer ziemlich viel, wenn er bei mir war oder wir mit dem Auto unterwegs waren. So hatte ich in der Zwischenzeit eine Menge über ihn erfahren – mehr, als ich eigentlich wollte. Trotzdem ertappte ich mich jedes Mal wieder dabei, dass ich ihm zuhörte, statt ihn zu bitten, dass er die Klappe halten sollte.

Doch soeben hatte ich meine eigene Regel gebrochen. Jetzt musste ich zusehen, wie ich aus der Nummer wieder herauskam. »Ich bin nur neugierig, warum du mich hängen lässt.«

Er zog spöttisch den Mundwinkel hoch, bevor er sich das T-Shirt über den Kopf streifte. »Hängen lassen ist aber ein hartes Wort, nur weil ich einmal keine Zeit für dich haben. Was ist mit Freitag?«

Zwar fiel mir auf, dass er mir keine Antwort auf die eigentliche Frage gegeben hatte, aber ich wollte nicht noch länger diskutieren. »In Ordnung. So gegen 19 Uhr?«

Kai nickte und verließ das Schlafzimmer.

Die ersten paar Male hatte ich ihn noch zur Tür begleitet. Da ich aber schon früher nie gewusst hatte, was der angemessene Verhaltenskodex war, hatte ich schließlich darauf verzichtet. Mittlerweile verabschiedeten wir uns einfach und Kai zog hinter sich die Tür zu.

Ich kuschelte mich zufrieden tiefer ins Bettlaken. Wenigstens war ich jetzt entspannt und auf die lange Woche vorbereitet: Der Jahresabschluss, unzählige Meetings und Überstunden lagen vor mir; nicht zu vergessen die jährliche Geschäftsfeier, vor der mir graute.

Da fiel mir ein, dass ich unbedingt noch mein »Date« für diesen Abend bestätigen musste. Obwohl ich tatsächlich mit dem Gedanken gespielt hatte, Kai zu fragen, mich zu begleiten, hatte ich es wieder verworfen.

Die Gründe dafür waren zahlreich. Zum einen wollte ich nicht mit einem jüngeren Mann dort auftauchen. Ich hatte ihn zwar noch nicht gefragt, aber ich war mir sicher, dass er bestimmt fünf Jahre jünger war als ich. Zum anderen wollte ich auf keinen Fall, dass er der Aufgabe, mich zu begleiten, mehr Bedeutung zusprach, als sie hatte. Ich brauchte nur eine Begleitung, keinen festen Freund oder Ähnliches.

Der letzte Grund war: Ich hasste es, um etwas zu bitten. Allein die Vorstellung, dass er ablehnen könnte, sorgte dafür, dass ich nervöses Augenzucken bekam.

Nein, es war besser, wenn ich das alles sauber trennte. Es lief doch optimal, so wie es war.

Am Freitagabend klingelte es pünktlich um viertel vor sieben. Sofort entspannte ich mich. Es würde alles glattgehen, davon war ich überzeugt.

Wie von der Agentur versprochen, war Mark pünktlich. Um kurz nach sieben würde das Taxi uns abholen, bis dahin hatten wir noch ein paar Minuten, um uns kennenzulernen und unsere romantische Liebesgeschichte abzusprechen – unsere fiktive, romantische Liebesgeschichte.

Aufgeregt öffnete ich die Tür. Es war keine große Überraschung, dass Mark genauso wie auf dem Foto der Website aussah, sogar das Lächeln stimmte eins zu eins überein. Ich zwang meine Mundwinkel nach oben und fragte mich flüchtig, warum ich mich nicht wirklich freute, ihn zu sehen.

Nachdem er meine Hand mit einem festen, aber nicht zu festen Händedruck geschüttelte hatte, trat ich einen Schritt zur Seite und bedeutete ihm, hereinzukommen. Dabei fiel mein Blick auf die Ananas, die Kai bei seinem letzten Besuch zurückgelassen hatte.

Die Woche war so stressig gewesen, dass ich nicht dazu gekommen war, sie zu essen. Bildete ich mir das ein oder hingen die Blätter schon traurig nach unten? Genau das war der Grund, weshalb in meiner Wohnung nichts Lebendiges zu finden war: Über kurz oder lang würde es eingehen und mir stumme Vorwürfe machen.

»Also, wir gehen heute Abend zu deiner jährlichen Abschlussfeier. Obwohl wir schon drei Jahre zusammen sind, nachdem wir uns auf einer Kreuzfahrt vor vier Jahren kennengelernt haben, habe ich heute zum ersten Mal Zeit, dich zu begleiten. Sonst war ich nämlich immer beruflich unterwegs, richtig?«, fasste Mark unsere Geschichte kurz zusammen. Seine strahlend weißen Zähne blendeten mich fast.

»Genau. Du bist gegen Muscheln und Schalentiere allergisch und wir wollen keine Kinder.«

Er nickte und fragte: »Wollen wir noch etwas trinken, bevor wir losmüssen? Dann könnten wir ein wenig plaudern.« Ganz lässig deutete er auf den Küchentisch und nahm mir so die Befangenheit.

Es war ganz eindeutig von Vorteil, wenn man einen Profi engagierte, statt sich auf das erstbeste Date zu verlassen.

»Ich kann dir Weißwein oder Kaffee anbieten«, sagte ich und hoffte, dass er sich für den Wein entscheiden würde.

Mir schien immer heißer zu werden und allein bei dem Gedanken an den kalten Wein direkt aus dem Kühlschrank wurde ich geradezu ekstatisch.

»Wein, bitte«, antwortete er höflich und schenkte mir ein weiteres Kataloglächeln.

Zufrieden nickte ich und holte zwei Gläser aus dem Schrank.

Da erklang seine Stimme hinter mir: »Umwerfendes Kleid übrigens.«

»Danke schön«, erwiderte ich verlegen und strich mir die eine Locke, die absichtlich lose aus meiner Hochsteckfrisur herausragte, hinter das Ohr.

Den Wein stellte ich neben die Gläser. Da kam Mark mir schon zuvor und griff nach der Flasche. »Lass mich einschenken und setz dich doch.«

Schnell ließ ich mich auf den freien Küchenstuhl sinken und zupfte an meinem Rocksaum herum.

Ich trug nicht unbedingt gerne Kleider, aber ich wusste, dass in der Firma erwartet wurde, heute Abend so herausgeputzt wie möglich aufzutauchen.

Für meinen Geschmack verharrten Marks Augen einen Hauch zu lange auf meinen nackten Beinen – nackt waren sie deshalb, weil ich Strumpfhosen noch mehr verabscheute als Kleider. Außerdem würden wir vom Taxi direkt in die geheizte Lobby treten, also war es schon okay, auf dieses nervige, unbequeme Kleidungsstück zu verzichten.

Mark schob mir eins der Gläser entgegen und murmelte: »Wirklich ein schönes Kleid.«

Seine Bemerkung tat ich mit einem Schulterzucken ab und überlegte, ob ich noch ein weiteres Detail zu unserer fiktiven Romanze hinzufügen sollte oder nicht.

Wieder schielte mein Gegenüber auf meine Beine.

»Ich meine es ernst, du siehst wirklich sehr gut aus.« Marks Finger spielten mit dem Stiel des Glases.

Bildete ich mir das ein oder flirtete Mark mit mir?

Nein, das konnte nicht sein. Sicherlich schmeichelte er mir als Teil des Programms, damit ich mich entspannte oder er spekulierte auf ein großzügiges Trinkgeld. Das musste es sein! Also zwang ich meine Mundwinkel noch etwas weiter nach oben und nickte höflich.

Die Klingel erlöste mich. Überrascht sah ich auf die große Uhr über der Küchentür. Das Taxi war außerordentlich früh dran.

Meine Absätze hallten unnatürlich laut auf dem Holzboden, als ich schnell zur Tür ging. Dabei war ich mir ziemlich sicher, dass Mark auf meinen Hintern starrte. Ich drückte den kleinen Kopf am Videomonitor, der mir zeigte, wer vor der Tür stand.

»Fuck«, entwischte es meinen Lippen.

»Alles in Ordnung?«, erkundigte sich Mark besorgt aus der Küche.

»Ja, ja. Alles gut«, antwortete ich mechanisch und überlegte fieberhaft, was ich tun sollte. Ein Mann im maßgeschneiderten Anzug saß in meiner Küche und ein anderer in Jeans und Kapuzenpullover stand vor meiner Tür.

Was zum Teufel wollte Kai hier?

Es klingelte erneut. Aus Reflex drückte ich den Türöffner und ärgerte mich im gleichen Moment. Was war es an Kai, das mein sonst so klares Denken aussetzen ließ?

Entweder ich würde Kai im Treppenhaus entgegengehen oder ich musste Mark bitten, sich in meiner Wohnung zu verstecken.

Noch während ich mir fieberhaft den Kopf zerbrach, kam Mark in den Flur und griff nach seinem Mantel. Offenbar dachte auch er, dass das Taxi da war.

»Wir müssen noch nicht los.« Dabei wedelte ich mit der Hand, um ihn zu verscheuchen. Irritiert zog Mark die Augenbraue hoch, da klopfte es hinter mir bereits an der Tür.

Herrgott! Musste Kai denn wirklich jedes Mal die Treppe nach oben sprinten?

Weil ich nicht sofort reagierte, beugte Mark sich an mir vorbei und öffnete an meiner Stelle die Tür. Dabei stieg mir der dezente Duft seines Aftershaves in die Nase, allerdings konnte ich es in diesem Moment absolut nicht genießen.

Kai runzelte die Stirn und sah an Mark vorbei zu mir. »Hi.«

»Hi«, erwiderte ich schwach und betete, dass der Boden sich auftun möge. Jetzt wurde es wirklich peinlich. Mir war soeben aufgefallen, dass wir unsere Verabredung zum Sex von Samstag auf Freitag vorverlegt hatten – und ich hatte es vergessen.

»Hallo«, mischte sich jetzt Mark ein.

Kai brauchte nicht lange, um den Zusammenhang zwischen meinem Outfit und Marks Anzug herzustellen. Es war deutlich zu sehen, dass ich im Begriff war, mit Mark auszugehen und damit exakt das zu tun, was ich von vornherein kategorisch abgelehnt hatte, es jemals mit Kai zu tun: ausgehen, weggehen, Spaß haben, sich in der Öffentlichkeit zu zeigen.

Mit einem Seufzen verschränkte Kai die Arme und lehnte sich an den Türrahmen. Ich war beeindruckt von seiner Ruhe.

»Komme ich ungelegen?«, fragte er mit einem spöttischen Unterton.

»Ich habe wohl die Daten verwechselt«, murmelte ich und zwang mich, seinen grauen Augen standzuhalten.

»Ja, den Eindruck habe ich auch«, antwortete er und betrachtete Mark abschätzend.

Weil die Situation noch nicht unangenehm genug war, wandte sich Mark an mich. »Ist das unser Taxifahrer, Schatz?«

Sofort bekam ich Bauchschmerzen bei der Anrede.

»Schatz?«, fragte genau im gleichen Moment Kai und setzte in meine Richtung nach: »Wer ist das eigentlich?«

Während ich mir eine mentale Notiz machte, Mark gleich zu verklickern, dass er mich gerade zum ersten und letzten Mal »Schatz« genannt hatte, hob ich abwehrend die Hand, um Kai zu beschwichtigen. Wie sollte ich bloß einen nachvollziehbaren Satz bauen, ohne die Worte Escortservice, Bezahlung und Firmenfeier in den Mund zu nehmen?

Leider kam Mark-Schatz mir zuvor. »Ich bin Sabrinas Freund, Mark. Angenehm«, verkündete er und besaß dabei die Gelassenheit, Kai die Hand schütteln zu wollen.

Kais Gesichtszüge wurden hart, seine Augen schmal. »Wie bitte?«

Um Himmels willen, ich musste etwas sagen! Schnell schnappte ich mir den Haustürschlüssel, packte Kai am Oberarm und schob ihn nach draußen in den Hausflur. Über die Schulter rief ich Mark zu: »Ich bin gleich wieder da.« Damit zog ich die Tür zu, damit ich ungestört mit Kai reden konnte.

Er hatte abwehrend die Arme verschränkt und zwei Schritte Abstand zwischen uns gebracht. Seine Miene machte deutlich, dass er auf die Erklärung mehr als gespannt war.

»Hör zu. Ich habe mich im Datum geirrt. Es tut mir leid, dass du den Weg umsonst gekommen bist, aber ich habe heute Abend eine Firmenfeier, die ich nicht verpassen darf.«

»Das ist alles? Das ist deine Erklärung dafür, dass der Typ sich gerade als dein Freund vorgestellt hat? Stört es ihn nicht, dass du zweimal in der Woche mit einem anderen vögelst?«

Obwohl die Vorwürfe hart auf mich einprasselten, hob Kai nicht einmal die Stimme. Ich hatte erwartet, dass er herumschreien würde, aber er war immer noch beeindruckend ruhig.

Während ich das Bedürfnis unterdrückte, vor Nervosität an meiner Nagelhaut herumzuknibbeln, suchte ich wieder nach den richtigen Worten. »Er ist lediglich meine Begleitung für heute Abend.«

»Das scheint er aber anders zu sehen. Warum hast du mich denn nicht gefragt, ob ich mit dir gehe?«

Die Frage sorgte dafür, dass ich auflachte; so absurd fand ich die Vorstellung, mit ihm auf die Party in der Firma zu gehen. Klar, er war nett, höflich, gut erzogen und einfach nur umwerfend im Bett – aber ich konnte ihn mir einfach nicht zwischen meinen Arbeitskollegen vorstellen, während Mark nahtlos ins Bild passte.

Leider war meine Reaktion absolut die falsche. Kais Gesichtsausdruck gefror und er sagte: »Weißt du was: Ruf mich nicht mehr an. Und schreib mir nicht mehr.«

Dann drehte er sich auf dem Absatz um und ging. Seine Turnschuhe machten fast kein Geräusch, während er sich langsam dem Treppenhaus näherte.

»Kai, warte!« Erschrocken schlug ich die Hand vor den Mund. Ich hatte einfach gerufen, nicht darüber nachgedacht.

Er blieb stehen, drehte sich aber nicht um. »Was?« Seine Stimme klang gereizt.

Eigentlich wollte ich sagen: Geh nicht!

Doch das ging nicht. Ich musste zu dieser Party, selbst wenn die Aussicht darauf – und auch auf Marks Begleitung – alles andere als prickelnd waren. Außerdem würde ich damit einen falschen Eindruck erwecken.

Fuck! Warum hatte ich nur die Termine durcheinandergebracht? Wenn Kai wie geplant morgen gekommen wäre, hätte er niemals von all dem erfahren!

»Es tut mir leid«, war alles, was ich hervorbrachte. Meine Stimme zitterte erschreckend.

Als Antwort bekam ich lediglich ein Schulterzucken, dann verschwand er um die Ecke. Der Schmerz des gleichgültigen Schulterzuckens dauerte allerdings noch sehr viel länger an.

Glücklicherweise verhielt Mark sich wie ein formvollendeter Gentleman und erwähnte den Vorfall mit keinem Wort, als ich zurückkehrte. Eigentlich wollte ich ihn zurechtweisen, was ihm eigentlich einfiel, sich als mein Freund vorzustellen – er hatte schließlich nicht wissen können, wer vor der Tür stand.

Allerdings hätte das an dem Chaos nichts geändert, das ohnehin in dem Moment geherrscht hatte, als Kai aufgetaucht war. Also nahm ich dankbar das Glas Wein, das Mark aus der Küche geholt hatte und mir wortlos reichte.

Plötzlich war alles an Energie verpufft und ich fühlte mich nur noch müde. Trotzdem hielt ich die Schultern gestrafft und lächelte mechanisch, dabei ging es in meinem Kopf drunter und drüber. Was war gerade passiert?

5

Das Taxi hielt vor dem großen Gebäude und schon durch die Scheibe konnte ich sehen, dass die große Lobby mit unzähligen Lampions geschmückt worden war, die sanftes Licht spendeten.

Als ich mich bei dem Gedanken erwischte, wie hübsch es aussah und dass Kai den Anblick sicher gemocht hätte, verkrampften sich meine Eingeweide. Statt mir weiter den Kopf zu zerbrechen, zwang ich mich dazu, langsam meine Atemzüge zu zählen.

Marks Hand lag wie selbstverständlich auf meinem Rücken und ich war mir sicher, dass wir ein wunderbares Paar abgaben. Dennoch rebellierte mein Magen ununterbrochen. Der Abend war inzwischen gelaufen – für mich zumindest, denn Mark strahlte weiterhin fröhlich in die Runde. Wir bewegten uns langsam durch die Menge, schüttelten Hände, stellten einander vor und hielten sinnlosen Small Talk, den ich durch zahllose Geschäftsessen und Meetings völlig automatisiert von mir geben konnte.

Immer wieder versuchte ich mich selbst davon zu überzeugen, dass es einfach besser gewesen war, Kai nicht mit zu dieser Veranstaltung zu nehmen. Das war nicht seine Welt. Er passte einfach nicht hierhin. Genauso wenig wie ich.

Dabei hörte ich im Geiste, wie er sich vorstellte: »Kai-Uwe mit Bindestrich.« Ich musste lächeln. Erwartungsvoll erwiderte Mark es, da er es offensichtlich auf sich bezog.

Glücklicherweise entdeckte ich in diesem Moment jemanden, den ich ihm vorstellen konnte. Erleichtert bugsierte ich ihn hinüber. »Das ist meine Sekretärin Nadine. Nadine, das ist Mark«, sagte ich mit einer höflichen Handgeste.

Ein kurzer Schatten glitt über ihr Gesicht. »Nicole, mein Name ist Nicole.«

Ach, verdammt! Ich musste wirklich langsam damit anfangen, mir solche Dinge zu merken. Mark lächelte Nicole an und an ihrem Gesicht konnte ich ablesen, dass sein gutes Aussehen sie für meinen Fauxpas entschädigte.

»Ihr arbeitet also noch nicht lange zusammen, Schatz?«, stellte er mir eine eigentlich ganz unverfängliche Frage.

Unbehaglich senkte ich den Blick. Meine ganze Kraft war dafür draufgegangen, nicht zusammenzuzucken, als er wieder »Schatz« zu mir gesagt hatte und wie seine Finger durch den Stoff meines Kleides glühten – allerdings auf eine unangenehme Weise.

Aufgrund des Durcheinanders mit Kai hatte ich vergessen, ihn darauf hinzuweisen. »Äh ...« Ich suchte nach der richtigen Antwort, doch Nicole kam mir zuvor.

»Knapp sieben Jahre«, murmelte sie höflich und schaufelte mein Grab noch tiefer.

War sie wirklich schon seit sieben Jahren meine Assistentin?

»Entschuldigt ihr mich bitte«, war alles, was ich noch herausbrachte, bevor ich zum Aufzug stürzte. Mit zittrigen Fingern zog ich meinen Mitarbeiterausweis hervor und ermöglichte mir so den Zugang zu den oberen Stockwerken. Ich musste einen Moment alleine sein.

Mit wackligen Beinen stürzte ich in die Damentoilette und krallte mich am Waschbeckenrand fest. Immer wieder hörte ich Nicole, wie sie mich verbesserte, weil ich ihren Namen nicht wusste. Kai, wie er mir sagte, dass ich ihn nicht mehr anrufen solle, und zu guter Letzt meine Mutter, die betrunken am Telefon weinte. Sie rief in der Regel nur an, wenn sie getrunken hatte, und nur, um meinem Vater und mir Vorwürfe zu machen. Immer, wenn ich einmal schwach wurde – und das kam nun wirklich nicht allzu häufig vor, sagte ich mir selbst – verfolgte mich ihre Stimme.

Wütend starrte ich mein Spiegelbild an. Wenigstens meine Augenringe waren nicht so ausgeprägt wie sonst, weil ich in letzter Zeit für meine Verhältnisse erstaunlich viel geschlafen hatte.

Doch ich hatte schon so eine Ahnung, dass sich das schnell wieder ändern würde, jetzt, da Kai aus meinem Leben verschwunden war. Die Erkenntnis zog mir förmlich den Boden unter den Füßen weg.

Wie in Zeitlupe rutschte ich hinunter, bis ich auf den kalten Fliesen saß. Erst als die Tränen auf mein Kleid tropften, bemerkte ich, dass ich weinte.

Ich hasste mein Leben. So simpel war die Beobachtung, die ich heute gemacht hatte. Und ich hasste Kai dafür, dass er es mir vor Augen geführt hatte. Bis ich ihn getroffen hatte, war ich mit meinem bisherigen Konzept ganz gut gefahren, doch auf einmal hatte ich offenbar ein verfluchtes Gewissen! Neuerdings machte ich mir sogar Gedanken darüber, was andere Menschen über mich dachten! Grauenvoll!

Was war ich nur für eine Person? Seit sieben Jahren arbeitete ich mit Nadine zusammen und nun das. Sofort zuckte ich zusammen. Nicole – sie hieß Nicole, nicht Nadine! Dabei war sie eine super Assistentin, doch das hatte ich ihr vermutlich noch nie gesagt.

Trotz allem musste ich plötzlich lachen. Wie in einem dieser blöden, klischeeüberladenen Liebesfilme saß ich hier allein auf den Fliesen und bemitleidete mich selbst – und zu allem Überfluss nicht einmal in meiner Wohnung, sondern in der Firma. Das war doch vollkommen bescheuert!

Du meine Güte! Wenn ich nicht bald etwas änderte, würde ich im nächsten Leben als Mistkäfer oder Schlimmeres wiedergeboren werden.

Nach zwanzig Minuten traute ich mich wieder nach unten. Zuerst hatte ich warten müssen, bis diese dämlichen Tränen versiegt waren, damit ich mein Make-up erneuern konnte. Meine Frisur war glücklicherweise immer noch intakt.

Sobald ich zu Hause war, würde ich mir ein Geschenk für Nicole überlegen, um meine Wertschätzung auszudrücken. Vielleicht eine Tasse mit Namensaufdruck? Allerdings bezweifelte ich stark, dass sie darüber würde lachen können.

Als ich aus dem Aufzug trat, hatte ich wieder mein übliches, beruflich-unverbindliches Lächeln aufgesetzt. Bald sah ich Mark neben meinem Boss; die beiden plauderten angeregt und mein Chef grinste breit.

Als er mich entdeckte, sagte Mark: »Schatz, du hast gar nicht gesagt, dass dein Chef so ein passionierter Golfer ist.«

Statt einer Antwort lächelte ich einfach noch breiter, was als Gesprächsbeitrag von meiner Seite wohl reichte. Die beiden fachsimpelten weiter über irgendeinen Golfplatz und eine hervorragende Marke, wenn es um Schläger ging.

Ich ließ sie alleine und ging an die Bar. Der Barkeeper sah mich fragend an und obwohl das Wort »Weißwein« schon auf meiner Zunge lag, hielt ich inne. Vorwurfsvoll verkündete Kai in meinem Kopf, dass ich zu viel trank, zu wenig aß und schlief. Aus dem Augenwinkel sah ich, dass Mark zwar mit meinem Boss sprach, aber dabei schon wieder auf meine Beine starrte.

Seufzend sagte ich: »Wasser, bitte. Und hätten Sie vielleicht ein paar Nüsse oder etwas Ähnliches für mich?«

»Studentenfutter auch in Ordnung?«, erkundigte der Barkeeper sich und ich nickte. Vermutlich war es sinnvoller, wenn ich nüchtern blieb. Schließlich konnte ich nicht absehen, wohin der Abend noch führen würde. Außerdem machte Alkohol mich verletzlich und da ich schon beschädigt genug war, reichte es für heute.

Wie lang genau ich an der Bar saß, vergaß ich irgendwann, während ich ins Leere starrte. Jedenfalls legte mir Mark nach drei Gläsern Wasser die Hand auf meinen Rücken und wir brachen wortlos auf.

Er führte mich durch die große Glastür, hielt mir die Tür zum Taxi auf und nahm neben mir auf der Rückbank Platz. Ich nannte dem Fahrer meine Adresse und rutschte weiter über den Sitz. Man könnte meinen, dass wir in einem Smart saßen, so nah, wie Mark mir auf die Pelle rückte.

»Na, das ist doch super gelaufen.« Er strahlte mich an und ich hob schwach die Mundwinkel, bevor ich mich darauf konzentrierte, aus dem Fenster zu sehen.

Mark rekapitulierte den Abend und ergoss sich in wahre Lobreden auf meinen Boss. Ab und zu zuckte ich mechanisch mit den Achseln. Plötzlich sehnte ich mich nur noch danach, mich zu Hause einzuschließen.

Im Kopf überschlug ich kurz, wie viele Urlaubstage ich wohl noch hatte. Meine Lust, am Montag wieder ins Büro zu gehen, hielt sich momentan stark in Grenzen.

Urplötzlich wurde ich wieder in die Gegenwart katapultiert. Das Taxi hielt und Mark hatte seine Hand auf mein Knie gelegt. Irritiert sah ich zuerst dorthin, dann in sein Gesicht – vermutlich hätte ich ihn besser Nicole mitgeben sollen.

In mir wuchs das untrügliche Gefühl, dass der Abend gleich eine weitere beschissene Wendung nehmen würde. Bevor Mark etwas sagen konnte, flüchtete ich aus dem Taxi und gab dem Taxifahrer vermutlich das Trinkgeld seines Lebens. In diesem Moment war es mir wichtiger, nicht mehr länger als nötig in Marks Gesellschaft zu verharren, als auf mein Wechselgeld zu warten.

Leider nahm Mark meinen dezenten Hinweis nicht wahr und folgte mir unbeirrt in den Aufzug. Als die Türen sich schon geschlossen hatten, sagte ich vollkommen überflüssig: »Du musst mich nicht nach oben begleiten. Es ist doch nicht weit.«

»Aber das mache ich gern.« Sein 1000-Watt-Lächeln erhellte förmlich die Kabine.

Ganz großartig. Für meinen Geschmack nahm er seinen Job wirklich zu ernst.

Den nächsten Versuch unternahm ich vor meiner Wohnung. »Na dann. Danke.«

Er blieb wie angenagelt stehen und ich widerstand der Versuchung, eine Sonnenbrille zu holen und aufzusetzen, um diesem unglaublichen Strahlen zu entgehen.

»Gern. Würdest du gern bald mal etwas trinken gehen? Ohne die Agentur und den ganzen Quatsch natürlich?«

Während ich hektisch meinen Schlüssel aus der Tasche gekramt hatte, lehnte Mark sich in lässiger Pose, die sehr einstudiert wirkte, gegen den Türrahmen. Zu einem kam er mir dabei viel zu nahe, zum anderen stieg mir sein teures Aftershave in die Nase – es enthielt definitiv eine starke Zitrus-Note und das mochte ich an Männern gar nicht.

Kai roch immer gut und er würde mir auch niemals so penetrant zu nah kommen.

Genervt rammte ich den Schlüssel ins Schloss und verschanzte mich halb hinter der Tür, bevor ich Mark seine Antwort gab. »Nein.«

Dann warf ich die Tür zu und mein Abendtäschchen zur Seite. Ich hatte schon geahnt, dass es auf der Firmenparty nicht prickelnd werden würde – dass der Abend allerdings so katastrophal verlaufen würde, hatte ich nun wirklich nicht kommen sehen.

Nachdenklich blieb ich im Flur stehen und überlegte, was ich jetzt tun sollte. Mir war danach, mich im Bett zu verkriechen und die Decke über meinen Kopf zu ziehen. Vielleicht für die nächsten fünf bis sechs Jahre?

Stattdessen nahm ich meinen Laptop mit ins Schlafzimmer und schälte mich aus dem beknackten Kleid. In meinen liebsten Pyjama gekuschelt hockte ich mich aufs Bett und schaltete den Computer ein.

Ein Ratgeber musste her. Aber wonach sollte ich suchen? *Hilfe, ich bin ein Miststück! Wie sorge ich dafür, dass andere Leute mich mögen?*

Irgendetwas sagte mir, dass es diesen speziellen Titel vermutlich nicht geben würde. Vielleicht sollte ich ihn selber schreiben – nur würde die Erfolgsquote wohl recht fragwürdig ausfallen.

Egal, irgendwo musste ich meine Suche ja beginnen. Ich hatte auf jeden Fall eine Menge Arbeit vor mir und war wirklich nicht scharf darauf.

Am Montagmorgen stand ich vor dem Telefon und betrachtete das blaue Post-it, das davor lag. In fetten Lettern hatte ich »Nicole« darauf geschrieben und das Ganze mit drei Ausrufezeichen versehen.

Ich wählte meine eigene Nummer im Büro, denn wenn ich nicht dranging, würde der Anruf automatisch bei Nicole landen. Sie hob zügig ab und spulte den kleinen Vortrag ab.

»Guten Morgen, Nicole. Ich bin es, Sabrina.« Ich konnte förmlich vor mir sehen, dass sie verwirrt zu der geschlossenen Bürotür sah und sich partout nicht vorstellen konnte, dass ich nicht schon seit 7 Uhr an meinem Schreibtisch saß.

»Äh, hallo«, erwiderte sie verwirrt.

»Ich hätte eine Bitte. Könnten Sie vielleicht bei der Personalabteilung nachfragen, wie viel Urlaub ich noch habe und so viel wie möglich davon für mich einreichen?«

Das Schweigen am anderen Ende der Leitung verriet mir deutlich, dass ich gerade Nicoles komplettes Weltbild aus den Angeln gehoben hatte. Doch sie war ein Profi und fing sich schnell wieder. »Kein Problem. Ich schicke Ihnen dann eine E-Mail mit der Übersicht.«

»Danke«, erwiderte ich erleichtert und verabschiedete mich.

Erst nachdem ich den Hörer aufgelegt hatte, merkte ich, wie schnell mein Herz schlug.

Auf zur nächsten Herausforderung: Ich brauchte etwas zu essen, das nicht aus einem Restaurant stammte oder tiefgekühlt war. Aber zuerst sollte ich besser duschen und einen Kaffee trinken. Ich ging ohnehin nicht gerne einkaufen, aber ohne Kaffee würde das ganze Vorhaben in einer mittelschweren Katastrophe enden.

Im Supermarkt war ich sofort davon überzeugt, dass mein Plan beschissen war. Ich sollte Kais blödes Gequatsche einfach ignorieren und weitermachen wie bisher. Hatte doch funktioniert – irgendwie. Eigentlich gab es an meinem Lebensstil nichts auszusetzen. Warum hatte ich mir überhaupt von Kai einen Floh ins Ohr setzen lassen? Was wusste er schon über mich? Außerdem ging es ihn überhaupt nichts an, was ich tat!

Wem machte ich etwas vor? Außer einem netten Kontostand hatte ich exakt nichts vorzuweisen. Wenn ich daran nicht bald etwas änderte, konnte ich mir genauso gut 45 Katzen zulegen und nur noch mit denen reden.

All diese Gedanken gingen mir an der Gemüsetheke durch den Kopf. Langsam glitt ich mit den Fingern über die unterschiedlichen Gewächse und ignorierte den Stich in meinem Inneren. Ich schlenderte weiter zum Obst und wurde unendlich traurig, als ich den Korb voller Ananas sah. Das war doch einfach nur erbärmlich!

»Wuuuuuäääääääähhhhhh!«

Entsetzt zuckte ich zusammen und drehte mich um. Die Lärmquelle war nicht zu übersehen. Ein kleines Mädchen stand mitten im Gang und übte offenbar für ihren neuen Job als Sirene.

»Wuuuuuäääääääääääääähhhhhh!«

Mühsam unterdrückte ich den Impuls, mir die Ohren zuzuhalten. Schnell vergewisserte ich mich, dass ich nicht überreagierte, aber die anderen Kunden des Ladens sahen genauso irritiert aus wie ich.

Erst jetzt entdeckte ich die Mutter, die gutmütig neben dem Kind stand. Sie hatte knallrote Locken und schien von der Lautstärke ihrer Tochter vollkommen unberührt zu sein. »Also, Franka, das muss doch nicht sein.«

Franka ignorierte ihre Mutter und wechselte in eine höhere Tonlage, die noch durchdringender und nervenzerfetzender war.

»Wiiiiiiiiiiiiiiäääääääääääähhhhh!«

»Ach, Franka, wir müssen jetzt einkaufen.« Die Mutter trottete davon und die kleine Sirene folgte ihr unter Protest. Wo genau das Problem lag, konnte ich leider aufgrund des schrillen Gekreisches nicht verstehen.

Als Mama gerade nicht hinsah, blieb Franka – scheinbar der reinste Sonnenschein – stehen und verpasste ihrer kleinen Schwester, die bis dahin still im Kinderwagen gesessen hatte, eine saftige Ohrfeige.

Vor Schreck blieb mir der Mund offen stehen. Ich war drauf und dran, die Flasche Weißwein, die sich bisher in meinem Einkaufskorb befand, mit den Zähnen zu entkorken und mir zur Beruhigung der Nerven ein Gläschen einzuschenken. Vielleicht sollte ich Franka gleich ebenfalls einen Schluck anbieten.

»Huuuuuuuhuuuuuuhuuuu!«, stimmte das kleinere der Kinder jetzt mit ein.

»Also, sagt mal, Paula und Franka, was ist denn heute los?«, fragte die Mutter mit einer Engelsgeduld.

Meine Theorie war, dass Franka einfach noch nicht genug Alkohol intus hatte, aber die behielt ich lieber für mich. Was wusste ich schon von Kindern? Oder Müttern? Oder Menschen im Allgemeinen?

Aber die Rettung schien nah zu sein. Eine resolut wirkende Dame, die alt genug zu sein schien, um meine eigene Oma zu sein, ging mit energischen Schritten auf die Lärmbelästigung zu. »Na, was ist denn hier los?«

Paula verschluckte sich prompt und schniefte japsend in ihren Jackenärmel. Franka heulte weiter. »Wiiiiiiiiiiiiiiiäääääääääääähhhhh!«

»Na, na. Wer wird denn da so weinen?«, fragte sie und tätschelte Frankas Kopf.

Verwirrt verstummte Franka und sah mit großen Augen nach oben.

Erleichtert atmete ich aus. Vielleicht würde ich doch noch in Ruhe einkaufen können.

Exakt im gleichen Augenblick brach die Mutter in Tränen aus. »Es tut mir so leid. Ich habe immer nur gearbeitet und jetzt hat mein Mann mich verlassen. Aber ich weiß doch gar nicht, was man mit Kindern anfängt! Ich bin am Endehehehehe ...« Aufgebracht durch den plötzlichen Ausbruch der Mutter stimmten Franka und Paula solidarisch wieder mit ein.

Der Satz ging in einem Schluchzen unter und der älteren Dame war deutlich anzusehen, dass sie eine etwas andere Antwort erwartet hatte.

Meine werte Wenigkeit war inzwischen schockiert zurückgewichen, bis ich das Regal mit den Nudeln im Rücken spürte. Ich war mir ziemlich sicher, nicht um eine Art göttliches Zeichen gebeten zu haben, dass es Zeit war, an meiner Persönlichkeit zu arbeiten – aber wenn, dann stand es gerade eindeutig in Form von drei heulenden, weiblichen Wesen vor mir.

Ganz langsam setzte ich den roten Plastikeinkaufskorb mit dem Logo des Supermarkts ab und ging rückwärts. Ich wählte jeden Schritt mit Bedacht, als würde ich versuchen, vor einem gefährlichen Tier zu flüchten, ohne es zu verschrecken.

Das schlechte Gewissen, weil ich meinen kümmerlichen Einkauf dort hatte stehen lassen, unterdrückte ich einfach. Bio-Blumenkohl konnte ich bestimmt auch über das Internet kaufen.

Den ganzen Heimweg legte ich wie in Trance zurück. Zwar hatte ich keine Kinder, konnte mich aber trotzdem ganz gut mit Paulas und Frankas Mutter identifizieren. War das der letzte Hinweis gewesen, den ich gebraucht hatte? Ich versuchte mir auszumalen, was aus mir werden könnte. Sollte ich aus welchen Gründen auch immer beispielsweise meinen Job verlieren – was würde ich mit meiner Zeit anfangen?

Das Wort »einsam« geisterte durch meinen Kopf und ich versuchte, es von mir zu schieben. Allerdings war es sehr penetrant und verfolgte mich, sodass ich immer schneller lief und am Ende fast rannte.

Zu Hause setzte ich mich erschöpft auf den Stuhl am Küchentisch und klappte den Laptop auf. Dabei hatte ich noch immer die heulende Mutter vor Augen. Am liebsten hätte ich ihr irgendeinen Rat gegeben – aber was wusste ich schon von Beziehungen? Ich konnte weder Pflanzen noch eine simple Fick-Beziehung am Leben halten.

Mein E-Mail-Programm informierte mich über eine neue Nachricht und ich hoffte, dass es die Versandbestätigung meiner Ratgeberbestellung war.

Doch es war Nicole, die mir mitteilte, dass ich – meine Überstunden nicht mitgezählt – zwar gute acht Wochen Urlaub offen hatte, mein Chef aber einen leichten Wutanfall hingelegt hatte und ich deswegen jetzt nur drei Wochen nehmen konnte. Doch meine Assistentin war ein solcher Schatz, dass sie mir versprach, die drei Wochen zu verdoppeln, wenn der werte Herr sich wieder beruhigt hatte.

Erleichtert schloss ich für einen Moment die Augen. Sechs Wochen – das waren 42 Tage. Das sollte doch reichen, um ein wenig an mir selbst zu arbeiten und ein besserer Mensch und liebenswert zu werden, oder?

Den Gedanken, dass Nicole sich vielleicht nur solche Mühe gab, weil sie froh war, mich los zu sein, blendete ich lieber aus.

Nun grübelte ich, wie ich mich erkenntlich zeigen konnte. Ich wollte ihr gern ein Geschenk schicken, aber Blumen erschienen mir unpassend und die Namenstasse hatte ich bereits wieder verworfen.

Erst als ich mich aufrichtete und ein scharfer Schmerz durch meinen Nacken schoss, weil ich so verspannt war, kam mir die richtige Idee.

In der Nähe des Büros gab es ein nettes Spa, in dem ich mir manchmal die Mittagspause vertrieb – wenn ich überhaupt eine machte. Ich würde dort einfach einen Gutschein bestellen und ihn Nicole mailen. Das war freundlich, aber nicht übertrieben und gleichzeitig irgendwie praktisch.

Zufrieden mit mir lehnte ich mich in meinem Stuhl zurück und sah aus dem Fenster. Allerdings dauerte es nicht lange, bis ich unruhig wurde. Ich war es absolut nicht gewohnt, einfach mal gar nichts zu tun – außerdem ich hatte so eine Ahnung, dass es ein Problem werden könnte, wenn ich bereits um 11 Uhr morgens Weißwein trank ...

6

Drei Monate später

Wenn ich so weitermachte, würde ich mit dem schiefen Lächeln, das ich völlig verkrampft zur Schau trug, noch jeden Menschen im Umkreis von 200 Kilometern vergraulen.

Dabei gab ich mir schon die allergrößte Mühe, keine schlechte Laune zu verbreiten. Ich wusste, dass ich sozialer werden musste und ein paar Freunde brauchte. Wenn ich allerdings jede Einladung ausschlug, die mir gegenüber ausgesprochen wurde, dann würde ich nie andere Leute kennenlernen.

Deswegen stand ich mitten in der Nacht in einem vollkommen überfüllten Klub und »feierte« Jennifers Junggesellinnenabschied. Jennifer arbeitete irgendwo in meiner Firma und hatte scheinbar wahllos alle Kolleginnen eingeladen – vermutlich in der Annahme, dass die wenigsten überhaupt kommen würden.

Ihr Gesichtsausdruck, als ich an ihren Schreibtisch getreten war und mich erkundigt hatte, was man zu einem solchen Anlass schenkte, war Gold wert gewesen. Ich hielt ihr allerdings zugute, dass sie sich schnell wieder gefangen und mir glaubhaft versichert hatte, dass sie sich freuen würde, wenn ich kam.

Die restlichen Kolleginnen waren sicherlich heute Abend hier, um mich in freier Wildbahn – also außerhalb des Büros – zu bestaunen.

Insgesamt waren wir bestimmt 30 Frauen, denn Jennifer hatte auch wirkliche Freundinnen, die mit uns unterwegs waren. Um mich herum wurde gelacht, geschwatzt und gekichert. Nur ich passte mit meiner verkrampften Haltung nicht so recht ins Bild.

Doch ich versuchte es wirklich; gerade hatte ich mich sogar ungefähr zehn Minuten mit Small Talk herumgeschlagen. Scheinbar war Mallorca ein bombiges Reiseziel und Strähnen in drei verschiedenen Honigblondtönen momentan wahnsinnig angesagt. Und ich war um meine Haare beneidet worden – das war nett gewesen.

Ende der nächsten Woche würde ich sogar zum ersten Mal eine Cocktailbar von innen sehen. Die Frauen von meinem Yoga-Kurs wollten nämlich etwas trinken gehen und hatten mich gefragt, ob ich mitkommen wolle.

Noch versetzte der Gedanke mich in Panik, aber das würde sich hoffentlich geben. Ansonsten würde ich einfach in die Runde fragen, wer schon mal auf Mallorca gewesen war ...

Meine Gedanken schweiften wieder ab und ich lehnte mich etwas entspannter an die Theke. Die Chance standen gut, dass ich diesen Abend überleben würde. Die größte Herausforderung würde dann darin bestehen, zu Hause wieder aus dieser Röhrenjeans zu kommen. Das Ding war unfassbar eng. Ich hatte der Verkäuferin ja schon im Laden kein Wort geglaubt, als sie behauptet hatte, dass die Jeans sich nach dem Anziehen weiten würde. Das Blut in meinen Beinen zirkulierte zwar wieder, aber wirklich geweitet hatte die Hose sich bisher nicht.

Trotzdem war ich stolz auf mich, dass ich im letzten Moment daran gedacht hatte, dass ich wohl schlecht in einem meiner Business-Kostüme abends weggehen konnte. Jetzt passte ich in Skinny Jeans und rotem Seidentop ganz gut ins Bild.

Zwar war ich noch weit davon entfernt, mich wirklich wohlzufühlen, aber hier im Dämmerlicht blieb ich zumindest unbemerkt und konnte das Geschehen beobachten.

Die bunten Scheinwerfer flackerten rhythmisch über die Tanzfläche und jeder außer mir schien den Abend seines Lebens zu haben. Aber das war okay. Ich arbeitete daran.

Eigentlich war alles in Ordnung.

Bis zu dem Moment, in dem ich Kai sah.

Obwohl mein Fluchtinstinkt unmittelbar einsetzte, konnte ich mich nicht von der Stelle rühren. Ich hörte das Knacken des Plastikbechers in meiner Hand, als ich ihn vor Anspannung zerdrückte und hatte sofort die Antwort auf die Frage, warum hier keine Gläser ausgegeben wurden.

Wie in Zeitlupe wandte Kai sich um und doch schaffte ich es nicht, den Kopf zur Seite zu drehen. Die Luft schien aus dem Raum zu weichen und ich war mir sicher, dass jeder mein imaginäres Röcheln hören musste.

Wessen beschissene Idee war es eigentlich gewesen, heute Abend ausgerechnet hierher zu kommen?

Kai bemerkte mich zuerst nicht; er war zu sehr damit beschäftigt, mit der attraktiven Brünetten direkt vor seiner Nase zu flirten. Als diese über etwas lachte, das Kai gesagt hatte, durchfuhr mich ein scharfer Stich, den ich nicht zuordnen konnte.

Eigentlich der perfekte Zeitpunkt, zu verschwinden. Stattdessen bemerkte ich entsetzt, dass meine Füße sich endlich wieder bewegten – allerdings in die falsche Richtung! Nicht weg von ihm, sondern auf ihn zu!

Mein Herz schlug ganz weit hinten in meinem Hals und das Blut schien im gleichen Rhythmus hinter meinen Schläfen zu pulsieren. Mein Magen rebellierte, doch meine Füße marschierten weiter.

Jetzt bemerkte Kai mich und starrte mich über die Schulter seines Flirts an. Begeisterung war das auf seinem Gesicht auf keinen Fall. Allerdings konnte ich ihm das nicht unbedingt verdenken.

»Hi«, murmelte ich leise und versuchte, mein bestes Lächeln aufzusetzen.

Kai nickte nur knapp, während seiner Begleiterin sich irritiert umdrehte. Ich ignorierte sie einfach und suchte nach den richtigen Worten. »Tut mir leid?«

Er wischte sich mit einer genervten Bewegung über die Stirn und sagte gepresst: »Das wirkt irgendwie nicht ernst gemeint, wenn es wie eine Frage klingt.«

»Tut mir leid.« Nervös strich ich mit der Hand über mein Hosenbein, in der Hoffnung, dass meine Handfläche sich dann vielleicht weniger feucht anfühlen würde.

Die Brünette sah noch immer verwirrt zwischen uns hin und her.

»Suchst du deine Kippen? Ich glaube, hier drin darf man nicht rauchen.« Kais bissiger Tonfall war schmerzhaft und für einen kurzen Moment presste ich die Lippen aufeinander.

Was hatte noch gleich in diesem bescheuerten Selbsthilfe-Ratgeber gestanden? Versuchen Sie es am besten mit der Wahrheit – oder so ähnlich. »Nein, ich habe aufgehört. Das ist nur die Nervosität.«

Seine skeptisch in die Höhe gezogene Augenbraue zeigte mir deutlich, dass er mir nicht glaubte. »Aha. Wenn du uns entschuldigen würdest.«

Er wollte sich abwenden und ich geriet in Panik. Also streckte ich die Hand aus und packte ihn am Arm.

Das alarmierte scheinbar seine Begleiterin, die mich entgeistert anstarrte und rief: »Hey! Entschuldige mal!«

»Können wir reden?«, fragte ich Kai und ignorierte die aufgebrachte Frau.

Kühl erwiderte er: »Ich wüsste ehrlich gesagt nicht, worüber.«

Er drehte sich um und war schneller zwischen den tanzenden Körpern verschwunden, als ich reagieren konnte. Zufrieden folgte die Brünette ihm.

Ich hingegen fühlte mich, als wäre ich gerade mit einem eiskalten Eimer Wasser überschüttet worden. Sofort begann ich zu zittern, eine Kälte, die von innen nach außen strömte, durchfuhr mich.

Was hatte ich denn auch erwartet? Ich hatte mich scheußlich benommen. »Miststück« war in der Tat das richtige Wort für mich.

Da ich spürte, wie Tränen in meinen Augen aufstiegen, steuerte ich auf das sichere Dämmerlicht neben der Theke zu. Krampfhaft zwinkernd schluckte ich mehrfach hart, damit ich nicht anfing, hier vor allen zu heulen.

Als ich zurückkehrte, ging gerade ein Tablett mit Tequila herum. Zielsicher griff ich nach fünf Gläsern und kippte sie unmittelbar hintereinander hinunter. Salz und Zitrone brauchte ich nicht. Faszinierend, wie viele kleine Gläser ich balancieren konnte, wenn es darauf ankam.

Dankbar nahm ich zur Kenntnis, dass mich das Brennen in Kehle und Magen erfolgreich von dem in meinen Augen ablenkte.

Ich hatte die leeren Gläser noch nicht wieder abgestellt, da bemerkte ich das schmierige Grinsen eines

Mannes ganz in meiner Nähe. Herrgott! Sollte das der Versuch eines Flirts sein?

Angewidert schüttelte ich mich. Leider ermutigte das den Typen, zu mir herüberzukommen.

»Hi«, hauchte er mich an.

»Verschwinde«, fauchte ich knapp und drehte mich weg.

Er prallte zurück. »Zicke!« Dann zog er Leine, allerdings präsentierte er mir vorher noch seinen Mittelfinger. Gelangweilt zuckte ich mit den Schultern und kippte Tequila Nummer 6 und 7 hinunter, die ich mir gerade von dem noch immer kreisenden Tablett geschnappt hatte.

»Du bist also nicht nur zu mir so charmant?«, wollte eine Stimme hinter mir wissen.

Ich fuhr herum und starrte ich Kais graue Augen. »Kai!«

»Das ist mein Name – und ich habe ein viel zu weiches Herz. Du hast fünf Minuten.«

Dankbar blinzelte ich ihn an. »Was ist mit deiner Begleitung?«

Vielsagend sah er auf seine Uhr. »Vier Minuten 56 Sekunden.«

»Okay, okay. Können wir irgendwohin gehen, wo es ruhiger ist?«, fragte ich dicht an seinem Ohr. Zum einen war es laut und zum anderen konnte ich so ungestört an ihm schnuppern. Er roch so unfassbar gut. Ich musste mich stark zusammenzureißen, nicht einfach an seinem Ohrläppchen zu knabbern und auf das Beste zu hoffen. Immerhin wusste ich ja, dass er das mochte.

Wieder ein knappes Nicken, dann bedeutete er mir, vorzugehen.

Zuerst wusste ich nicht genau, wohin ich eigentlich wollte, doch als wir den Raum durchquerten, formte sich in meinem Kopf eine Idee. Ich sah zurück, um sicherzugehen, dass er mir auch wirklich folgte, da bemerkte ich den siegessicher hochgereckten Daumen meiner Kollegin Jennifer. Sie dachte bestimmt, dass mir gerade ein toller Fang gelungen war. Schnell grinste ich und wandte mich wieder nach vorne.

Ich war fast an der Tür, als Kai meine Hand nahm. Verwirrt blieb ich stehen und betete innerlich, dass er es sich nicht anders überlegt hatte.

»Wenn du nach draußen willst, sollten wir vielleicht unsere Jacken holen«, schlug er mit neutraler Stimme vor.

Keine schlechte Idee.

»Etwas weniger ruhig hätte es sicherlich auch getan«, bemerkte Kai und sah sich auf dem verlassenen Friedhof um, während er mir folgte.

Je näher wir dem Ziel kamen, desto flauer fühlte mein Magen sich an. Wieder und wieder verkrampfte er sich, der Tequila schien noch immer in meiner Kehle zu brennen.

Da ich ziemlich abrupt stehen blieb, lief Kai förmlich in mich hinein. Weil ich schon bedrohlich strauchelte, umfasste er meine Schultern und hielt mich fest.

Bildete ich mir das ein oder war der Ausdruck in seinen Augen etwas weicher geworden?

Noch immer war ich mir nicht sicher, was ich sagen sollte, und schwieg einen Moment, um mich zu sammeln.

»Die Zeit läuft«, murmelte Kai, klang aber nicht mehr so angespannt.

Ich schloss die Augen und sog langsam Luft durch die Nase ein, wie ich es beim Yoga gelernt hatte. »Das ist das Grab meiner Schwester Johanna. Sie hat sich umgebracht, als sie 13 Jahre alt war.«

Betroffen starrte Kai mich an. Ich ertrug das Mitleid in seinen Augen nicht und fuhr gleich fort. »Ich war damals 15, meine ältere Schwester 17. Den Grund wissen wir nicht. Es gab keinen Streit, keine Probleme oder Sorgen, von denen wir gewusst hätten. Einen Abschiedsbrief hat sie auch nicht hinterlassen. Das war das Ende unseres Familienlebens. Es war vorher schon schlimm, aber danach wurde es katastrophal. Wir haben nicht getrauert. Nein. Wir haben angefangen, uns gegenseitig die Schuld zuzuweisen. Statt zu einem Therapeuten zu gehen, hat meine Mutter angefangen, zu viel zu trinken, mein Vater noch mehr gearbeitet als vorher schon und meine Schwester hatte einen Marihuanaverbrauch, der die Stadt Amsterdam vermutlich neidisch machen würde.«

Benommen schnappte ich nach Luft, bevor ich weitererzählte: »Ich wusste natürlich, dass der ganze Prozess bei uns irgendwie schieflief, aber so richtig benennen konnte ich es nicht. Mit sechzehn habe ich meinen Ausweis gefälscht und bin kellnern gegangen, damit ich zu meinem 18. Geburtstag genug Geld hatte, um auszuziehen. Du kannst es dir sicher denken, aber das hat den Familienfrieden nicht unbedingt gefördert. Seitdem habe ich nichts anderes gemacht: Arbeiten und meine Familie ignorieren, so gut es geht. Man könnte sagen, dass ich deswegen nicht so gut mit Menschen kann. Und bisher hatte ich keinen Grund, es mir anzugewöhnen.«

Kai schwieg einen Moment und ich lauschte dem Rauschen der Blätter, die der Wind über den Boden und durch die Luft wehte. Hier draußen war mir merkwürdigerweise weniger kalt als vorhin drinnen.

»Bis jetzt? Interessant. Erläutere mir das mal genauer«, forderte er mich auf. Allerdings trat er im gleichen Augenblick näher zu mir, was mich beruhigte.

»Es tut mir leid, wie ich mir dir gegenüber verhalten habe. Ich lasse Menschen nicht gern an mich heran.«

Er gab ein ersticktes Geräusch von sich, fuhr sich mit der Hand aufgebracht durch die Haare. »Nicht gern? Du meinst wohl gar nicht.«

»Halt die Klappe!«, herrschte ich ihn an. »Das hier fällt mir schwer genug.«

»Dafür schlägst du dich aber ganz gut.«

Verlegen bohrte ich meine Schuhspitze in den Boden und wünschte mir eine Zigarette herbei – oder ein Stück Ananas.

Seit Kai mir die letzte mitgebracht hatte, hatte ich keine mehr gegessen. Ananas zu essen war in meinem Kopf gleichbedeutend geworden mit: Alles ist gut.

Da aber noch lange nicht alles gut gewesen war, hatte ich mir selbst die Frucht verboten. Oft genug hatte ich sie im Supermarkt in der Hand gehabt, geseufzt und sie wieder weggelegt. Das hatte auf Außenstehende sicherlich hochgradig interessant gewirkt, zumal ich das Spielchen meist mehrmals wiederholt hatte.

»Findest du?«

Er nickte und kam noch einen Schritt näher. »Ja.«

»Dann verzeihst du mir?«, wollte ich wissen. Mein Puls raste.

Unbestimmt sah er nach oben in den Nachthimmel, die Stirn leicht gerunzelt. »Irgendwann bestimmt.«

Die Antwort, so vage sie war, erleichterte mich ungemein. Erst jetzt bemerkte ich, dass ich die Luft angehalten hatte.

Noch immer stand er neben mir und machte keine Anstalten, irgendetwas zu machen. Keine Ahnung, was ich erwartete. Einen Kuss vielleicht? Oder eine Umarmung? Vielleicht konnten wir zu mir gehen ...

Kai schüttelte belustigt den Kopf. »Ich kann nicht glauben, dass ich hier stehe. Meine Mutter hat recht, ich bin viel zu gutmütig.«

»Es tut mir leid«, warf ich erneut ein, denn es stimmte. Ich hatte mich selten so elend gefühlt.

»Gott, ich war so wütend«, knurrte er leise.

»War?«, fragte ich nach.

Kai antwortete nur mit einem unbestimmten Brummen.

Erleichterung breitete sich in mir aus. Er redete wieder mit mir. Er war im Klub sogar zurückgekommen und hatte seine Begleiterin versetzt.

Mit einer abrupten Bewegung drehte ich mich um und schaffte es noch gerade bis an den Wegesrand, bevor ich mich übergab.

Hinter mir hörte ich Schritte, während ich würgte und versuchte, dabei nicht allzu schrecklich auszusehen. Entsetzt spürte ich, dass Kai äußerst fürsorglich meine Haare umfasste und sie nach hinten hielt. Konnte es noch schlimmer kommen?

Irgendwann ließ das Würgen nach und mein Magen verkrampfte sich nicht mehr ganz so heftig. Dafür war ich jetzt komplett durchgeschwitzt und zitterte gleichzeitig am ganzen Körper.

»Danke«, murmelte ich und meinte damit, dass er meine Haare zurückgehalten hatte. »Ich glaube, ich habe noch nie vor Erleichterung gekotzt.«

Sein leises Lachen war Balsam für mein wundes Ego. »Ich versuche, das als Kompliment zu nehmen.«

»Du hast eine gewisse Übung darin, Haare nach hinten zu halten, oder?«, fragte ich zurückhaltend.

»Nicht, dass du jemals gefragt hättest, aber ich habe eine Schwester. Sie verträgt nicht unbedingt viel.«

»Oh.« Das war gut. Eine Schwester. Ich hatte schon befürchtet, er würde von seiner Ex-Freundin erzählen.

»Sollen wir dich nach Hause bringen?«, fragte er.

Dankbar nickte ich. Allerdings traute ich mich immer noch nicht, seine Hand zu nehmen.

»Taxi?«, fragte Kai und zog sein Handy hervor.

»Hast du getrunken?«, wollte ich von ihm wissen.

Als Antwort zog er die Nase kraus. »Nein. Wieso? Ist die Frage nach dem Taxi so abwegig?«

Ich lachte, dabei drehte ich den Kopf weg, denn mein Atem war in diesem Moment bestimmt grauenvoll. »Nein, aber ich bin mit dem Auto hergefahren, weil ich nicht geplant hatte, etwas zu trinken.«

Er ahnte bereits, worauf ich hinauswollte, und sein Gesicht hellte sich auf. Mit einem schiefen Lächeln sagte ich also: »Wenn du mich nach Hause bringst, darfst du ihn fahren.«

Kai strahlte jetzt und antwortete: »Nur wenn ich einen Umweg über die A3 nehmen darf.«

Seufzend ließ ich die Schultern hängen. »Meinetwegen. Hauptsache, du weißt, was du tust.«

In diesem Moment hätte ich vielleicht die Stadtwerke anrufen sollen, damit sie die Straßenbeleuchtung abschalteten, denn Kais Grinsen erhellte die ganze Straße. »Einverstanden.«

Es lag nicht an Kais Fahrweise, aber im Auto verschlechterte sich mein Zustand rapide. In wenigen Sekunden wechselte ich von hellwach, nüchtern und aufgeregt zu angetrunken, müde und angespannt.

»Hast du wirklich aufgehört zu rauchen?«, fragte der Mann auf dem Fahrersitz nach einer Weile.

»Ja. Dafür mache ich jetzt Yoga und habe eine Sprossenbar«, verkündete ich ein wenig stolz, obwohl es mir immer noch lächerlich vorkam.

»Eine Sprossenbar? Du meinst es wohl wirklich ernst. Was ziehst du gerade?«

Ich dachte kurz nach, letzte Woche hatte ich Sonnenblumenkerne ausgesät und diese Woche Brokkoli-Samen. »Brokkoli. Brunnenkresse kann ja jeder.« Zufrieden verschränkte ich die Arme.

Kai lachte auf und grinste mich kurz an, bevor er seinen Blick wieder auf die Fahrbahn heftete.

Wenig später weckte er mich. »Hey, Schlafmütze.«

Verwirrt öffnete ich die Augen. »Was?«

»Wir sind bei dir zu Hause. Fast. Wie komme ich in das Parkhaus?«

Wenig elegant gähnte ich und sagte: »Da ist eine kleine Fernbedienung im Fach an der Tür.« Dabei reckte ich mich auf dem Sitz und fröstelte im gleichen Moment.

Damit mir nicht wieder die Augen zufielen, konzentrierte ich mich auf Kais entzückendes Profil. Ich war so froh, dass er wieder mit mir nach Hause kam, dass ich am liebsten wie ein kleines Kind auf und ab gehüpft wäre.

Nachdem Kai den Wagen mit einer beeindruckenden Leichtigkeit rückwärts eingeparkt hatte, schaltete er den Motor mit einem leidenden Seufzen ab. »So ein schönes Auto.«

Ich hievte mich vom Sitz und strauchelte kurz. War der Boden hier schon immer so uneben gewesen? Kai kam um das Auto gelaufen und nahm meine Hand. Glücklich hakte ich mich bei ihm ein und schmiegte mich an seine Seite. Das zufriedene Schnurren konnte ich gerade noch unterdrücken.

»Was lernen wir daraus?«, wollte er von mir wissen.

»Keine Ahnung. Was meinst du?«, fragte ich und beendete den Satz mit einem lauten Hicksen.

»Dass Tequila böse ist«, belehrte er mich. Doch an seiner Stimme konnte ich hören, dass er belustigt war.

»Vermutlich habe ich einfach in zu kurzer Zeit zu viel davon getrunken«, mutmaßte ich und bekam ein bestätigendes Nicken von Kai. Dass ich zusätzlich vor Aufregung, an einem Samstagabend unter Menschen zu müssen, kaum einen Bissen zu essen hinunterbekommen hatte, verschwieg ich ihm lieber.

Ausnahmsweise ließ er sich sogar dazu herab, freiwillig den Aufzug zu nehmen. Als wir vor der Tür standen, fiel es mir ziemlich schwer, klar zu sehen und die Müdigkeit nicht die Oberhand gewinnen zu lassen.

Kai legte den Arm um mich und ich lehnte mich dankbar gegen ihn. Vermutlich hätte ich das nicht mit meinem ganzen Gewicht tun sollen, aber ich war einfach zu erschöpft.

Wie sollte ich mich gleich bloß verhalten? Ich wollte auf keinen Fall, dass er ging.

Nervös schob ich den Schlüssel ins Schloss und ignorierte dabei, wie sehr meine Finger zitterten. Es gab jedoch so viele Faktoren, die das Zittern begünstigten, dass ich nicht einmal wusste, woran genau es lag. Mir war kalt, ich war vollkommen übermüdet, angetrunken, erschöpft und furchtbar aufgeregt. Eine wundervolle Kombination.

Letztendlich nahm Kai mir den Schlüssel aus der Hand und schloss die Tür an meiner Stelle auf. Mir war, als würde er sich dabei mit Lichtgeschwindigkeit bewegen.

Vollkommen ruhig führte er mich in Schlafzimmer und sah sich um. »Ich hole dir besser ein Glas Wasser.«

Ich starrte ihn aus großen Augen an und nickte ergeben. Wenn mir nur etwas Kluges einfallen würde, das ich sagen konnte.

7

Der Sonnenstrahl kitzelte meine Nase und ich rollte mich schnaufend auf die andere Seite. Leider war mein Bewusstsein erwacht und führte eine Analyse durch.

Mein Kopf tat weh, mein Mund fühlte sich pappig an, während mein Hals furchtbar trocken war. Ich kam zu dem Ergebnis, dass ich einen leichten Kater hatte und geschnarcht haben musste.

Welcher Tag war heute? Es dauerte ein Weilchen, bis ich darauf kam. Sonntag. Ich war gestern Abend auf einer richtigen Party gewesen, mit richtigen Menschen – das bedeutete, es war keine Firmenfeier aus Zwang gewesen, ich war tatsächlich freiwillig hingegangen.

Ein Lächeln stahl sich auf mein Gesicht, denn mir war wieder eingefallen, dass ich dort Kai getroffen hatte. Wir hatten geredet, er hatte mich nach Hause gefahren und dann ...

Ich spulte zurück zu der entscheidenden Stelle. Was war nach »und dann« passiert? Doch ich konnte mich nicht erinnern.

Hastig streckte ich den Arm aus und tastete im Bett herum. Es war leer, die Seite neben mir ganz definitiv kalt. Erschrocken riss ich die Augen auf.

Die Sonne schien mir direkt ins Gesicht und mein Kopf bedankte sich mit einem heftigen Pochen, dann nieste ich dreimal hintereinander.

Mein Herz klopfte. War Kai etwa gegangen? War irgendetwas passiert? Hatten wir uns gestritten?

Mit wackligen Beinen und einem schwummerigen Gefühl hievte ich mich aus dem Bett. In der Schlafzimmertür blieb ich stehen und wartete ab, bis der Flur sich nicht mehr drehte, dann schlich ich zaghaft weiter.

Die Fliesen waren kalt unter meinen Füßen und mit jedem Schritt verließ der Mut mich etwas mehr. Die Tür zum Bad stand offen, die Küche war leer.

Im Durchgang zum Wohnzimmer hätte ich fast begonnen, zu weinen. Kai lag entspannt auf der Couch, die

Beine überkreuzt und blätterte neugierig in einem der Selbsthilfe-Ratgeber, die ich in der Zwischenzeit angesammelt hatte.

»Hi«, murmelte ich unsicher und blieb wie angewurzelt an Ort und Stelle stehen.

Er schielte an dem Buch vorbei. »Guten Morgen.«

»Ich habe geschnarcht, oder?«, fragte ich, um wenigstens irgendetwas zu sagen. Den Ratgeber für die Situation, in der ich mich jetzt befand, hatte ich bisher nämlich leider noch nicht gelesen.

»Wie ein Sägewerk«, bemerkte er trocken und ein Grinsen umspielte seine Mundwinkel.

Okay, okay. So weit, so gut. Ich versuchte, mir die beknackten Tipps der Bücher wieder in den Sinn zu rufen. *Sprechen Sie über Ihre Gefühle. Halten Sie sich an die Wahrheit.*

Meine Handflächen wurden feucht, während ich darüber nachdachte, was ich als Nächstes sagen sollte. »Danke, dass du geblieben bist.«

Kai nickte hinter dem Buch und sagte lässig: »Kein Problem.«

Das war nicht die Reaktion, die ich mir erhofft hatte. Er hatte doch nicht im Urlaub meine Blumen für mich gegossen.

Das Zuklappen des Buches ließ mich aufschrecken.

»Ich werde dann mal gehen«, verkündete er und richtete sich auf.

»Nein!«, rief ich empört aus.

»Nein?«, erkundigte er sich mit amüsiert gerunzelter Stirn.

Verlegen verbarg ich mein Gesicht in den Händen, bevor ich ihn wieder ansah. »Ich meine natürlich: Möchtest du nicht bleiben? Dann mache ich Frühstück oder wir gucken einen Film an oder wir setzen uns in die Sonne; wir können auch spazieren gehen oder irgendwohin fahren oder Sex haben ...« Nach Luft schnappend sah ich Kai erwartungsvoll an. Aus lauter Panik hatte ich den Satz so schnell heruntergerasselt, dass ich nicht einmal zu Atem gekommen war.

»Das halte ich für keine gute Idee«, sagte er und stand langsam auf.

»Was genau hältst du für keine gute Idee? Dann überlege ich mir eine Alternative«, sagte ich hastig.

Vor mir blieb er stehen und strich mir sanft über die Wange. »Das Ganze hier ist keine gute Idee. Ich habe es nur nicht übers Herz gebracht, dich einfach so alleine zu lassen. Auf Wiedersehen sagen wollte ich wenigstens.«

Mein Puls schoss dermaßen in die Höhe, dass mir beinahe schwarz vor Augen wurde. »Nein.«

Er lachte leise, seine Hand lag noch immer an meiner Wange. »Nein?«

Obwohl ich kurz davor war, meinen Magen zum zweiten Mal innerhalb von 24 Stunden vor ihm zu entleeren, nahm ich meinen ganzen Mut zusammen. »Ich lasse dich nicht noch einmal einfach so davonspazieren. Du bleibst und ich mache Frühstück. Ich bestehe darauf!« Dabei bohrte ich ihm den Zeigefinger in die Brust.

»Sabrina, du hast wirklich Nerven. Wenn ich dein Gedächtnis auffrischen dürfte, ich bin nicht ›einfach so‹ davonspaziert. Ich hatte einen ziemlich guten Grund.«

Stur wiederholte ich: »Ich bestehe darauf.«

»Und dann? Mal angenommen, ich würde bleiben. Was dann?«

»Wir frühstücken, irgendwann verzeihst du mir und wir haben wieder Sex.« Eigentlich war ich ziemlich erstaunt, dass ich beim Reden nicht einfach ohnmächtig geworden war.

»Auf keinen Fall. Wenn ich bleibe und dir möglicherweise irgendwann verzeihe, dann haben wir zumindest keinen Sex.«

Mein Unterkiefer klappte herunter. »Nicht?«, wisperte ich vollkommen aufgelöst.

»Nö. Wir können ja Freunde sein.« Er sah mich eindringlich an.

Erstaunlicherweise hatte ich ihn so sehr vermisst, dass mir die Option immer noch lieber war, als ein zweites Mal zuzusehen, wie er meine Wohnung mit der Absicht verließ, nie wieder zurückzukommen. »Okay.«

»Okay?«, wiederholte er misstrauisch.

Eifrig nickte ich. »Klar.« Dass ich langfristig natürlich versuchen würde, ihn in mein Bett zu bekommen, musste ich ihm ja nicht sagen.

»Hast du überhaupt irgendetwas Vernünftiges zu essen hier? Und nur als Tipp, Weißwein gehört für mich nicht zu einem anständigen Frühstück.« Er verschränkte die Arme und schien dem Braten noch immer nicht zu trauen.

Er war clever, das musste ich ihm lassen.

»Ob du es glaubst oder nicht, der Kühlschrank ist voll.«

Zuerst kicherte er nur, dann lachte er lauthals. »Was denn? Wurde irgendwo ein Weinlager aufgelöst?«

»Blödmann!«, rief ich aufgebracht und legte ihm beide Hände in den Rücken, um ihn in die Küche zu schieben. Triumphierend riss ich die Kühlschranktür auf. »Da!«

Kai legte den Arm um meine Schulter und drückte mich. »Ich bitte vielmals um Entschuldigung. Es geschehen wohl doch noch Zeichen und Wunder. Sind das etwa Lauchzwiebeln?«

Ich nickte und war sehr stolz auf mich. Dass es mich unzählige Stunden im Internet gekostet hatte, überhaupt herauszufinden, wie man Gemüse aufbewahrte und zubereitete, verschwieg ich. »Also dann, ich bereite das Frühstück vor und du holst Brötchen.« Aufgeregt klatschte ich in die Hände, bis ich Kais gerunzelte Stirn bemerkte. »Was?«, fragte ich kleinlaut.

»Ach, nichts. Ich bin mir nur nicht sicher, wie ich dazu stehe, dass du mich gleich schon wieder herumkommandierst.«

Meine Augen wurden groß, bis mir aufging, dass er sich über mich lustig machte. Ich folgte ihm in den Flur und schluckte die Frage hinunter, ob er auch wirklich wiederkommen würde. Stattdessen fragte ich: »Weißt du, wo der Supermarkt ist?«

»Klar«, sagte er und nahm seine Jacke vom Haken.

Er hatte die Hand bereits an der Klinke.

»Kai?«

»Ja?« Er drehte sich zu mir und sah mich erwartungsvoll an.

Meine Wangen färbten sich rot. »Würdest du eine Ananas mitbringen?«

Die Frage verwirrte ihn sichtlich, aber er nickte. »Kein Problem. Bis gleich.«

Bestimmt drei Minuten stand ich noch dümmlich lächelnd im Flur herum, bis mir aufging, dass ich vielleicht besser wirklich Frühstück machen sollte.

Es dauerte nicht lange, bis Kai wieder klingelte und ich ihm die Tür aufdrückte. Dabei klebte ich gerade ein weiteres Pflaster auf meinen Finger.

Stolz präsentierte er mir seinen Einkauf, als er in die Küche kam. Ich freute mich dermaßen über die Ananas, dass ich am liebsten geweint hätte. Stattdessen reckte ich nur meinen Daumen in die Luft.

Kais Blick fiel auf meine Hand. »Ach du Schreck! Was ist passiert?«

»Wieso?« Ich streckte die Finger aus und runzelte die Stirn.

»Na, die ganzen Pflaster an deiner Hand! Ist ein Glas kaputt gegangen?« Er kam näher und griff vorsichtig nach meinem Arm.

»Nein. Ich habe es eigentlich als vollen Erfolg gewertet, dass ich mich bisher nur zweimal geschnitten habe.«

»Nur zweimal? Wie oft schneidest du dich denn sonst?« Entsetzt starrte er mich an.

Mit den Achseln zuckend erwiderte ich: »Jedenfalls nicht mehr so oft wie am Anfang.« Mit scharfen Messern zu hantieren gehörte offensichtlich nicht zu meinen Stärken; etwa fünf Mal hatte ich mich jedes Mal geschnitten, wenn ich gekocht hatte.

Dafür konnte ich jetzt ziemlich gute Soba-Nudeln mit einer Menge Wok-Gemüse und noch einige andere erstklassige Rezepte zaubern. Für das Frühstück hatte ich mich jetzt für ein simples Omelett mit Frühlingszwiebeln und Champignons entschieden.

Allerdings hatten Champignons die blöde Angewohnheit, nicht dort liegen zu bleiben, wo ich sie haben wollte, wenn ich sie schneiden wollte.

»Möchtest du einen Tee?«, bot ich ihm an.

Wortlos blinzelte er erst einmal, bevor er antwortete. Dann betrachtete er neugierig die Pfanne auf dem Herd. »Du hast herausgefunden, wie man ihn bedient?« Kopfschüttelnd sah er langsam zu mir. »Was für Tee hast du denn im Angebot?«

»Grünen und schwarzen. Tut mir leid, dass ich nicht mehr zu bieten habe.«

Kai öffnete die Tragetasche und stellte die schönste Ananas auf die Arbeitsfläche, die ich je gesehen hatte, bevor er eine Tüte mit Brötchen herausholte. »Ich bin ehrlich gesagt schon sehr beeindruckt davon, dass du überhaupt Tee hast, und würde den grünen bevorzugen.«

Eilig holte ich die Dose mit den Teeblättern aus dem Schrank und überlegte, wo die Teekanne wohl gerade war. Hatte ich sie im Wohnzimmer stehen lassen oder war sie in der Spülmaschine?

»Du hast tatsächlich Teeblätter?«, wollte er wissen.

»Ja, im Internet stand, das sei aromatischer. Stimmt das nicht?«, fragte ich verlegen und spürte, dass meine Wangen heiß wurden.

»Doch, doch! Aber ich kann es kaum fassen! Eine Sprossenbar, echtes Gemüse, du hast gekocht und Tee gibt es auch.« Er drehte sich um die eigene Achse, während er sich umsah und für den Bruchteil einer Sekunde bekam ich tatsächlich den Eindruck, dass er etwas überfordert mit der Situation war.

Zumindest waren wir damit zu zweit; ich hatte nämlich ebenfalls nicht die geringste Ahnung, was ich hier überhaupt tat. Alles, was ich wusste, war, dass ich auf keinen Fall noch länger auf Kais Gegenwart verzichten wollte. Obwohl ich nicht hatte ahnen können, dass er sich im gleichen Klub wie ich aufhalten würde, war ich darüber sehr glücklich.

Wie elend ich mich in den letzten drei Monaten gefühlt hatte, war mir erst in dem Moment aufgefallen, als ich Kai gesehen hatte.

Der Wasserkocher meldete sich mit dem lauten Klacken, das er immer von sich gab, wenn das Wasser heiß war. Erst bemerkte ich, dass sowohl Kai als auch ich noch immer stumm mitten im Raum standen.

Mit einem Räuspern setzte Kai sich und öffnete die Dose Teeblätter; mir fiel das Omelett ein und ich drehte mich zum Ofen.

»Du meinst es also wirklich ernst?«, fragte er prüfend und ich konnte den Ton in seiner Stimme nicht richtig deuten.

Selbst mir fiel auf, dass ich überdurchschnittlich lange brauchte, um eine Antwort zu formulieren. »Ich denke schon.«

Er war darüber belustigt, dass das alles war, was ich dazu zu sagen hatte, obwohl ich so lange überlegt hatte.

Schnell fügte ich noch hinzu: »Natürlich werde ich bestreiten, dass dieses Gespräch jemals stattgefunden hat, aber vielleicht hast du mir klargemacht, dass ich einen möglicherweise ungesunden Lebensstil gepflegt habe.«

Das musste reichen, mein Kopf glühte ohnehin schon auf der höchsten Stufe.

Kai verschränkte zufrieden die Arme, warf mir einen merkwürdigen Blick zu und sagte nur: »So so.«

Entschlossen ließ ich das Omelett auf seinen Teller gleiten und hätte um ein Haar ein Freudentänzchen hingelegt, weil mir die elegante Bewegung endlich einmal gelungen war. Bisher hatte ich unzählige Omeletts überallhin befördert, nur nicht auf den Teller – und wenn ich es mal geschafft hatte, es auf dem Teller zu platzieren, sah es danach meist nicht mehr wie ein Omelett aus. Dabei wirkte das in den Videos, die ich mir immer wieder angesehen hatte, so leicht. Ein Koch hatte das Omelett sogar auf den Teller gepustet – davon war ich noch weit entfernt.

Immerhin konnte ich zumindest schon Kai bekochen. Das war ein Anfang.

Endlich wagte ich es, mich ebenfalls zu setzen, und griff verlegen nach dem Besteck. »Na dann. Ich hoffe, es schmeckt.«

»Ich bin auf das Schlimmste vorbereitet«, versicherte Kai mir und kostete den ersten Bissen. Als er nickte und zumindest nicht vor Ekel das Gesicht verzog, traute ich mich auch an meinen Teller.

Die Gabel schwebte genau vor meinem Mund, als Kai aus heiterem Himmel fragte: »Hast du mal überlegt, zu einem Psychologen zu gehen?«

Mit einem platschenden Geräusch schlug das Ei auf meinem Teller auf. Entsetzt bemerkte ich, dass meine Hand leicht zitterte.

Doch nicht nur ich sah es, Kai ließ mich nicht aus den Augen.

»Ähm«, ich machte eine Pause und suchte hilflos nach den richtigen Worten: »Ich bin nicht unbedingt gut darin, über mich zu sprechen. Oder mit Fremden zu sprechen. Oder über meine Gefühle. Die Vorstellung, mit einem Fremden über all das auf einmal zu sprechen, sorgt für ein sehr unangenehmes Rauschen in meinen Ohren.«

Von dem leichten Herzrasen, das ich verspürte, ganz abgesehen. Kai runzelte die Stirn, aber natürlich war er mit meiner Antwort überhaupt nicht zufrieden. »Du willst mir jetzt ja wohl nicht erzählen, dass du alles mit dir selbst ausmachst: deine Ängste, den Tod deiner Schwester, Stress auf der Arbeit und was weiß ich noch sonst alles.«

Ich verbarg meine Hände unter der Tischplatte, weil das Zittern einfach nicht aufhören wollte. Eine ziemlich präzise Schätzung bestätigte mich in dem Verdacht, dass mir vielleicht noch eine halbe Minute blieb, bevor ich in Tränen ausbrechen würde. »Bis vor Kurzem ging das ganz wunderbar. Ich bin einfach arbeiten gegangen, wenn ich mit irgendetwas nicht klargekommen bin.«

»Und jetzt?« Kai taxierte mich wie ein Raubtier seine Beute und ich wusste genau, dass ich diesem Gespräch niemals würde ausweichen können.

»Möglicherweise habe ich neuerdings angefangen, jemanden, den ich tatsächlich mag, E-Mails über meinen Gefühlszustand zu schreiben.«

Kai zog irritiert eine Augenbraue hoch. »Ich habe nie eine E-Mail bekommen.«

»Du bist ganz schön eingebildet, weißt du das eigentlich?«, stieß ich empört hervor und versuchte dabei mühsam, die Tränen zurückzuhalten. Er wartete geduldig, bis ich seufzte. »Ich hatte deine E-Mail-Adresse ja nicht, also habe ich sie nie abgeschickt, sondern nur gespeichert.«

Kai dachte kurz nach, dann tippte er mit der Fingerspitze auf den Tisch. »Schick sie mir.«

»Jetzt?«, fragte ich panisch und bekämpfte die nächste Welle Übelkeit.

»Klar – und zwar alle«, fügte er noch trocken hinzu.

So ein Mist. Natürlich konnte mir das Schicksal nicht einmal gewogen sein und mich davonkommen lassen. Mit hängenden Schultern stand ich auf und holte mein Smartphone. Kai diktierte mir seine E-Mail-Adresse und ich drückte sehr oft die Taste »Senden« – wirklich sehr sehr oft. Jedes Mal verkrampfte sich mein Magen etwas mehr.

Nach einer Weile überprüfte Kai seinen Posteingang und pfiff leise durch die Zähne. »58 E-Mails? Wow. Ich weiß nicht, ob ich mich geschmeichelt fühlen oder besorgt sein soll.«

Meine Antwort bestand aus einem leisen Brummen, denn ich war damit beschäftigt, die Decke anzustarren und dabei schnell zu blinzeln.

Das Besteck klapperte, als Kai es auf den Teller legte. Er stand auf und zog mich wortlos in seinen Arm. Dankbar kuschelte ich mich an ihn und wartete, bis das Brennen in meinen Augen nachließ.

Ohne etwas zu sagen, streichelte er meinen Rücken und ich war einfach nur froh, dass er scheinbar nicht erwartete, dass ich viele Worte verlor.

Es wurde gerade angenehm, da löste er sich von mir. »Ich muss jetzt nach Hause, weil ich gleich noch verabredet bin. Kann ich dich allein lassen?«

Genervt verdrehte ich die Augen und benutzte Sarkasmus, um zu vertuschen, dass ich verdammt empfindlich war. »Ich werde schon nicht vom Balkon springen.«

»Na, aus dem dritten Stock lohnt sich das vermutlich ohnehin nicht. Ich mache mir eher Sorgen, dass du nachher noch mal kochst und dir dabei einen oder mehrere Finger abschneidest.«

Widerwillig lachte ich und knuffte ihm mit der Faust gegen die Schulter. Wie immer zuckte er nicht einmal zusammen. Er streichelte meine Wange und sagte: »Ich melde mich, wenn ich Zeit habe, okay?«

Tapfer nickte ich und schluckte herunter, was mir auf der Zunge lag. Ich wollte weder flehen, dass er bei mir blieb, noch konnte ich ihn in diesem Moment um einen Kuss bitten. Was für eine beschissene Situation!

8

Als Kai sich vier Tage später noch immer nicht gemeldet hatte, beschloss ich, dass es an der Zeit war, zu handeln. Um vorbereitet zu sein, hatte ich kräftig recherchiert.

Zuerst hatte ich nur unzählige Artikel in Frauenzeitungen gelesen, weil mir das aber sehr einseitig erschien, hatte ich mir auch einige Männermagazine besorgt – allerdings nicht nur den Playboy, sondern auch Hefte wie die GQ und die Men's Health. Ich wollte schließlich verstehen, wie die andere Seite tickte.

Erstaunlicherweise waren diese Quellen sehr viel verständlicher gewesen als die romantischen Komödien, die ich mir auf DVD besorgt hatte. Die konnte ich mir nicht einmal ansehen, ohne ernsthaft zu würgen.

An dem Tag, an dem ich große romantische Gesten in der Öffentlichkeit zu schätzen wusste, würde die Welt vermutlich untergehen. Wenn ich meine gesamte Fantasie einsetzte, konnte ich mir maximal vorstellen, mit Kai draußen Händchen zu halten. Ein Kuss wäre unter Umständen in Ordnung.

Bei der Vision, er könnte mir einen Blumenstrauß überreichen oder, schlimmer noch, einen Heiratsantrag machen, fielen mir beinahe die Haare aus.

Allerdings hatte ich aus den Männerzeitungen gelernt, dass ich dazu erst einmal wieder aus der »Friend Zone« heraus musste. Freunde vögelte man offensichtlich nämlich nicht. Dafür war es wohl erstrebenswert, in seiner festen Freundin einen sehr guten Kumpel zu sehen, mit dem man auch eine Menge Spaß haben konnte.

Das war also mein Ziel: ein vögelbarer Kumpel zu werden. Ich war schon schwer begeistert, dass ich keine Panikattacke bei der Aussicht bekam, Kais feste Freundin zu sein. Ganz im Gegenteil.

Dennoch zitterte meine Hand leicht, als ich nach dem Telefon griff. Ich hatte mir genau zurechtgelegt, was ich sagen wollte. Als es dann in der Leitung tutete, schnürte sich mir trotzdem der Hals zu.

Meine gute Laune zerschlug sich schnell, denn er ging nicht ran. Vor meinem inneren Auge tauchte sofort das Bild auf, wie Kai möglicherweise skeptisch auf sein Handy sah, bevor er sich entschied, mich einfach wegzudrücken.

Vielleicht hatten die E-Mails von mir ihm offenbart, wie verkorkst ich war, und er hatte beschlossen, nichts mehr mit mir zu tun haben zu wollen.

Obwohl es mir extrem schwerfiel, verbot ich mir trotzdem solche Gedanken und legte das Handy weg. Mein erster Impuls war es, an meiner Nagelhaut zu knibbeln und mir ein Glas Weißwein einzuschenken – nicht zwangsläufig in dieser Reihenfolge.

Schnell zwang ich mich dazu, das Telefon nicht permanent anzustarren. Ich hatte mir inzwischen noch ein weiteres Hobby zugelegt und las in letzter Zeit tatsächlich eine Menge Bücher. Als ich dann noch entdeckt hatte, dass dies gleichzeitig Wunder gegen meine Schlaflosigkeit wirkte, war ich kaum noch zu halten gewesen. Begeistert verschlang ich seitdem Thriller und Krimis – je blutiger, desto besser. Dabei konnte ich mich entspannen wie sonst fast nie. Kai hatte recht: Jeder Psychologe hätte vermutlich seine helle Freude an mir.

Ich war gerade wieder so richtig in der »Blutlinie« von Cody McFadden vertieft, als mein Handy klingelte. Vor lauter Schreck sprang ich mit Herzklopfen von der Couch auf. Entsprechend atemlos klang ich, als ich antwortete: »Ja?«

»Hey, du hast angerufen«, stellte Kai treffend fest. Für meinen Geschmack klang er dabei viel zu neutral.

»Ja, aber du bist nicht drangegangen.« Großartig, in meiner Empörung hatte ich ganz vergessen, dass ich mir doch das perfekte Gespräch zurechtlegen wollte.

Er lachte. »Tut mir leid. Aber nur, weil du anrufst, schmeiße ich bestimmt keine 120-kg-Hantel durch den Raum. Hätte ich nicht meinen MP3-Player vergessen, hätte ich mein Handy nicht einmal dabei gehabt.«

Okay, er war beim Sport. Damit konnte ich leben. Leider weckte es auch eine Menge Fantasien – scheinbar hatte ich eine Schwäche für verschwitzte, gut gebaute Männer ...

»Sabrina?«, riss Kai mich aus meinem Tagtraum.

»Entschuldige. Ich war verunsichert, weil du dich nicht gemeldet hast.«

»Es hat ehrlich gesagt eine ganze Weile gedauert, deine E-Mails zu lesen«, wandte er ein.

»Überraschung, ich bin ein Wrack – wer hätte damit gerechnet?«, witzelte ich hilflos.

Kai brummte etwas Unverständliches, bevor er sagte: »So schlimm war es eigentlich gar nicht, aber ich habe das Gefühl, ein wenig besser zu verstehen, wie du tickst.«

»Ist das gut oder schlecht?«, fragte ich vorsichtig.

Zu meinem Erstaunen lachte er. »Gut, denke ich. Also, warum hast du angerufen?«

»Ich dachte, wir könnten vielleicht etwas unternehmen.«

Bildete ich mir das ein oder hatte er kurz den Atem angehalten?

»Was schwebt dir denn vor?«

Zack! Ich war wieder voll auf Kurs und das Gespräch lief so, wie ich es mir vorgestellt hatte. »Du erinnerst dich doch bestimmt noch an unsere erste Begegnung, nicht wahr? Was hältst du davon, wenn wir dieses Mal tatsächlich ins Planetarium gehen?«

»Finde ich sehr gut, die Idee. Wann hast du Zeit?«

In diesem Moment war ich so erleichtert, dass es mit mir durchging, und ich hervorstieß: »Immer.«

Wieder lachte Kai sein charmantes Lachen. »Soweit ich weiß, gehst du immer noch arbeiten und ab und zu zum Yoga, nicht wahr?«

»Stimmt. Aber davon abgesehen sind meine sozialen Verpflichtungen ganz überschaubar.« Sofort ärgerte ich mich, dass ich mich dermaßen anbiederte. So würde er meine Absichten bestimmt schnell durchschauen. »Samstag?«

»Da kann ich nicht, ich bin auf einer Gartenparty eingeladen.«

»Oh. Dann vielleicht Sonntag?«, schlug ich als Alternative vor.

»Gern. Ich muss bis 15 Uhr arbeiten, sollen wir uns so gegen 16 Uhr vor dem Planetarium treffen?«

»Klingt gut. Komme ich irgendwie darum herum, über die E-Mails reden zu müssen?«, fragte ich hoffnungsvoll.

»Ein Schritt nach dem anderen. In Ordnung?«

Ich gab ein Geräusch von mir, das alles hätte bedeuten können. Dann verabschiedeten wir uns.

Obwohl die Unterhaltung gut gelaufen war, hatte ich nach dem Auflegen ein eher unbefriedigtes Gefühl. Warum gab es nur keine konkreten Anleitungen für solche Situationen? Hätte ich vielleicht fragen sollen, was für eine Gartenparty das war, zu der er ging? Hätte ich anbieten sollen, ihn zu begleiten? Warum hatte er nicht gefragt, ob ich mitkam? Zu solchen wichtigen Dingen hatte ich während meiner Männermagazin-Recherchen nichts gelesen.

Für einen kurzen Moment erwog ich tatsächlich, mich für einen Flug auf die Internationale Raumstation zu bewerben. Da oben irgendetwas zu reparieren konnte unmöglich schwieriger sein als so seltsame Beziehungsgeschichten.

Dabei war ich so stolz gewesen, dass mir die Idee mit dem Planetarium gekommen war. Es war auf eine unkitschige Art romantisch, immerhin hatten wir uns dort im Grunde kennengelernt und man konnte sich bestimmt unterhalten, musste es aber nicht zwangsläufig.

Das würde schon werden – das musste ich mir einfach immer wieder sagen.

Am Sonntag war ich ein wenig aufgeregt – zumindest hegte ich den Verdacht, dass es Aufregung war, denn ich wachte um 4 Uhr auf und konnte nicht mehr einschlafen. Nachdem ich eine Viertelstunde ergebnislos die Lider aufeinandergepresst hatte, kapitulierte ich und knipste meine Nachttischleuchte an.

Dann würde ich eben den Thriller zu Ende lesen, den ich gestern Abend angefangen hatte – weil ich natürlich nicht hatte einschlafen können. Als ich auf mein Handy schielte, bemerkte ich, dass ich eine Whatsapp-Nachricht von Kai hatte, die erst vor zwanzig Minuten gekommen war. Laut seinem Status war er sogar online.

Es war ein Bild und die Sekunden, bis es geladen war, dehnten sich zu Stunden aus. Allerdings war es reichlich unspektakulär, es zeigte eine absolut gesittete Gartenparty. Der Text dazu lautete: »Ich weiß zwar nicht genau, warum ich das tue, aber: Es war relativ langweilig.«

Mein Herz klopfte, während ich versuchte, mir einen Reim darauf zu machen. Sollte das bedeuten, dass er die Zeit lieber mit mir verbracht hätte? Meine Fingerspitzen kribbelten, als ich aufgeregt tippte: »Wo bist du?«

Die Antwort kam praktisch im gleichen Moment. »Mit meinem Bruder am Rheinufer.«

Bruder? Hatte er nicht bisher nur von einer Schwester gesprochen? Offensichtlich musste ich ihm mehr Fragen stellen.

»Sollen wir zusammen frühstücken?« Ich fühlte mich sehr verwegen, als ich das vorschlug.

»Muss um 10 Uhr arbeiten«, lautete die knappe Antwort.

Schnell war ich wieder verunsichert, beschloss aber, dass es sich bestimmt lohnen würde, am Ball zu bleiben. »Ich kann dich abholen und nachher zur Arbeit bringen.« Noch während ich diese Nachricht abschickte, formulierte ich einen Nachsatz: »Du darfst auch fahren.«

»Geht nicht, hab getrunken. Aber Frühstück klingt gut.«

Mein Herz klopfte jetzt wie wild und mein Puls schoss in die Höhe. Ich war bereits aus dem Bett gesprungen, als ich tippte: »Gib mir zwanzig Minuten und schick mir die Adresse oder einen Fixpunkt, wo ich dich einsammeln kann.«

In Rekordzeit schaffte ich es, zu duschen, mich zu schminken und das erstbeste Outfit aus dem Schrank zu zerren. Tiefgefrorene Brötchen waren im Tiefkühlfach und mein Kühlschrank war gut gefüllt. Zumindest der Teil mit dem Frühstück war also ein Klacks.

Als ich in die Tiefgarage eilte, piepte mein Handy und ich wusste, wo ich hinfahren musste; es waren von hier aus nur wenige Minuten. In Anbetracht der Uhrzeit war ich froh, mich wenigstens für ein angemessenes Outfit entschieden zu haben. Jeans und Kapuzenpulli, Kai wäre bestimmt stolz auf mich.

Die frische Morgenluft schlug mir entgegen und ich fragte mich, wie der Mann es geschafft hatte, dass ich mich freiwillig um diese Uhrzeit nach draußen bewegte. Schnell schaltete ich die Sitzheizung an und fuhr los.

Wie erwartet waren die Straßen leer gefegt und abgesehen von dem einen oder anderen traurigen Linienbus begegnete ich fast niemandem. Kai saß auf einer kleinen Mauer. Es war nicht schwer, ihn im Schein der Laterne ausfindig zu machen.

Ich hielt an und sah sofort, dass er nicht nur ein bisschen betrunken war. Dass ich das noch erleben durfte, dass Herr Ach-So-Gesund-Und-Vorbildlich mal über die Stränge schlug!

»Hey«, begrüßte ich ihn. »Frierst du nicht total?«

»Hi. Es geht«, murmelte er und klang sehr müde. Währenddessen machte er sich schwerfällig am Griff der Beifahrertür zu schaffen

»Wo ist dein Bruder? Soll ich ihn irgendwo absetzen?«

Kai grunzte. Es war wirklich und wahrhaftig ein Grunzen. »Den habe ich schon nach Hause geschickt. Ich habe nämlich nicht die geringste Ahnung, wie ich das hier beschreiben soll.« Mit der Hand wedelte er leicht unkoordiniert zwischen uns hin und her, dann ließ er sich dermaßen heftig in den Beifahrersitz fallen, dass der ganze Wagen wackelte.

Er hatte definitiv schon bessere Laune gehabt. »Okay«, murmelte ich leise und drehte unauffällig seine Sitzheizung höher.

»Die Party war also langweilig?«, übte ich mich im Small Talk.

»Unfassbar öde. Ich habe mich schon ziemlich früh abgeseilt und mich danach mit Don getroffen. Er ist zwar länger geblieben, hatte nachher aber keine Lust mehr.«

»Ist er jünger als du?« Tapfer versuchte ich es weiter.

»Älter. Mo ist jünger, ich bin das mittlere Kind.« Er klang zwar schon etwas weniger grantig, gut drauf war er trotzdem nicht. Aber ich traute mich auch nicht, zu fragen, woran es lag.

»Wer hat gefeiert? Bin ich zu neugierig?«

»Schon in Ordnung«, brummte er und kuschelte sich tiefer in seinen Sitz. »Der neue Freund meiner Schwester. Eigentlich war es nur eine Art Grillparty, bei der die beiden so getan haben, als wäre noch nicht klar, dass sie ein Paar sind.«

»Hat dein Bruder auch eine Freundin?«

Kai lachte. »Ne.« Dabei schüttelte er belustigt den Kopf.

»Was ist daran so witzig?« Sofort fühlte ich mich, als hätte ich einen Fauxpas begangen.

»Nichts. Don ist nicht gerade der Beziehungstyp. Allerdings ist er nicht so schlimm wie du.«

Autsch. Das hatte gesessen.

Kai schnaufte leise und sah aus dem Fenster. »Das war nicht so gemeint.«

»Schon gut. So weit hergeholt war das nun wirklich nicht. Du bekommst gleich einen starken Kaffee und dann sieht die Welt wieder anders aus.«

Er wandte den Kopf zu mir und betrachtete mich, als würde er stark daran zweifeln, aber er sagte nichts.

Da hatte ich gedacht, vorbereitet zu sein, und stattdessen hatte ich es zum ersten Mal in meinem Leben mit einem zickigen Mann zu tun. »Habe ich irgendetwas falsch gemacht?«

Tapfer heftete ich meinen Blick auf die Straße und fürchtete mich vor der Antwort.

»Nein.« Kai machte eine Pause und wuschelte sich dabei durch die Haare. »Das letzte Bier war schlecht, schätze ich. Außerdem bin ich übermüdet.«

Das Haus kam bereits in Sicht, als ich überrascht bemerkte, dass mir seine muffelige Art gar nichts ausmachte. »Ich bin ja schon froh, dass nicht immer nur ich dem Alkohol verfalle.«

Jetzt grinste er leicht. »Du brauchst dich gar nicht daran gewöhnen. Das ist eher die Ausnahme.«

»Verstanden. Ich frustriere dich so sehr, dass selbst du schwach wirst und dich den berauschenden Substanzen hingibst«, witzelte ich.

»Nicht ganz richtig, nicht ganz falsch«, kommentierte er nur.

»Kai, ich meine es ernst. Muss ich mich für irgendetwas entschuldigen?«

Er atmete tief ein. »Nein.«

Ich beschloss, mich für den Moment damit zufriedenzugeben.

Zwei Stunden später hockte ich auf der äußersten Ecke meines Sofas und wagte es nicht, mich zu bewegen. Natürlich hatte Kai sich nur für einen Moment hinsetzen wollen, während ich das Frühstück zubereitete.

In der Zeit, die ich gebraucht hatte, zu entscheiden, welche Sorte Brötchen ich aufbacken wollte, war er eingeschlafen. Als ich ins Wohnzimmer gekommen war, um ihm genau diese Frage zu stellen, war er schon im Land der Träume unterwegs.

Also hatte ich kurzerhand eine Decke über ihm ausgebreitet. Seitdem beobachtete ich ihn beim Schlafen. Zwar fühlte ich mich wie ein schlechter Stalker, aber ich konnte trotzdem nicht aufhören.

Leider fiel mir erst jetzt auf, dass mein Wohnzimmer sehr karg möbliert war. Da ich so gut wie nie Besuch bekam, besaß ich exakt nur diese eine Couch. Vielleicht sollte ich mir einen Sessel zulegen, dann war ich nicht gezwungen, selbst an der Kante zu kauern, gefangen zwischen der Hoffnung, weder runterzufallen noch den Mann zu wecken.

Meine Beine würden vermutlich absterben, wenn ich noch länger so dasaß, doch ich konnte den Blick einfach nicht abwenden. Erst in ungefähr zwei Stunden musste ich ihn wecken, damit er es pünktlich zur Arbeit schaffte, und ich wusste, dass ich es nicht übers Herz bringen würde, ihn früher zu stören.

In der feuchten Nachtluft hatte seine Frisur sich aufgelöst. Jetzt lag er halb auf der Seite, hatte eine Hand unter sein Gesicht geschoben und bewegte sich kaum. Er wirkte so entspannt, dass es auf mich abfärbte. Aber leider nur fast.

Wieder knibbelte ich an meiner Nagelhaut. Mir das abzugewöhnen, war wirklich nicht leicht. Immerhin hatte ich schon treffend festgestellt, dass ich es nur noch tat, wenn ich innerlich gestresst war. Stand nicht in einem meiner Ratgeber irgendetwas wie: *Selbsterkenntnis ist der erste Weg zur Besserung?*

Vermutlich war diese Situation mit Kai einfach zu viel für die Überreste meiner verkrüppelten Gefühle. Ich hätte es gern gehabt, dass er einfach für immer auf meiner Couch blieb. Stattdessen würde er irgendwann aufwachen und meine Wohnung verlassen. Prompt überlegte ich, wie ich diesen Moment künstlich hinauszögern konnte.

Leider wusste ich nicht, ob er handwerklich begabt war, sonst hätte ich einfach irgendetwas in der Wohnung zerstört und ihn gebeten, es zu reparieren. Doch auf Dauer wäre das zu auffällig – was wohl nichts anderes bedeutete, als dass ich ihn tatsächlich dazu bringen musste, mich zu mögen.

Vorsichtig bewegte ich die Zehen an meinem linken Fuß, weil sie nahezu unerträglich kribbelten. Dabei bemühte ich mich, ihn nicht zu berühren, damit er nicht aufwachte.

Da ich mir die Finger nicht endgültig ruinieren wollte, stieg ich darauf um, mir nervös auf der Unterlippe herumzukauen.

»Es wäre irgendwie weniger gruselig, wenn du zwischendurch blinzeln würdest.« Kais trockener Tonfall erschrak mich zu Tode.

»Habe ich dich geweckt?«, wisperte ich aufgeregt.

Er schüttelte den Kopf und drehte sich gleichzeitig auf den Rücken. »Nein. Habe ich lange geschlafen?«

»Knapp zwei Stunden, ich hätte dich schon pünktlich geweckt.«

Er grinste schief. »Nichts für ungut, aber das ist nicht unbedingt die bequemste Couch.«

»Oh, natürlich.« Ich sprang auf und bemerkte, dass er seine Beine gar nicht ausgestreckt hatte – wie auch, wenn ich dort hockte? »Kann ich dir mein Bett anbieten? Es ist immerhin immer noch wahnsinnig früh.«

An seinem Gesicht war deutlich abzulesen, dass er hin- und hergerissen war. »Schätze schon. Es wäre vermutlich besser, wenn ich noch ein bisschen schlafen würde.«

Unschlüssig, wie ich mich verhalten sollte, folgte ich ihm in mein Schlafzimmer. In der Tür drehte er sich um und musterte mich. »Ich stelle jetzt eine Frage und nur ausnahmsweise darfst du lügen, dass sich die Balken biegen: Du hast mich doch nicht die ganze Zeit beim Schlafen angestarrt, oder?«

»Natürlich nicht«, antwortete ich prompt und hoffte, dass ich halbwegs glaubwürdig rüberkam.

»Oh Gott«, sagte er nur und wischte sich mit der Hand über die Augen. »Die Antwort wäre irgendwie überzeugender gewesen, wenn du nicht knallrot geworden wärest.«

Mit einem Seufzen legte er sich aufs Bett und ich wollte eigentlich zurück ins Wohnzimmer.

»Willst du nicht auch noch ein wenig schlafen?«, fragte er verwundert und klopfte neben sich.

Sofort schoss mein Puls in die Höhe. »Hier?«

»Warum nicht? Natürlich nur, wenn du versprichst, deine Finger bei dir zu behalten und mich nicht die ganze Zeit anzustarren.«

»Okay, okay, okay«, stotterte ich und setzte mich auf die Bettkante. Das wäre jetzt eine Premiere. Im Bett mit Kai, ohne mit ihm zu schlafen – verrückt.

Fest rechnete ich damit, keinen Schlaf zu finden. Tatsächlich fielen mir die Augen in dem Moment zu, in dem ich mich hingelegt hatte.

Kais Wecker ließ mich hochschrecken. Unwillig wälzte ich mich herum, weil das Geräusch einfach nicht verstummen wollte. Schließlich sah ich nur, dass sein Handy auf dem Nachttisch lag, während von Kai nichts zu sehen war.

Dafür hörte ich die Dusche laufen. Schnaufend kroch ich quer über das Bett, bis ich das Handy mit den Fingerspitzen streifen konnte. Wahllos drückte ich auf dem Display herum, bis das nervtötende Geräusch zumindest verstummte. Dann blieb ich einfach liegen.

Irgendwann stoppte das Wasser in der Dusche, doch ich konnte mich beim besten Willen nicht aufrichten.

Also lag ich noch genauso da, als Kai ins Schlafzimmer kam. Er lachte bei meinem Anblick. »Entschuldige, habe ich vergessen, den Wecker auszumachen?«

Ich grunzte etwas Unverständliches, bevor ich mich räusperte. »Warum zum Henker bist du überhaupt vor dem Ding wach geworden? Das ist doch nicht normal!«

»Du hattest das Wort Frühstück erwähnt, das hat mich sehr motiviert.« Unverschämt grinste er mich an. Keine Spur mehr von der betrunkenen, launischen Zicke, die ich vor ein paar Stunden am Straßenrand eingesammelt hatte.

Stöhnend antwortete ich: »Dann mache ich mich wohl an die Arbeit.« Vorsichtig schwang ich das erste Bein über den Bettrand.

»Ich war so frei, das zu übernehmen. Sozusagen als Dank dafür, dass du mich abgeholt hast.«

Schwach lächelnd erwiderte ich: »Kein Problem.« Mein eigentlicher Impuls war es, ihn in mein Bett einzuladen, aber er wollte ja diesen Freunde-Firlefanz durchziehen und zumindest für eine Weile musste ich da wohl mitspielen. Immerhin sah ich ein, dass es etwas Zeit brauchen würde, bis er wieder Vertrauen zu mir fasste.

Er hatte nicht zu viel versprochen. Der Tisch war gedeckt, die Brötchen dufteten und ich ertappte mich sofort bei dem Gedanken, dass ich mich daran durchaus gewöhnen konnte.

»Ich fühle mich schäbig bei der Frage, aber steht das Angebot mit dem Kaffee noch?«, wollte Kai wissen.

»Klar. Ich mache dir einen extra großen.« Insgeheim verkniff ich mir die Aussage, dass Tee eben einfach nicht das Wahre war.

»Bleibt es bei unserer Verabredung?«, fragte er, während ich mich an der Kaffeemaschine zu schaffen machte.

»Natürlich.« Dabei versuchte ich, nicht zu aufgeregt zu werden.

»Gut, ich hatte schon befürchtet, dich verschreckt zu haben.« Er schmierte bereits eine Brötchenhälfte und achtete kaum auf mich. Das gab mir Zeit, ihn zu betrachten, bevor ich fragte: »Warum solltest du mich verschreckt haben?«

»Na ja, gut war meine Laune heute Morgen nicht unbedingt.«

Grinsend erwiderte ich: »Da braucht es aber etwas mehr als das, um mich ernsthaft zu verschrecken.«

Ich erwartete einen schnippischen Seitenhieb oder einen doofen Spruch, doch er zuckte nur mit den Achseln. »Dann ist ja gut.«

Was auch immer mit ihm los war, er war wirklich merkwürdig drauf. Ich konnte mir keinen Reim darauf machen, aber das feine Stimmchen in meinem Kopf wisperte mir die Idee ein, dass Kai vielleicht genervt von diesem Freundschaftsding war. Das waren doch gute Aussichten, oder nicht? Andererseits hatte er nicht einmal versucht, mich anzufassen, als wir im Bett gelegen hatten. Also war er möglicherweise einfach nur verkatert und übermüdet. Hmpf.

Er stürzte den Rest Kaffee runter und stand auf. »Ich muss los. Tut mir leid, dass es jetzt so hektisch geworden ist.«

Die Antwort schluckte ich hinunter und lächelte nur. Am liebsten wollte ich sagen, dass es mir egal war, was wir taten, solange er nur Zeit mit mir verbrachte. Aber immer mit der Ruhe.

Ich platzte fast vor Aufregung, während ich auf Kai wartete. Natürlich verglich ich die Situation mit der, als wir uns ein paar Monate zuvor kennengelernt hatten.

Damals war ich hier im Kreis gelaufen und hatte eine Zigarette nach der anderen geraucht. Der Gedanke stimmte mich ein wenig wehmütig. Ich war dauernd in Versuchung, zu rauchen; das Aufhören war mir absolut nicht leichtgefallen.

Zur Feier des Tages trug ich ein leichtes Kleid. Die Temperaturen waren sommerlich heiß und trotz meiner sonstigen Aversion gegen Kleider schien es mir die richtige Wahl gewesen zu sein.

Was für ein Wechsel: Vom dicken Wintermantel zum dünnen Kleid, von der schlaflosen Kettenraucherin zum nichtrauchenden Murmeltier und das alles wegen eines Mannes. War das bedenklich, begrüßenswert oder einfach nur traurig?

Meine Gedanken kreisten immer wieder um diese Frage. Streng genommen hatte ich mich ja nicht nur für Kai geändert, schließlich hatte ich nicht ahnen können, dass wir uns noch einmal wiedersehen würden.

Jedenfalls bemerkte ich, dass der eine oder andere Mann – gern auch Familienvater – mich verstohlen musterte, während sie auf das Planetarium zuliefen. Das war auch meine Schuld, ich war nämlich eine halbe Stunde zu früh dran und stand nun wie bestellt und nicht abgeholt vor dem Eingang.

Kai schaffte es immer wieder, mich zu überraschen. Als er schließlich – absolut pünktlich – auf mich zuspazierte, sah ich die zwei Kaffeebecher in seiner Hand. Hatte ich ihn womöglich auf den Geschmack gebracht?

Er küsste mich zur Begrüßung auf die Wange, was mir die Gelegenheit gab, seinen wunderbaren Geruch zu inhalieren, und reichte mir einen der Becher.

Meine Augen mussten aufgeleuchtet haben, denn er grinste direkt. »Vorsichtig, der Inhalt ist heiß.«

Ich nickte nur und nippte vorsichtig daran. Angewidert verzog ich das Gesicht. »Das ist ja Tee.«

Jetzt lachte er. »Was hast du denn erwartet? Das heute Morgen war die absolute Ausnahme für mich.«

Traurig sah ich den Becher an. »Ich habe es wirklich nicht leicht.«

»Du wirst es überleben und –«

Bevor er seinen Satz beenden konnte, übernahm ich diese Aufgabe, indem ich ihn imitierte: »Und besser für dich ist es auch!«

Kais Mundwinkel zuckten, doch er hatte sich gut im Griff und bedeutete mir lediglich vorzugehen. Als er sich an der Kasse anstellen wollte, griff ich nach seinem Arm. »Ich war so frei, die Karten schon zu kaufen.«

Ich hatte nämlich eine peinliche Diskussion darum vermeiden wollen, wer wen einlud oder auch nicht.

Falls es ihm nicht behagte, überspielte er es geschickt und sagte nur: »Okay, dann lade ich dich danach einfach noch auf ein Eis ein.«

Danach? Das hörte ich doch gern.

Ehrfürchtig starrte ich an die Decke und bewunderte die wunderschönen Bilder. »Wow. Ich liebe diesen Zweidrittelmond.«

»Bitte was?«, wisperte Kai verständnislos.

»Na da, den Zweidrittelmond! Du weißt schon, wenn der Mond zu zwei Dritteln verborgen ist, kurz nach Neumond eben.«

»Das Wort gibt es nicht«, murmelte er, um die anderen Leute nicht zu stören.

»Natürlich! Wie sollte es denn sonst heißen?«, zischte ich.

»Keine Ahnung, aber nie im Leben Zweidrittelmond. Außerdem ist das ein Viertel, das da sichtbar ist, und kein Drittel.«

»Oh wow. Das erinnert mich gerade an unser erstes Zusammentreffen.«

Neugierig sah er zu mir. »Warum?«

»Weil da auch ein wunderschöner Zweidrittelmond am Himmel hing und ich dir jetzt das Gleiche sage, was ich damals gesagt habe: Du bist ein verdammter Klugscheißer.«

Kai grinste und sagte eine Weile nichts mehr.

Ich genoss einfach nur das Schauspiel über mir und bereute es ein wenig, nicht schon bei meinem ersten Besuch hier das Planetarium auch wirklich betreten zu haben.

»Zweidrittelmond! Ich fasse es nicht«, grunzte Kai leise, als hätte ich einen urkomischen Witz erzählt.

»Ja, Zweidrittelmond. Notfalls schreibe ich den Wikipedia-Artikel dazu selber, wenn du mir nicht glaubst.«

»Und das findest du hübsch?«

Hinter uns räusperte sich jemand, vermutlich in dem Versuch, uns darauf hinzuweisen, dass wir unsere Klappe halten sollten.

»Natürlich. Du etwa nicht?«

»Du könntest mit Abstand die merkwürdigste Frau sein, die ich jemals getroffen habe.«

Er lehnte sich näher zu mir, einen Mundwinkel leicht hochgezogen, was ihm ein neckendes Aussehen verlieh.

Unwillkürlich öffnete ich meine Lippen und legte den Kopf schräg. Ich beugte mich ihm entgegen und glaubte schon, seinen Atem zu spüren, als ihm leider einfiel, dass wir ja nur *befreundet* waren.

Ein sehr unanständiger Fluch lag auf mir auf der Zunge; nur aus Rücksicht auf die anwesenden Kinder sprach ich ihn nicht aus. Aber es war mehr als eindeutig gewesen: Kai hatte mich küssen wollen.

Das stimmte mich einerseits glücklich, weil es bedeutete, dass er unter Garantie etwas für mich empfand. Auf der anderen Seite zwang er uns dazu, in diesem unbestimmten Limbus zu hängen. Wir wussten, wie der andere im Bett war, und schlichen umeinander herum, immer unter dem Deckmantel der Freundschaft, während es eindeutig war, wohin unsere Absichten gingen.

Kai hatte mehrfach betont, dass ihm der nackte Sex nicht länger reichen würde. Natürlich verstand ich seinen Standpunkt, Spaß machte das trotzdem nicht. Ich hatte schon überlegt, ob ich ihm eine schriftliche Vereinbarung anbieten sollte, in der ich darlegte, dass ich nicht beabsichtigte, fremdzugehen oder Ähnliches. Aber da »schriftliche Vereinbarung« nah an »Vertrag« dran war, ahnte ich, dass Kai, der alte Romantiker, der ständig über Gefühle sprechen wollte, es unter Garantie nicht gut aufnehmen würde, wenn ich es ihm anbot.

»Ich bin ja schon froh, dass du dich überhaupt an unser erstes Treffen erinnerst«, flüsterte er und ich konnte die hochgezogenen Augenbrauen um uns herum praktisch in der Dunkelheit erahnen. Wenn wir weiter quatschten, würden wir noch hinausgeworfen werden.

»Natürlich. So eine schlechte Anmache vergesse ich bestimmt nicht so schnell.«

Gekränkt rempelte Kai mich leicht von der Seite an. »Was heißt denn hier ›schlechte Anmache‹? Ich habe mir das sehr sorgfältig zurechtgelegt und du bist ja wohl sofort darauf angesprungen.«

»Ich war halt einsam, ausgehungert und verzweifelt«, zischte ich fast unhörbar.

»Widerspenstig und kühl hast du vergessen.«

Ganz nah lehnte ich mich an ihn heran, beugte mich zu ihm und legte meine Hand um seinen Nacken. Meine Lippen berührten fast sein Ohr, weil ich nicht wollte, dass eins der Kinder mich hörte, als ich wisperte: »Fick dich doch!«

Mir entging nicht, dass er leicht erschauerte, als mein heißer Atem seine Haut streifte. Die Muskeln unter meinen Fingern spannten sich kurz an, schließlich lachte er leise. Ich war froh, dass ich endlich einmal so sein konnte, wie ich wirklich war, ließ ihn los und konzentrierte mich auf die Show an der Decke – bevor ich noch endgültig die Beherrschung verlor und ihn doch küsste.

9

»Okay, ich gebe es zu, du hast mich sehr neugierig gemacht«, sagte ich, gleich nachdem Kai ins Auto gestiegen war.

Er grinste nur und tippte eine Adresse in das integrierte Navigationssystem.

»Willst du mir nicht verraten, wo es hingeht?«

»Dann wäre es ja keine Überraschung mehr«, erklärte er mir lapidar.

Ich verdrehte nur die Augen und wartete auf die erste Ansage der Dame, die mir nun den Weg diktieren würde. Mittlerweile machte es mir richtig Spaß, mit Kai auf diese Nicht-Dates zu gehen. Wir gaben vor, nur Freunde zu sein – mehr schlecht als recht.

Aber jedes Mal, wenn der andere ein Ziel für die nächste Verabredung aussuchte, steigerte sich das Kribbeln in meiner Magengegend in ungeahnte Höhen.

Wenig später staunte ich nicht schlecht. »Ein Autokino? Ich wusste gar nicht, dass es so etwas in der Stadt gibt.« Kurz zögerte ich, dann schob ich etwas leiser hinterher: »Beziehungsweise, dass es so etwas überhaupt noch gibt.«

Zufrieden lächelte Kai. »Gibt es auch nicht. Das ist nur so eine spezielle Sommer-Attraktion – die Karten waren gar nicht so leicht zu bekommen.«

»Es wundert mich, dass du fürs Kino zu begeistern bist. Du guckst doch sonst nur Fußball und Sachen, zu denen ich dich überrede.«

»Ich finde es immer noch eine Frechheit, *Bloomberg Europe* als Fernseh gucken zu bezeichnen.« Kai rümpfte die Nase.

»Na, wenn wir jetzt etwas sehen, das du ausgesucht hast, bin ich definitiv gespannt.«

Er lachte leise und machte es sich auf dem Sitz bequem. »Es ist nicht, was du erwartest. Das kann ich dir versprechen.«

»Bei dir weiß ich nie, was ich zu erwarten habe«, gab ich freimütig zu und erinnerte mich wieder an die prickelnden Sekunden vor ein paar Tagen, als er mich in einem abwesenden Moment fast geküsst hätte.

Laute Musik ertönte und bevor ich meinen Kopf zur Leinwand drehte, fragte Kai noch: »Willst du Popcorn oder irgendetwas trinken?«

»Nein.«

Die altmodische Melodie kam mir irgendwie bekannt vor und auch das Logo der Universal Studios, das uns entgegenflimmerte, sah älteren Semesters aus. Mein Mund klappte auf, als ich den Namen der Hauptdarstellerin las: »Doris Day«.

Gleich ging es weiter mit »Rock Hudson«. Ich konnte es nicht fassen – da waren wir im Autokino und sahen »Bettgeflüster«?

Verstohlen betrachtete ich ihn von der Seite. Würde er mich jemals nicht überraschen? Und was sollte es mir sagen, dass wir uns einen Film ansahen, in dem es ganz eindeutig um Liebe, Irrungen, Wirrungen und Happy End ging?

Er betrachtete entspannt die große Leinwand und ich zwang mich dazu, den Kopf zu drehen. »Stehst du auf Doris Day?«

Das Flimmern des Films erhellte immer wieder Kais Gesichtszüge, er grinste amüsiert. »Wie kommst du denn darauf? Ich glaube, die Dame ist inzwischen etwas zu alt für mich.«

»Ach Quark, sie lebt noch? Das wusste ich gar nicht.«

»Doch, ich meine schon.«

Mir entging nicht, dass Kai meine Frage nicht beantwortet hatte. »Jetzt sag schon, warum ausgerechnet der Film?«

»Ich finde einfach die Handlung amüsant, dieses Gezanke und die Wortgefechte. Das ist alles viel relaxter als heutzutage mit Facebook und all dem Social-Media-Stress. Es gibt sicherlich Hunderte von Beziehungen, die nie zustande gekommen sind, weil der eine gesehen hat, dass der andere online war, die letzte Nachricht aber nicht beantwortet hat. Davon bekomme ich Haarausfall. Und hier: Die beiden teilen sich einen Telefonanschluss. Das ist längst nicht so verkrampft und dauer-erreichbar wie heutzutage.«

»Dann wird es dich freuen zu hören, dass ich nicht einmal einen Facebook-Account habe.« Zufrieden nickte ich.

»Das weiß ich, denn natürlich bin ich trotzdem schwach und habe dich dort schon gesucht.«

Ich lachte nur, konzentrierte mich dann wieder auf den Film und versuchte, mir einen Reim auf diesen Mann zu machen. Es war geradezu erschreckend, dass ich ihn immer mehr mochte, je besser ich ihn kennenlernte. Normalerweise war es bei mir andersherum. Aber mit Kai schien ich absolut außerhalb des Radius von »normal« zu schweben.

Als ich wieder aufwachte, sah Kai mich böse an. Schnell wischte ich mir über den Mund. »Ist was?«, murmelte ich.

»Dein Schnarchen hat es etwas schwer gemacht, den Filmen zu folgen!«

»Den Filmen? Mehreren?«, fragte ich irritiert und warf einen Blick auf meine Armbanduhr.

»Klar, alle drei mit Rock Hudson und Doris Day. Während du selig geschlafen hast, habe ich ›Bettgeflüster‹, ›Ein Pyjama für zwei‹ und ›Schick mir keine Blumen‹ geguckt. Nur leider hast du im letzten Drittel von ›Schick mir keine Blumen‹ angefangen, schrecklich zu schnarchen.«

Das Ganze war mir so peinlich, dass ich mir die Haare am liebsten büschelweise ausgerissen hätte.

»Mir ist wirklich ein Rätsel, wie du bei Sendungen über Wirtschaft und Börsenkurse vor Spannung stundenlang kaum blinzelst, aber bei einem wirklich guten Film nach drei Minuten einschläfst«, stichelte er weiter.

»Bist du böse?«, fragte ich vorsichtig.

»Nein, wieso sollte ich? Das nächste Mal suchst aber wohl besser du die Filme aus.«

Der Parkplatz um uns herum leerte sich zusehends und es wurde wohl Zeit, nach Hause zu fahren. Obwohl es mir sehr widerstrebte, Kai einfach bei sich abzusetzen.

»Das nächste Mal« – das klang in meinen Ohren sehr gut. Vielleicht sollte ich bei mir zu Hause eine Filmnacht mit Pornos veranstalten und gucken, ob ihm mein dezenter Hinweis auffiel ...

Um mich davon abzulenken, dass es mir wahnsinnig schwerfiel, Kai nicht permanent via SMS zu belästigen oder ihn anzurufen, einfach nur um zu fragen, was er gerade machte, hatte ich mich auf die Suche nach dem perfekten Sessel gemacht.

Seit er auf meiner Couch geschlafen hatte, hatte mich die verschwindend geringe Anzahl von Sitzmöbeln in meiner Wohnung nicht mehr losgelassen.

Ich war methodisch vorgegangen und vor einigen Tagen fündig geworden. Das Beste war, dass ich mir den Sessel im Laden angeguckt hatte, im Internet meine eigene Lieblingsversion kreiert hatte, die mir nun nach Hause geliefert werden sollte.

Nach langem Hin und Her hatte ich mich für dunkles Holz für die Beine und einen waldgrünen Lederbezug entschieden. Die Lieferzeit war auf zwei Stunden eingegrenzt und ich konnte es kaum erwarten, mich in meinen neuen Sessel zu kuscheln und zu lesen – oder Kai beim Schlafen zu beobachten. Doch dazu musste ich ihn natürlich erst wieder dazu bewegen, auf meiner Couch einzuschlafen.

Allerdings war ich positiv gestimmt, denn er schien seine Zeit gern mit mir zu verbringen, und ich hatte den Eindruck gewonnen, dass es ihm schwerfiel, seine Finger von mir zu lassen.

Manchmal, wenn wir essen gingen oder im Kino waren, erwischte ich ihn dabei, dass er mich anstarrte. Natürlich hatte er immer einen lockeren Spruch parat, warum er mich gerade betrachtete, aber ich konnte mir durchaus vorstellen, dass er sich beherrschen musste, um sich an seine eigenen beknackten Regeln zu halten.

Neugierig spähte ich aus dem Fenster, wie ich es schon seit einer halben Stunde tat. Kai war arbeiten und ich hatte nichts Besseres zu tun, als aktiv auf den Sessel zu warten. Zuerst hatte ich versucht, ein wenig zu lesen, doch vor lauter Aufregung hatte ich mich nicht konzentrieren können.

Als mein Handy klingelte, erwartete ich, dass es die Spedition war, um mir mitzuteilen, dass sich die Lieferung verspätete. Doch es war Kai. Ich ging ran und ärgerte mich sofort, dass ich jedes Mal Herzklopfen bekam, wenn ich seinen Namen im Display las.

»Hey, was machst du gerade?«, fragte er direkt und mein Magen machte einen Satz.

»Auf meinen neuen Sessel warten, der eigentlich im Laufe der nächsten Stunde hier auftauchen sollte«, erwiderte ich fröhlich.

»Sehr gut, dann hast du danach nichts mehr vor?« Kai klang für seine Verhältnisse sehr geheimnisvoll.

»Nein. Aber ich befürchte jetzt gerade das Schlimmste.«

»Keine Sorge, deine Überlebenschancen stehen gut. Was hältst du von einem Picknick? Ich habe früher Feierabend, weil bei dem schönen Wetter nichts los ist. Ich könnte in einer halben Stunde bei dir sein, den neuen Sessel bewundern und dich nach draußen zwingen.«

Leise ächzte ich. »Du willst bestimmt in den Park und nutzlos auf dem Rasen herumsitzen.«

»Das ist der Plan. Kommst du mir zuliebe mit?«, lockte er mich.

Das war so unfair. Natürlich konnte ich nicht widerstehen, obwohl mir 400 Gedanken durch den Kopf gingen. Was würde ich machen, wenn wir jemandem begegneten, den ich kannte? Oder noch schlimmer: jemanden, den er kannte?

»Ich habe keine Sonnenmilch mehr.« Das war das Erste, was mir einfiel, um mich herauszureden.

»Dann bringe ich welche mit, genau wie alles andere. Du musst im Prinzip nichts anderes machen, als vor die Tür zu gehen.«

Genervt seufzte ich tief.

»Du stimmst mir also zu, wunderbar. Bis gleich«, flötete der Mann und legte auf, bevor ich protestieren konnte.

Während ich noch das Telefon anstarrte und versuchte, mich mit der neuen Situation anzufreunden, klingelte es an der Tür. Der Sessel war da.

Als Kai klingelte, hatte ich den Sessel schon dreimal quer durch das Wohnzimmer geschoben, war aber noch immer nicht ganz mit der Position zufrieden.

Ich ließ ihn ins Haus, öffnete die Tür und ging direkt zurück, um den Sessel doch wieder auf die andere Seite zu schieben. Dann kam mir eine Idee: Warum mühte ich mich denn ab, das Möbelstück umherzuschieben, wenn ich auch Zeit schinden und es den Mann machen lassen konnte?

Zufrieden hockte ich mich in den Sessel und wartete, bis Kai auftauchte. Dann breitete ich theatralisch die Arme aus und fragte: »Na, was sagst du?«

Anerkennend nickte er. »Coole Farbe. Darf ich mal?«

Bereitwillig stand ich auf und machte Platz. Er ließ sich hineinsinken und schwieg erst einmal.

Ungeduldig fragte ich: »Und? Was sagst du?«

»Hm. Ich glaube, hier drin könnte man sehr gut Fußball gucken.«

Großartig, Stunden der Recherche, Suche und des Probesitzens – wofür? Dafür, dass ich scheinbar den perfekten Fußballsessel gefunden hatte. »Das sagst du nur wegen der Farbe.«

»Nur weil irgendetwas grün ist, erinnert es mich nicht automatisch an Fußball«, warf er ein und stand wieder auf. »Von hier aus kann man aber gar nicht auf den Fernseher sehen.« Prüfend sah er sich um.

»Eigentlich wollte ich ihn auch hierhin stellen.« Etwas unmotiviert zog ich an der Armlehne des Sessels und Kais Augenbraue wanderte in die Höhe.

»Vielleicht solltest du ein bisschen Krafttraining machen, dann kannst du so einen kleinen Sessel selber schieben«, schlug er vor.

»Klugscheißer. Hilfst du mir vielleicht mal?«, schnaubte ich böse.

Mist. Mein großartiger Plan, die hilfsbedürftige Frau zu mimen, war wohl eher danebengegangen.

»Ich meine es ernst! Warum schaust du nicht mal bei uns vorbei?«, fragte Kai jetzt.

»Du meinst im Fitnessstudio?« Ich starrte ihn an und hoffte, dass mein Gesichtsausdruck ihm klarmachte, dass ich schon wesentlich bessere Vorschläge in meinem Leben bekommen hatte.

»Was denn?«, lachte er. »Hast du etwas Angst?«

Sofort funkelte ich ihn an. »Natürlich nicht. Sag mir, wann ich da sein soll!« Schon im gleichen Moment bereute ich meine unbedachten Worte. Sport war nicht unbedingt meine Stärke und bisher war ich schon mit den 90 Minuten Yoga in der Woche gnadenlos überfordert.

Während ich schließlich zusah, wie Kai die große Decke ausbreitete, fragte ich mich kurz, wie er mich eigentlich überredet hatte, das Haus zu verlassen.

Die große Liegewiese leuchtete in Farben, die so strahlten, dass sie beinahe unrealistisch aussahen. In der direkten Sonne war es zwar heiß und drückend, doch ein leichtes Lüftchen wehte durch meine luftige Kleidung und brachte die Baumwipfel um uns herum rauschend zum Schaukeln. Immer wieder wurden die Lichtstrahlen von vereinzelten Wolken gebrochen, die am Himmel mit beeindruckender Geschwindigkeit vorbeizogen.

Es roch nach Gras, trockener Erde und aus der Distanz leicht nach Holzkohle. Überall gingen ausgelassene Menschen dem entspannten Leben nach; spielten Frisbee, lachten, redeten und tranken. Einige Meter entfernt bellte ein verspielter Hund, der über die Wiese tollte. Es war eindeutig Sommer. Wann ich das letzte Mal bewusst bei gutem Wetter draußen gewesen war, einfach so, ohne Verpflichtungen oder Besorgungen, die erledigt werden mussten, konnte ich wirklich nicht sagen. So fühlten sich also normale Menschen?

Schier überwältigt war ich davon, wie viele andere Paare hier waren. Während ich meinen Blick streifen ließ, sah ich überall verträumte Gesichter, verliebte Gesten und Berührungen und hemmungsloses Knutschen. Sofort versteifte ich mich und hoffte, dass Kai es nicht wahrnahm. Mich durchfuhr eine merkwürdige Mischung aus Neid, Verwirrung und Verlangen.

War das hier jetzt etwa romantisch? War es das, was man unter einem schönen Date verstand? Gab es Picknick-Small-Talk-Themen? Und was sollte ich jetzt überhaupt tun? Sicher war ich mir nicht. Die penetrante Frage stieg in mir auf, ob ich die eigentlich idyllische Szene, die uns umgab, mehr genießen könnte, wenn ich genau wüsste, was das gerade zwischen Kai und mir eigentlich war.

»Siehst du, so schlimm ist es gar nicht«, murmelte er und zupfte an einer Ecke des Stoffs.

Kritisch betrachtete ich den Picknick-Korb in meiner Hand. Okay, eigentlich war es mein normaler Einkaufskorb, der jetzt mit für ein Picknick geeigneten Leckereien und ein paar Getränken gefüllt war.

»Ich verstehe nur immer noch nicht, warum du darauf bestanden hast, mit dem Auto zu fahren. Für die paar Meter ist das die pure Verschwendung.«

Ich hielt meinen Zeigefinger hoch. »Ein Wort: Klimaanlage.«

Er antwortete mit einem Kopfschütteln und streckte die Hand aus, um mir den Korb abzunehmen. »Das gewöhne ich dir noch ab. Hast du eigentlich ein Fahrrad?«

Das wurde ja immer schlimmer. »Nein. Und ich habe gehört, dass Fahrräder wohl in der ganzen Stadt ausverkauft sein sollen.«

Kai grinste nur und klopfte neben sich. »Komm, setz dich.«

Etwas unbeholfen kniete ich mich auf die Decke und fragte mich, was genau daran jetzt so toll sein sollte. Das kurze Gras kitzelte an meinen Handinnenflächen, als ich darüber strich.

»Du meine Güte, entspann dich doch! Du sitzt wie bei einem Business-Meeting da.«

»Was soll ich denn machen?«, fragte ich hilflos.

»Wir fangen simpel an.« Er legte sich auf den Rücken, verschränkte die Arme hinter dem Kopf und sah mich einfach nur erwartungsvoll an.

Es dauerte ein wenig, bis ich geschaltet hatte. »Du willst, dass ich mich auch hinlege?«

»Bingo.«

Es widerstrebte mir ein wenig, mich in der Öffentlichkeit hinzulegen und zu entspannen. Das fiel mir ja schon zu Hause nicht leicht.

Vor allem wurde mir auch Kais körperliche Nähe bewusst, als mich neben ihn gelegt hatte. Er roch nach Sonnenmilch und in Kombination mit seinen hellblonden Strähnen fiel es sehr schwer, nicht an salzige Luft, Strände und Urlaub zu denken.

»Ich habe ja meine eigene Theorie, warum du unbedingt mit dem Auto fahren wolltest.«

Die Sonne kitzelte meine Nase und so musste ich niesen, bevor ich überhaupt nachfragen konnte. »Ach ja?«

»Das muss einfach an deinem ausgeprägten Fluchtinstinkt liegen. So kannst du jederzeit aufspringen und zu deinem Auto rennen. Damit könntest du bedeutend schneller flüchten, als wenn du losrennen müsstest. Du fühlst dich damit sicherer«, schloss der Hobby-Psychologe seinen Vortrag.

Da die Sonne zu hell war, hatte ich meine Sonnenbrille aufgesetzt, ließ die Augen aber dennoch hinter den getönten Gläsern geschlossen. »Absoluter Unsinn. Ich bin einfach nur faul. Außerdem verspüre ich in deiner Nähe nicht das Bedürfnis, zu flüchten.«

»Warum hast du mich dann damals nicht gefragt, ob ich dich zu der Firmenfeier begleite?«

Die Frage war völlig unvermittelt gekommen und hatte mich gezielt getroffen. Obwohl es mir unangenehm war, versuchte ich, bei der Wahrheit zu bleiben. »Ich wollte nicht, dass du dir falsche Hoffnungen machst.«

Kai brummte neben mir. Zwar hätte mich sein Gesichtsausdruck interessiert, aber ich wagte es nicht, ihn anzusehen. Hinter meinen geschlossenen Augen konnte ich mir leichter Selbstsicherheit vorgaukeln.

»Hoffnungen worauf?« Dieser Mann war wirklich penetrant.

Theatralisch seufzte ich. »Darauf, dass ich eines Tages neben dir auf einer Decke im Park liegen würde.« Innerlich lobte ich mich kurz selbst für meine Schlagfertigkeit.

Meine Antwort wurde mit einem leisen Lachen belohnt. Er bewegte sich neben mir und streifte dabei aus Versehen meinen Oberschenkel mit seinen Fingern. Die Berührung löste eine wahre Hormonflut aus und ich wusste sofort, warum wir uns an einem öffentlichen Ort befanden: Die Gefühle waren kaum noch zu bändigen.

Doch bevor ich weiter darüber nachdenken konnte, traf mich etwas Nasses. Empört riss ich die Augen auf, in der Erwartung Kai mit einer Wasserpistole in der Hand zu sehen. Stattdessen hatte auch er sich aufgerichtet und murmelte: »Oh oh.«

Er sprang auf und ich beeilte mich ebenfalls. Der Himmel hatte sich komplett verdunkelt und dicke Tropfen fielen bereits herab. Außerdem wurde es spürbar windig. Kai zerrte die Decke vom Boden. Donner grollte, während ich den Korb packte.

»Wir haben doch höchstens ein paar Minuten da gelegen!«, rief ich erbost.

Über die Wiese eilten wir auf den Parkplatz zu. Ich war bereits bis auf die Haut durchnässt. Die Tropfen fielen immer schneller, dann blitzte es zum ersten Mal.

Meine Sandalen waren bei diesem Wetter kein geeignetes Schuhwerk und ich schlitterte und stolperte eher, als dass ich lief. Kai nahm meine Hand und ich umklammerte seine Finger dankbar.

Unterwegs zerrte ich umständlich den Schlüssel aus der Tasche, weil ich weder Kai noch den Korb loslassen wollte.

»Willkommen im deutschen Sommer«, rief Kai und ich konnte ihn kaum verstehen, da das Donnern immer näher kam und auch der Wind lauter pfiff.

Als das Auto in Sichtweite war, entriegelte ich sofort die Türen und wir waren beide gleichermaßen erleichtert, als wir praktisch hineinsprangen, um dem Sommergewitter zu entkommen.

Der Regen prasselte heftig auf die Windschutzscheibe und machte die Sicht nach draußen unmöglich. Dazu heulte der Wind inzwischen so laut, dass ich bereit gewesen wäre, zu glauben, dass es November war.

Ich blickte Kai herausfordernd an. »Gib zu, dass du jetzt froh bist, dass ich mit dem Auto fahren wollte!«

Mein Triumph wurde dadurch geschmälert, dass mir in diesem Moment ein Wassertropfen von der Nasenspitze rollte und in meinen Ausschnitt tropfte. Kai folgte dem Tropfen mit den Augen.

Meine Sachen waren klatschnass und klebten an mir. Durch den plötzlichen Temperatursturz waren meine

Nippel hart geworden und eine Gänsehaut überzog meine Arme.

Es war nicht schwer, Kai am Gesicht abzulesen, dass er an Sex dachte. Innerhalb von Sekunden heizte die Atmosphäre im Wagen sich so stark auf, dass es kaum zu ertragen war.

Sein Shirt klebte ebenso an ihm wie meine Sachen an mir und seine Muskeln waren deutlich zu sehen. Es erschien mir wie eine Einladung, ihn anzufassen.

Er starrte mich an und leckte sich nervös über die Lippen. In diesem Moment wurden mir seine Vorsätze egal. Ich wollte nicht länger warten und beugte mich einfach zu ihm hinüber.

Die Hand legte ich auf seine Brust, während ich ihm meinen leicht geöffneten Mund anbot. Sofort schlang er die Finger um meinen Nacken und zog mich näher zu sich.

Oh mein Gott! Wie sehr hatte ich das vermisst! Allein die Art, wie seine Zunge meine berührte, reichte aus, damit ich weit über das erträgliche Maß hinaus erregt wurde. Trotz des feuchten Shirts fühlte sein Körper sich warm unter meiner Hand an.

Plötzlich donnerte es laut und sehr nah. Ein Blitz erleuchtete den Himmel, das Gewitter musste ganz in der Nähe sein. Der Moment war ruiniert und mein Herzklopfen kam nicht länger nur von dem Kuss, sondern auch vom Schreck.

Ich richtete mich auf und sah verlegen aus dem Seitenfenster. So fühlte sich reine Freundschaft ganz sicher nicht an. »Tut mir leid.«

Kais Stimme klang so dunkel, dass ein Schauer über meinen Rücken rieselte. »Braucht es nicht.«

War das jetzt eine Ermunterung weiterzumachen? Oder war er lediglich höflich? Ich hatte mein Dilemma noch nicht gelöst, als der Himmel aufriss und die Sonne strahlte, als wäre sie nie weggewesen. Das Prasseln auf dem Autodach wurde weniger.

»Die Wiese ist jetzt sicherlich nass«, murmelte Kai.

»Hm.«

»Vielleicht sollten wir nach Hause fahren und das Ganze ein anderes Mal nachholen. Ich glaube, ich kann sowieso noch etwas Schlaf gebrauchen.«

»Hm. Soll ich dich bei dir absetzen?«

»Das wäre nett.«

»Kein Problem.«

Der Motor startete mit dem vertrauten Brummen und ich fragte mich, ob Kai und ich jemals zuvor ein dermaßen hölzernes Gespräch geführt hatten.

Alles woran ich die Fahrt über denken konnte, waren meine prickelnden Lippen und die Feuchtigkeit zwischen meinen Schenkeln, die rein gar nichts mit dem Regen zu tun hatte.

Kai stellte währenddessen einen neuen Rekord im Dauerschweigen auf. Scheiß Gewitter!

Unsicher stand ich im Eingang und fragte mich, wohin ich jetzt gehen sollte. Meine verdammte, große Klappe!

»Kann ich dir helfen?«, fragte eine Stimme hinter mir.

Ich drehte mich um und versuchte, zumindest so zu wirken, als sei ich erwachsen und würde wissen, was ich tat. »Ja, ich bin hier zu einem Probetraining verabredet.«

Der Fitnesstrainer war gefühlt zwei Meter hoch und genauso breit – wie er seine Muskeln in das enge Poloshirt bekommen hatte, würde mir für immer ein Rätsel bleiben. Er nickte jetzt verständnisvoll und betrachtete mich von oben bis unten. »Hast du schon unser Anmeldungsformular ausgefüllt?«

Das hatte Kai nicht erwähnt. Ob es sehr stark auffallen würde, wenn ich mich einfach umdrehte und kreischend davonrannte?

Ich formulierte es zuerst vorsichtig: »Nein?«

Zufrieden breitete der Typ die Arme aus und wollte mich offensichtlich zur Anmeldung bugsieren. Wie gut, dass ich schon Sportschuhe trug, das würde auf der Flucht immens von Vorteil sein.

»Rico, lass mal. Die Lady gehört zu mir.«

Irritiert drehte der Angesprochene sich um und ich war froh, Kai zu sehen, der im Übrigen das gleiche Poloshirt wie der Zweimetermann trug. Sofort befand ich, dass es ihm viel besser stand als Rico.

Rico war seinerseits maßlos enttäuscht. »Ach so. Na dann.« Damit trottete er davon.

Kai blieb vor mir stehen. »Ich kann nicht glauben, dass du tatsächlich hier bist.«

Zufrieden nickte ich. »Es kann ja nicht sein, dass du einfach so blöde Witze auf meine Kosten machst.«

»Das war kein Witz. Du sahst wirklich aus, als könntest du den Sessel keinen Zentimeter schieben.«

Unabhängig davon, dass wir von Leuten umgeben waren, zeigte ich ihm den Mittelfinger. Ich konnte ihm ja schlecht auf die Nase binden, dass ich mich nur so angestellt hatte, weil ich wollte, dass er mir half.

Eine Frau in meiner Nähe lachte, als sie sah, dass ich Kai den Stinkefinger präsentierte. »Das denke ich mir immer nach dem ›Hot Iron‹-Kurs.« Damit schlenderte sie davon und ich schaute ihr verdutzt hinterher.

Kai grinste nur und deutete auf eine Hantel, die direkt neben uns auf einem merkwürdigen Gestell lag. »Da du ja nichts dabei hast, was du einschließen musst, kannst du mir das ja direkt beweisen. Heb doch mal so eine Hantel hoch.«

»Kein Problem.« Ich machte eine wegwerfende Handbewegung. »Was für ein Gewicht soll ich nehmen?«

Das Grinsen wurde breiter. »Das bleibt völlig dir überlassen. Du kannst doch sicher am besten einschätzen, was du heben kannst. Aber übernimm dich nicht, nur weil du mich beeindrucken möchtest.«

Irgendwie hatte ich den Eindruck, dass er sich ganz schön auf meine Kosten amüsierte. Langsam musterte ich die Reihe der Hanteln und war erstaunt, dass nahezu jedes Gewicht dabei war. 2,5 kg erschienen mir viel zu leicht, 15 kg waren sicherlich zu schwer. Vielleicht 10 kg? Ich war mir ziemlich sicher, dass ich 10 kg heben konnte. Immerhin konnte ich einen Karton mit 6 Weinflaschen tragen – zumindest vom Kofferraum bis zum Aufzug, danach schob ich ihn meistens mit dem Fuß. Aber das musste er ja nicht wissen.

Kaum hatte ich meine Finger um das Metall geschlossen, bereute ich meine Wahl. 10 kg waren doch recht ... schwer.

Aus dem Augenwinkel konnte ich die Belustigung in Kais Gesicht sehen und mein Ehrgeiz erwachte, ihm das Grinsen aus der Visage zu wischen. Also hievte ich das Monstrum von dem Gestell und ignorierte das Knacken in meiner Schulter.

Kai lehnte sich interessiert nach vorn und überkreuzte die Arme vor seiner breiten Brust. »Zu schwer?«

Ich stieß ein verächtliches Geräusch aus. »Natürlich nicht.«

»Wirklich? Du siehst ein wenig angestrengt aus«, schmunzelte er.

»Unsinn«, hielt ich dagegen, kämpfte aber schon damit, das Ding zu halten.

»Dann streck doch mal den Arm aus.«

»Was?« Erschrocken sah ich ihn an.

»Na, so in etwa.« Als würden diese Ungeheuer nichts wiegen, nahm Kai eine mit der Aufschrift »25 kg« in die Hand und hielt sie am ausgestreckten Arm vor sich in die Luft. Sein Arm zitterte dabei nicht einmal. Wie sich seine Muskeln klar definiert abzeichneten; selbst durch das Poloshirt konnte ich deutlich seine wunderschönen Schultern erkennen. Ein Seufzen stieg in meiner Kehle auf ...

Schnell holte ich mich selbst wieder auf den Boden der Tatsachen zurück, rümpfte die Nase und fauchte: »Wozu soll das gut sein?«

»Du kannst sie nicht heben, oder?«, wollte er wissen und besaß die Frechheit, seine Hantel weiter vor sich ausgestreckt zu halten.

»Nicht einen Zentimeter. Ich kann sie kaum halten«, gab ich kleinlaut zu und sah ihn flehend an.

Sofort nahm er sie mir aus der Hand und legte auch seine Hantel weg. »Weißt du jetzt, was ich damit meinte, dass du ab und zu mal Krafttraining machen solltest?«

»Aber ich hasse solche Orte.« Ich sah mich um. »Hier ist es so voller ...«

»Menschen?«, schlug Kai vor und musste sich beherrschen, nicht in Lachen auszubrechen.

»Ja«, jammerte ich. Allerdings konnte ich nicht leugnen, dass er irgendwie recht hatte. Es wurmte mich ungemein, dass ich diese bescheuerte Hantel nicht so elegant hatte heben können wie er.

»Ich biete dir einen hervorragenden Deal an: Du kommst einfach an den Tagen, an denen ich Spätschicht habe, ungefähr eine Stunde bevor wir schließen. Dann ist es hier leer und danach darfst du mich nach Hause bringen.«

»Aha. Ich sehe schon, wie wenig du davon profitieren würdest.« Insgeheim freute ich mich, dass er offensichtlich Zeit mit mir verbringen wollte.

»Soll ich dich ein wenig herumführen?«, fragte er jetzt.

»In Ordnung«, brummte ich und streichelte meine gepeinigte Schulter.

Kai nahm es zur Kenntnis und verdrehte die Augen. »Wusstest du, dass es hier auch einen Spa-Bereich gibt, in dem du dich massieren lassen kannst?«

»Warum sagst du das denn nicht gleich?« Sofort wirkte das Fitnessstudio viel interessanter.

»Ich zeige dir nur, wo das Spa ist, wenn du mir eine Frage beantwortest«, sagte Kai verheißungsvoll.

»Klar, schieß los.« Ich verrenkte mir schon den Hals nach einem möglichen Hinweisschild. So eine Massage erschien mir nach dem harten Training eine gute Belohnung zu sein.

»Du hast dir ja eine 10-kg-Hantel ausgesucht und so deine Probleme damit gehabt. Wie bekommst du denn deinen ganzen Weinvorrat nach Hause?«

Genau ins Schwarze! Empört starrte ich ihn an und spürte, wie die Wut meine Wangen rot färbte. »Arschloch!«, zischte ich leise.

Allerdings nicht leise genug, wie mir Ricos erschüttertes Gesicht versicherte, der prompt in diesem Moment neben mir auftauchte. Kai winkte nur ab. »Schon in Ordnung, sie ist immer so vulgär.«

Hätte ich gekonnt, wäre ich zurückmarschiert, um die 10-kg-Hantel zu holen und auf Kais Fuß fallen zu lassen, doch dann würde ich vermutlich eine doppelt so lange Massage benötigen.

Rico schlich schockiert davon und ich lehnte mich zu Kai. »Als ob mein Fluchen dich stört.«

»Natürlich nicht, es ist sogar irgendwie sexy.« Damit spazierte er davon und ich musste mich beeilen, ihm zu folgen. Er hatte »sexy« gesagt. Vielleicht würde das in diesem Leben doch noch etwas werden.

»Du errätst nie, wo wir heute hingehen.« Kai klang dermaßen stolz, dass ich es nicht über mich gebracht hätte, ihm zu widersprechen, selbst wenn ich eine Ahnung gehabt hätte.

Die ganze Fahrt über hatte er lediglich gegrinst und gesagt: »Warte ab.« Auch jetzt, als ich mich umsah, wusste ich nicht, warum er sich so einen Spaß daraus machte, mich im Dunkeln tappen zu lassen.

Zwar kannte ich den Stadtteil sogar relativ gut, in dem wir uns befanden, doch außer Bars und Restaurants gab es hier meines Wissens nach nichts derart Spektakuläres, was Kais Reaktion rechtfertigte.

Also antwortete ich bloß: »Etwas essen?«

Kai machte ein unschlüssiges Geräusch. »Irgendwie ja, aber ich glaube, es ist trotzdem nicht das, was du erwartest.«

Obwohl es mir schwerfiel, meine Ungeduld zu zügeln und nicht grantig zu werden, sagte ich bloß: »Du freust dich viel zu sehr darüber, dass ich keine Ahnung habe, oder? Wie ich dich kenne, sind wir schon daran vorbeigekommen und du hast gerade diebischen Spaß an deinem eigenen Genie.«

Sein lautes Lachen hallte von der gegenüberliegenden Straßenseite wider. »Vorstellbar, aber falsch. Dass ich Spaß daran habe, dir beim erzwungenen Entspannen zuzusehen, stimmt aber wenigstens.«

Zur Antwort verdrehte ich nur die Augen.

Plötzlich hielt meine Begleitung an, deutete mit beiden Händen nach rechts wie ein Showmaster, der einen Hauptpreis präsentiert, und machte: »Tadaaaaa!«

Irritiert sah ich zu dem nichtssagenden Gebäude – das winzige Schild über dem Eingang passte jedenfalls perfekt. »Invisible?«, fragte ich mit einem Tonfall, der wesentlich ungehaltener klang, als ich beabsichtigt hatte. »Noch nie gehört.«

Zufrieden nickte Kai. »Das hatte ich gehofft. Dann einfach mir nach.«

Ohne weitere Erläuterung drückte er die Tür unter dem unscheinbaren Schild auf und trat ein. Mir ging es gehörig auf den Keks, dass er es immer wieder schaffte, mich zu verwirren, und ich ihm ein weiteres Mal verdattert hinterhersah. Schnell schüttelte ich meine Irritation ab und folgte ihm.

Natürlich wartete er mit vor der Brust überkreuzten Armen und grinste breit. »Ich dachte schon, du kommst nicht mehr.«

»Du hast zu viel Spaß daran«, grummelte ich nur vor mich hin und stieß ihn im Vorbeigehen demonstrativ mit der Schulter an. »Viel zu viel Spaß.«

Zwar versuchte ich, es mir nicht anmerken zu lassen, doch meine Neugier war natürlich geweckt. Der kleine Eingangsbereich, in dem wir uns befanden, war vollkommen schwarz gestrichen; nur einige, offene Glühbirnen in der Decke spendeten schummriges Licht. Dadurch, dass der Boden dieselbe Farbe hatte wie die Wände, wirkte der kleine Flur hier auf mysteriöse Weise edel, ohne irgendetwas preiszugeben.

Gemeinsam folgten wir dem eleganten Schwung des Flurs, der offensichtlich ins Innere des »Invisible« führte – worum auch immer es sich dabei handelte. Begrüßt wurden wir nach einigen Metern von einem glatzköpfigen Mann in schwarzer Hose und weißem Hemd, der vor einer weiteren Tür an einem kleinen Sekretär stand, der ebenso schmal war wie er selbst.

»Also doch ein Restaurant!«, flüsterte ich in Kais Richtung.

»Ich habe doch nie etwas anderes behauptet«, flüsterte er zurück.

Bevor ich ihn in die Mangel nehmen konnte – denn er hatte mich definitiv in die Irre geführt –, begrüßte uns der Wächter der Tür. »Willkommen im ›Invisible‹. Haben Sie reserviert?«

»Ja«, sagte Kai.

»Auf?« Der Blick des Glatzkopfs war derart forschend und zielgerichtet, dass ich mir sicher war, er würde uns ohne Reservierung wieder höflich nach Hause schicken. Wohin hatte er mich entführt?

Kurz seufzte Kai. »Kai-Uwe Wischnewski.«

Wie üblich, wenn mir sein voller, grausamer Name bewusst wurde, musste ich kichern. Prompt erntete ich einen alles andere als dezenten Ellbogenstoß und einen bösen Blick von meiner Begleitung.

Der Wächter des »Invisible« hingegen war entweder stoisch professionell oder verstand allgemein recht wenig Spaß, denn er setzte sein Verhör sofort fort, nachdem er vorbildlich genau eine Liste abgeglichen hatte.

»Sehr schön, hier habe ich Sie. Kai-Uwe Wischnewski plus eins.« Ich war beeindruckt: Er musste selbst dann nicht lachen, als er Kais vollen Namen aussprach. Nicht übel! »Sind Sie schon einmal bei uns gewesen?«, fragte er.

»Ja.« Kai hatte geantwortet, bevor ich mit dem Kopf hatte schütteln können.

Jetzt war ich noch verwirrter als zuvor, doch der Glatzkopf fuhr fort: »Sehr schön, dann bringe ich Sie sofort zu Ihrem Tisch.«

Er griff unter sein kleines Pult und holte ein Gerät heraus, das ich erst nicht ansatzweise einordnen konnte – bis er es sich auf den Kopf zog. War das wirklich ein Nachtsichtgerät?

In seiner Hand befand sich ein geknotetes Seil von etwa dreißig Zentimetern Länge. Mit einer Kopfbewegung deutete er darauf und sagte zu Kai: »Darf ich bitten?«

Kai griff nach dem freien Ende des Seils, dann nach meiner Hand und setzten wir uns in Bewegung. Die unverhoffte Berührung ließ meinen Adrenalinpegel sofort nach oben schnellen und ich ärgerte mich über mich selbst, immerhin war ich doch kein Teenager mehr.

Durch die kurze Ablenkung verpasste ich, wie wir durch die zweite Tür traten; dann umfing uns absolute Dunkelheit.

Schnell sortierte ich die Eindrücke, die ich noch wahrnehmen konnte: Es war erstaunlich warm hier drin, ausgesprochen leise Musik spielte im Hintergrund, überall konnte ich vereinzelte Gesprächsfetzen von anderen Menschen aufschnappen und es roch nach extrem gutem Essen.

Das war es also! Kai hatte eines dieser Dunkelrestaurants ausgesucht! Ich hatte schon einige Male davon gelesen, aber da ich kein Fan von Überraschungen und unkontrollierbaren Situationen war, hatte ich es bisher nicht in Betracht gezogen, dort tatsächlich zu essen.

Leise hauchte ich dem Mann mit der kräftigen, großen Hand vor mir zu: »Ein Dunkelrestaurant also, hm? Machst du das mit all deinen Betthasen?«

Verhalten hörte ich ihn kichern, dann flüsterte er zurück: »Nur mit den besonders hübschen.«

Mein erster Impuls war, Kai einen Klaps auf den Hintern zu versetzen, allerdings erschien mir die Geste gerade viel zu anrüchig. Also begnügte ich mich damit, einmal seine Hand zu drücken – zu meiner Überraschung wurde auch sein Griff für einen kurzen Moment fester.

Obwohl eindeutig andere Menschen hier waren, war die Geräuschkulisse derart dezent, dass man jede kleine Bewegung in der Nähe hören konnte. Hier würde ich mich mit meinem losen Mundwerk wirklich zurückhalten müssen, wenn wir nicht direkt wieder gehen wollten.

»Wir sind da«, sagte der Eingangsglatzkopf schließlich. »Ich helfe Ihnen kurz beim Hinsetzen, dann übergebe ich Sie in die Hände Ihrer Bedienung für den Abend. Ich wünsche Ihnen viel Vergnügen und guten Appetit!«

Wir hatten gerade unsere Stühle an den Tisch gerückt, als sich neben uns eine neue Stimme vorstellte: »Guten Abend, mein Name ist Kevin, ich bin Ihr Kellner für den Abend. Vorbereitet haben wir für Sie ein Sieben-Gänge-Menü mit passenden Weinen. Als Aperitif servieren wir Ihnen einen Prosecco, dann starten wir mit der Vorspeise. Was Sie essen, verraten wir Ihnen allerdings erst, wenn Sie gehen.«

Ich hörte, wie Kevin das prickelnde Getränk in Gläser goss. »Falls Sie etwas benötigen, stehe ich jederzeit zu Ihrer Verfügung.«

Damit waren Kai und ich wieder unter uns. Kurz ließ ich die Eindrücke auf mich wirken und nahm einen Schluck Prosecco, dann sagte ich: »Ein siebengängiges Essen im Dunkeln, bei dem wir raten müssen, was wir bekommen? Genau das hätte ich auch ausgesucht!«

Kais angenehmes Lachen kam aus erstaunlich geringer Distanz. Schnell tastete ich an der Tischkante entlang. Die Tische waren relativ klein – ein Umstand, den ich sehr begrüßte.

»Irgendwie muss ich dich doch aus deiner Wohnung locken, oder? Und hier bist du immerhin unter Menschen, musst sie aber nicht sehen. Sollte doch eigentlich genau dein Ding sein.«

Widerwillig nickte ich und schob schnell noch ein zustimmendes Geräusch hinterher, als mir einfiel, dass er mich nicht sehen konnte. »Aber passende Weine? Und das willst du ausgesucht haben?«, zog ich ihn auf.

»Wenn er mir nicht schmeckt, kenne ich jemanden, der mein Glas dankbar ebenfalls trinkt«, antwortete Kai dreist.

Mit einem überdramatischen Schnaufen sagte ich: »Also wirklich! Diese Unterstellung finde ich mehr als dreist!«

Wieder war da sein schönes Lachen. Ich war überrascht davon, dass seine sowieso schon angenehme Stimme in absoluter Dunkelheit noch reizvoller auf mich wirkte. Verdammt, ich musste mich wirklich selbst kontrollieren; ich konnte doch nicht wahllos auf alles stehen, was mit Kai zu tun hatte! Das war doch lächerlich.

Natürlich berührten sich in just diesem Moment, als ich mein Glas ertasten wollte, unsere Hände. Erst wollte ich zurückschrecken, doch erstens wäre mir das kindisch vorgekommen und zweitens hatte ich Sorge um den guten Schaumwein. Also verharrte ich einfach still und wartete ab.

Nach einem endlosen Moment kamen Schritte eindeutig in unsere Richtung – es war Kevin. »Ihre Vorspeise. Ich wünsche guten Appetit.«

Neugierig probierte ich. »Das ist Tomatensuppe, oder?«, fragte ich Kai.

»Denke ich auch«, sagte er. »Aber da ist noch irgendetwas drin, das ich nicht einordnen kann.«

»Ich weiß, was du meinst«, antwortete ich und nahm noch einen Löffel. »Nein, keine Chance. Hoffentlich liegen wir mit Tomatensuppe überhaupt richtig und essen hier nicht pures Schweineblut.«

»Du bist so erfrischend positiv und glaubst grundsätzlich an das Gute in allem, das mag ich so an dir«, lachte Kai.

Für den Moment begnügte ich mich damit, dass er offenbar wirklich gut mit meinem teilweise sehr schwarzen Humor umgehen konnte – und dass ich es wirklich mochte, ihn zum Lachen zu bringen. Überhaupt genoss ich es, mit ihm Zeit zu verbringen und mich manchmal einfach in seine Hände zu begeben.

Sofort musste ich über meine zweideutige, mentale Wortwahl grinsen. Die Dunkelheit um uns herum machte mir meine unanständigen Gedanken aber auch wirklich zu einfach.

Kurz wurde mir klar, in was für einer außergewöhnlichen Situation wir uns überhaupt befanden und ich trotz allem so etwas wie entspannt war. Was ich wirklich am Merkwürdigsten fand, war, dass ich mit Kai scheinbar nichts wirklich merkwürdig fand. Wirklich einordnen konnte ich diese Erkenntnis nicht.

Das Essen war vorzüglich und wir unterhielten uns angeregt. Bei einem der Hauptgänge war ich vollkommen ratlos, was ich auf dem Teller hatte. Da er aber darauf bestand, Spinat in seinem Essen zu haben, verlangte ich, dass er meins probierte, denn das war definitiv kein Spinat.

»Hast du eine Ahnung, was das sein könnte?«, fragte ich Kai.

»Lass mich mal probieren«, forderte Kai und ich lachte nur. »Sehr witzig. Ich könnte meine Gabel jetzt schon hochhalten und du würdest sie nicht einmal sehen.«

Die Geräusche der anderen Tische drangen nur gedämpft zu uns herüber. Vermutlich saßen wir alle in kleinen Kabinen, um etwas ungestörter zu sein.

»Halt die Gabel einfach hoch, ich finde sie schon«, erklärte der Mann selbstsicher.

Von mir aus. Dort, wo ich ungefähr die Mitte des Tisches schätzte, hielt ich meinen Arm hin.

Plötzlich spürte ich Kais tastenden Finger. Er stieß ein leises triumphierendes Geräusch aus und umfasste mein Handgelenk. Um Himmels willen, sicher spürte er auch, dass mein Puls einfach drohte, dort aus der Haut zu brechen.

Er hielt mich fest, dann hörte ich, wie er mit dem Mund den Happen Essen von der Gabel fischte und kaute. »Nein, nicht die geringste Ahnung, was das ist.«

Für meinen Geschmack hätte er mich gern noch etwas länger festhalten können.

Erleichtert lachte ich auf: »Du hattest von vornherein keine Ahnung, was wir gerade essen, oder? Aber erst einmal den Macker markieren, nicht wahr?«

»Quatsch«, sagte er gelassen. »Ich habe einfach Hunger. Sieben Gänge sind ja schön und gut – aber etwas größer dürften sie schon sein.«

»Und da bedienst du dich bei mir, hm? Obwohl du nicht weißt, was uns vorgesetzt wurde? Vielleicht habe ich mit meiner These ja doch recht, dass es rohe Tier-Teile sind.«

»Falls ja, sind es wenigstens leckere, rohe Tier-Teile.«

Wieder musste ich lachen; er schaffte es einfach immer wieder. Ich wusste nicht, wann ich das letzte Mal dermaßen ausgelassen war.

Die Zeit verging wie im Flug; plötzlich kündete Kevin den letzten Gang an und ein wenig wünschte ich mir, dass der Abend noch nicht vorbei sei.

Doch die Neugierde auf die Auflösung unseres Menüs trieb uns schließlich nach draußen. Das, worüber Kai und ich beim Hauptgang gerätselt hatten, war Okra gewesen. Davon abgesehen hatten wir uns gar nicht übel geschlagen.

»Noch nie von Okra gehört«, sagte Kai. »Aber siehst du? Keine rohen Tier-Teile, alles halb so wild.«

Wir traten in die kühle Abendluft; mittlerweile war der Himmel nur noch von gelblichem Mondschein beleuchtet.

Als ich auf meine Uhr sah, wurde mir bewusst, dass wir über zwei Stunden in absoluter Dunkelheit verbracht hatten, als wäre es das Selbstverständlichste auf der Welt.

Kai wirkte auf einmal, als würde er mit sich ringen. Ich war gespannt und verschränkte die Arme.

»Willst du vielleicht noch mit zu mir?«, fragte er plötzlich ganz unvermittelt.

Seine Frage traf mich aus dem Nichts, mein Kopf ratterte. Natürlich wollte ich mit zu ihm! Aber was machte ich mir vor? Er würde an seinen Prinzipien festhalten und wir würden einen Abend voller ungestilltem Verlangen verbringen, bis ich mich viel zu spät in der Nacht zu mir schleppen würde, damit ich ihn nicht erbärmlich um Sex anflehen musste. Sofort war mir wieder nach einer Zigarette.

Mir fiel kaum etwas so schwer, als in diesem Moment zu sagen: »Ich denke, das ist gerade keine gute Idee.«

»Okay.« Die Andeutung eines verschmitzten Lächelns verriet mir, dass er genau wusste, warum ich ablehnte. Dieser Saukerl! »Dann lass mich wenigstens ein Taxi rufen. Ich würde dich ja nach Hause bringen, aber ich bin definitiv nicht mehr fahrtauglich.«

Während ich nickte, verfluchte ich mich selbst für diesen unerklärlichen Anflug von Selbstkontrolle.

Dieses Mal hatte ich mich wirklich selbst übertroffen. Da die Spannung zwischen Kai und mir stetig stieg und wir inzwischen die Hälfte der Zeit flirteten, hatte ich versucht, für unser Date einen möglichst unromantischen und asexuellen Ort auszusuchen.

Der Zoo schien mir dazu genau die richtige Location zu sein. Das Wetter war wunderbar und wir konnte einfach entspannt an den Gehegen entlang spazieren, uns unterhalten oder über die Tiere amüsieren.

Kai schien von meinem Ideenreichtum beeindruckt zu sein und nickte anerkennend, als wir uns gemeinsam am Kassenhäuschen anstellten. »Der Zoo. Eine interessante Wahl«, murmelte er und gab sich größte Mühe, nicht in meinen Ausschnitt zu starren. Dabei war ich nicht einmal sonderlich freizügig gekleidet.

Unschlüssig standen wir im Eingangsbereich. »Ich war noch nie hier, in welche Richtung sollen wir gehen?«

Mein Begleiter starrte mich ungläubig an. »Du warst wirklich noch nie hier? Was habt ihr denn früher sonntags mit der Familie unternommen?«

Zwar dachte ich kurz nach, aber mir wollte nichts einfallen. »Nichts, glaube ich. Ich kann mich nicht dran erinnern, dass wir mal etwas nur zum Spaß unternommen hätten.«

Er schüttelte den Kopf. »Im Sommer waren wir gefühlt dreimal in der Woche hier. Meine Schwester Mo hat nie Ruhe gegeben, bis wir bei den Seelöwen waren. Jedes einzelne Mal. Immer mussten wir da zuerst hin, das hat vielleicht genervt.« Doch er grinste bei der Erinnerung und plötzlich wurde ich neidisch, dass ich nicht auf solche Erfahrungen zurückgreifen konnte.

Alles, woran ich mich erinnerte, wenn ich an meine Schwester dachte, waren Streitereien und laute Auseinandersetzungen.

»Na gut, dann führ mich mal zu den Seelöwen.« Es zuckte in meinen Fingern, seine Hand zu ergreifen. Sicherheitshalber schob ich sie in die Taschen meiner Jeansshorts und ging neben ihm her.

»Wir haben uns früher immer gegenseitig Tiere zugewiesen«, erklärte Kai. »Meine Geschwister waren aus irgendeinem Grund immer der Ansicht, ich wäre ein Uhu.« Er deutete mit der Hand nach rechts und ich bewunderte die stolzen Tiere, die gut versteckt in den Bäumen saßen.

»Warum denn ausgerechnet ein Uhu?« Immer wieder blickte ich zwischen dem Tier und Kai hin und her, doch die Ähnlichkeit wollte sich mir nicht erschließen.

»Damals fand ich es überhaupt nicht lustig, mittlerweile kann ich darüber lachen. Meine netten Geschwister sind der Meinung, ich hätte als Kind einen abnorm großen Kopf gehabt. Irgendwann gab es hier in dem Zoo junge Uhus und einer von ihnen hatte wirklich den größten Kopf, den wir je gesehen hatten – und zack, schon war ich ein Uhu.«

Wieder sah ich zu den Bäumen und grinste. »Mittlerweile bist du auf jeden Fall kein Uhu mehr, dein Kopf hat genau die richtige Größe.«

Er deutete eine Verbeugung an. »Vielen Dank. Das ist gut zu wissen.«

Entspannt schlenderten wir weiter und ich überlegte, welche Fragen ich Kai noch stellen konnte. Ich mochte es, wenn er von seiner Familie erzählte, aber zu neugierig wirken wollte ich nicht.

Plötzlich blieb er stehen. »Sollen wir ins Regenwaldhaus gehen?«

»Gerne.« Ich folgte ihm auf dem gekiesten Weg. »Hey, was für ein Tier bin ich?«

»Puh, das ist gar nicht so einfach. Da muss ich erst noch überlegen.«

Wir betraten das Haus, das sich lediglich durch die hohe Luftfeuchtigkeit von dem Wetter draußen unterschied. Interessiert sah ich mich um und begann damit, die Informationstafeln zu lesen. Dabei verdrängte ich die nagende Frage, wieso ich so etwas nie mit meinen Eltern gemacht hatte. Nur an steife Familienfeiern und Geburtstage meiner Großeltern konnte ich mich erinnern, aber nicht an Ausflüge oder eine angenehme Zeit – auf eine bisher unbekannte Art machte mich diese Tatsache traurig.

»Okay, hier: Basilisken. Wusstest du, dass sie über Wasser rennen können?« Kai betrachtete mich stolz, als hätte er dieses Wissen gerade aus dem Kopf zitiert und nicht von einer Tafel abgelesen.

»Netter Versuch. Du magst dich zwar für allmächtig halten, aber du bist es nicht – und so fit und schnell, dass du über die Wasseroberfläche rennen kannst, bist sogar du nicht. Sorry, aber du bist definitiv kein Basilisk.«

Kai rümpfte nur beleidigt die Nase. »Ich beweise dir das Gegenteil, wenn wir am nächsten See vorbeikommen.«

»Natürlich, mach du mal.«

Durch die Hitze drängte es mich schnell wieder nach draußen und mein Herz machte einen Satz, als ich die kleine Bude entdeckte, die Eis verkaufte. Kai musterte mich, weil ich so abrupt stehen geblieben war, und folgte meinem Blick. »Möchtest du ein Eis? Soweit ich mich erinnere, schulde ich dir ohnehin noch eins.«

»Okay. Ich nehme die größte Waffel, die sie haben.«

»Geht klar.« Kai nickte und marschierte bereits los.

Schnell folgte ich ihm. »Auf jeden Fall eher schokoladige Sorten! Oh! Oh! Und Sahne will ich auch!«

»Das bekomme ich hin. Setz du dich mal.« Er deutete auf die kleine Sitzgruppe aus Holz, die rechts vom Wegesrand stand.

Aufgeregt wartete ich, bis er zurückkam. Der Schweiß lief mittlerweile an meinem Rücken hinunter, was mich daran erinnerte, warum ich mich im Sommer vorzugsweise drinnen aufhielt – trotzdem war es irgendwie angenehm, draußen unterwegs zu sein.

Vielleicht lag es aber nur an dem umwerfenden Mann, mit dem ich hier war. Er kam zurück und hielt zwei gigantische Waffeln in den Händen.

»Hier«, sagte er und reichte mir eine der Waffeln. »Das ist reines Schokoladeneis, so viele Sorten gibt es hier nicht.«

»Was hast du?«, wollte ich wissen und streckte gierig die Hand aus.

»Zitroneneis. Möchtest du probieren?«

»Igitt. Und Finger weg von meinem Eis!«

Gekränkt sah Kai mich an. »Was spricht denn gegen Zitroneneis?«

»Gar nichts. So bleibt mehr von den leckeren Sorten für mich übrig.«

»Zitrone ist die beste Sorte, wenn es gut gemacht ist.«

Ich nickte nur mit einem Gesichtsausdruck, der besagte, dass Kai sich doch nur selbst belog, und kostete von meinem Eis. Es war himmlisch.

»Guck mal!« Kai deutete auf den Himmel, ich drehte den Kopf und blinzelte in die Sonne. Sofort musste ich niesen.

Leider konnte ich nicht schnell genug reagieren und nieste direkt in die Sahne auf meinem Eis.

Eine Zeit lang fürchtete ich, Kai würde nie wieder aufhören zu lachen. Er prustete und gluckerte, Tränen liefen über seine Wangen und ich musste mich beherrschen, nicht mitzulachen.

Jedes Mal, wenn er mich ansah, fing er wieder an zu lachen. Er wollte etwas sagen, bekam aber einfach kein Wort heraus. Streng sah ich ihn an, daraufhin lachte er nur noch mehr.

Ich rümpfte die Nase, er lachte lauter. »So witzig war das jetzt auch wieder nicht.«

Langsam streckte er den Finger aus und wischte Sahne von meiner Stirn. »Du hast da ein bisschen Sahne«, prustete er atemlos. Auch von meinem Hals entfernte er ein paar Kleckse.

Sofort fiel mir das Atmen schwer. Wie machte er das bloß? Ich hatte so viel Mühe in die Wahl des unerotischen Zoos gesteckt und in mein Eis geniest, dennoch reichte eine so simple Berührung, um mich zu elektrisieren. Das war einfach unfair.

Ruckartig stand ich auf. »Waren hier nicht irgendwo Toiletten? Ich glaube, ich sollte mir schnell das Gesicht waschen.«

Kai war keine große Hilfe, da er noch immer kicherte wie ein Schulmädchen und auf meine Haare deutete. Toll, da hatte ich dann vermutlich ebenfalls Sahne – ganz, ganz toll.

Es machte zu meinem Erstaunen sehr viel Spaß, durch den Zoo zu wandern. Die Stimmung zwischen uns war nicht mehr so angespannt und erotisch aufgeladen wie bei den vorherigen Dates, stattdessen waren wir ausgelassen und alberten permanent herum.

Bei fast jedem Tier hatten wir bisher diskutiert, wieso es nicht unserer Persönlichkeit entsprach. Die dreiste Unterstellung, ich sei womöglich ein Schmetterling, weil diese im Mittelalter als Verkörperungen von Hexen angesehen worden waren, hatte ich weit von mir gewiesen.

Mittlerweile waren wir bei den Tieren der Savanne angekommen. Kai studierte die Hinweistafeln, während ich fasziniert die Giraffen beobachtete.

Da gab der Mann ein Geräusch von sich, das meine Aufmerksamkeit erregte.

»Jetzt habe ich es! Du bist eine Giraffe!«, stieß er triumphierend aus.

»Warum denn bitte eine Giraffe?« Ich sah wieder zu den großen Tieren, es gab zwar weitaus schlimmere Vergleiche, so ganz erschloss es sich mir aber nicht.

»Zum einen wären da natürlich deine langen Beine.« Kai dozierte mir das vollkommen neutral vor. »Und dann steht hier, dass erwachsene Giraffen so wehrhaft sind und kein Problem damit haben, mit ihren Vorderhufen auszuteilen, dass sie so gut wie nie angegriffen werden. Du benutzt zwar nicht deine Hände, sondern deine scharfe Zunge, aber das erinnert mich dann doch an dich.«

Sprachlos blinzelte ich ihn an, bevor ich wieder konzentriert in das Gehege starrte. Wehrhaft? Was sollte das denn heißen?

Es war nicht so, als hätte ich keine passende Antwort gehabt, denn mir kam prompt das Affenhaus wieder in den Sinn. Doch das hätte in diesem Moment nur wie eine billige Retourkutsche gewirkt, also schwieg ich einfach nur vorwurfsvoll.

Damit fühlte er sich nur bestätigt. »Ha! Keine Antwort ist auch eine Antwort.«

10

Ich konnte mir das Lächeln beim besten Willen nicht verkneifen, während ich beobachtete, wie Kai sich mit den Essstäbchen abmühte.

»Kann ich nicht einfach eine Gabel benutzen?«, fragte er gequält.

Energisch schüttelte ich den Kopf und strich meine Haare nach hinten. »Auf gar keinen Fall! Ich will mich schließlich nicht blamieren.«

Das Sushi glitt auf dem schmalen Transportband vor uns entlang und ich hatte mir bereits einen Teller mit Maki genommen. Kai hingegen war noch immer skeptisch und stellte sich an, als hätte ich ihn in irgendeine zwielichtige Kneipe in einer schlechten Gegend mitgenommen.

»Was ist noch gleich das grüne Zeug?« Dabei rümpfte er die Nase.

»Wasabi. Nimm bitte nicht so viel davon, das ist scharf«, erklärte ich zum wiederholten Male. Dann griff ich seufzend nach Kais Hand. »Hier, den unteren musst du so halten.«

Ich wollte ihm zeigen, wie einfach es eigentlich war, mit Stäbchen zu essen, und beugte mich vor. Ganz selbstlos war mein Verhalten natürlich nicht, denn ich wollte ihm einen Blick in meinen Ausschnitt gewähren. So langsam ging mir dieses ganze Freundschaftsding ganz gehörig auf den Senkel! Deshalb hatte ich beschlossen, dass es an der Zeit war, schwerere Geschütze aufzufahren. Das Internet war der Meinung gewesen, dass es unverzichtbar sei, zum Friseur zu gehen und neue Unterwäsche zu kaufen, wenn man einen Mann für sich gewinnen wolle. Ich hatte beides getan, da ich aber die Vermutung hegte, dass Kai mich nicht freiwillig ausziehen würde, musste ich ihm die Unterwäsche ja irgendwie anders zeigen.

»Lass doch mal locker, ich kann das Stäbchen ja gar nicht bewegen«, murmelte ich und sah nach oben.

Kai begegnete meinem Blick und wirkte sehr nervös. »Ist schon in Ordnung, ich bekomme das bestimmt selbst hin.« Damit rückte er von mir ab.

Ich war mir ziemlich sicher, dass ich nicht ekelhaft roch, es gab für ihn also eigentlich keinen Grund, sich von mir zurückzuziehen – es sei denn, seine Selbstbeherrschung bröckelte.

Gelassen nahm ich einen Maki und tunkte ihn in die Sojasoße. Kai traute sich endlich und holte eine Portion mit Lachs vom Band.

»Hey, da ist ja gar nicht übel«, sagte er überrascht, nachdem er es endlich geschafft hatte, das kleine Röllchen zu seinem Mund zu balancieren.

»Was hast du denn gedacht? Dass ich dich hierhinbringe, wenn es nicht gut ist?« Ich rollte mit den Augen.

Zwischen zwei Bissen sagte Kai: »Was weiß ich denn? Vielleicht ist das ja dein bevorzugter Ort für erste Dates.«

»Dafür müsste ich erst einmal Dates haben.« Kritisch behielt ich das Band im Auge, ich wollte unbedingt noch eine Portion mit Thunfisch.

»Was hältst du von Speeddating?«, wollte er auf einmal wissen.

Entsetzt starrte ich ihn an. »Das gibt es wirklich? Warum sollte ich das machen?«

Versuchte der Mann etwa, mich loszuwerden?

»Du hast schon öfter gesagt, dass du nie auf Dates warst. Ich frage mich eben die ganze Zeit, woher ich wissen soll, ob ich mich auf dich einlassen kann, wenn du nicht einmal andere Typen getroffen hast.«

Erst jetzt bemerkte ich, dass ich seit gut einer Minute Wasabi auf meinen Sushireis schaufelte. »Ich komme nicht mit. Warte! Meinst du etwa, du würdest mich gerne daten, hast aber Sorge, dass ich dir davonlaufe, sobald der nächste Mann auftaucht?«

Kai zuckte mit den Achseln.

Genervt warf ich die Stäbchen auf den Teller. »Was ist das denn für eine bescheuerte Idee! Du willst im Grunde, dass ich mich mit anderen Männern treffe, damit ich mir sicher bin, dass du der tollste von allen bist?«

Er schien nachzudenken, dann nickte er langsam.

»Das ist die dümmste Idee, die ich jemals gehört habe! Absolut idiotisch.« Um mich abzulenken, nahm ich die Stäbchen wieder auf und heftete meinen Blick stur auf das Laufband.

»Finde ich überhaupt nicht. Das ist eine sehr gute Idee – außerdem würde ich mitkommen«, wandte Kai ein, als würden wir gerade eine völlig normale Unterhaltung führen, wie man sie jeden Tag hatte.

»Das wird ja immer besser!«, entgegnete ich. »Wie soll das denn funktionieren?«

»In einer Woche ist so eine Speeddating-Veranstaltung im Ibis, da könnten wir ja zusammen hingehen.«

Es dauerte eine Weile, bis ich meine Sprache wiederfand. Kai hingegen fand immer mehr Gefallen an dem Konzept der Sushi-Bar und futterte sich fröhlich durch das Angebot.

Mir war inzwischen schlecht geworden. »Ich weiß gar nicht, wo ich anfangen soll. Zum einen ist das Ibis-Hotel am Bahnhof eine wirklich romantische und stilvolle Wahl für eine solche Veranstaltung und dann bin ich schockiert, dass du dir offensichtlich schon einen Plan zurechtgelegt hast.«

Kai nickte zufrieden.

»Ich komme auf keinen Fall mit«, sagte ich zu ihm.

»Doch«, beharrte er stur und lächelte mich an.

»Nein.«

»Doch.«

»Nein.«

»Doch.«

Am liebsten hätte ich meinen Kopf auf die Tischplatte fallen lassen. »Das läuft doch auf Erpressung hinaus, nicht wahr? Entweder ich besuche mit dir diese Geschichte oder du vögelst mich nicht, richtig?«

Entsetzt sah Kai sich um, ob jemand gehört hatte, was ich gesagt hatte, bevor er sich mit der Hand übers Gesicht wischte. »Ich hätte es zwar anders formuliert, aber ja. So sieht es aus. Das wird lustig, du wirst schon sehen.« Aufmunternd legte er die Hand auf meine Schulter, aber ich schlug sie weg.

»Das ist eine total beschissene Idee! Was machst du denn, wenn mir da ein Mann gefällt?«

Sein selbstbewusstes Grinsen trieb mich fast zur Weißglut. Er war so von sich überzeugt, dass er die Möglichkeit nicht einmal in Betracht zog.

»Wenn du mich wirklich dazu zwingst, mit dir auf dieses lächerliche Trauerfest zu gehen, werde ich dich das büßen lassen«, presste ich zwischen den Zähnen hervor.

Er nahm mich nicht einmal ernst und nickte nur. »Ja ja. Samstag um 19 Uhr übrigens.«

»Hier, probier mal!« Auffordernd hielt ich ihm das Maki-Stück hin, auf das ich gerade so viel Wasabi geschaufelt hatte. Kai griff nur allzu bereit danach und ich grinste selbstzufrieden, als er zu husten begann. »Ich habe doch gesagt, dass Wasabi scharf ist«, sagte ich vorwurfsvoll.

Als er wieder Luft bekam, grummelte Kai: »Worauf habe ich mich da nur eingelassen?«

»Du hast ja gar keine Ahnung.«

Meinen nächsten Schachzug wählte ich mit Bedacht. Ich war noch immer wütend – auf Kai, weil er das ganze Vorhaben für eine gute Idee hielt, und auf mich, weil ich tatsächlich nachgegeben hatte.

Die Lockenwickler wackelten auf meinem Kopf, als ich energisch zum Telefon schritt. Ich war inmitten meiner Vorbereitungen für die dümmste Idee des Jahrtausends: Speeddating.

Inzwischen hatte ich mich im Internet schlaugemacht. Wenn meine Recherchen mich nicht täuschten, würde ich gleich ungefähr zehn Männer treffen – neun, wenn ich Kai nicht mitrechnete – und mit jedem um die sechs Minuten reden. Wenn ich damit durch war, wurden die Zettel, die ich nach jedem Mann ausfüllen musste, ausgewertet und ich würde die Gelegenheit bekommen, noch einmal mit zwei oder drei Männern zu reden, die mir gefallen hatten und die mich ebenfalls nicht uninteressant fanden. Alles Weitere blieb dann uns überlassen. Ich musste also nur knapp eine Stunde durchhalten.

In einem Anflug von dezenter Boshaftigkeit beschloss ich schnell, Kai noch einmal kurz anzurufen.

»Ja, bitte?«, meldete Kai sich und ich konnte sein Grinsen durch die Leitung hören.

»Ich wollte nur sichergehen, dass du nicht kneifst und mich gleich vor dem Ibis stehen lässt.«

Er lachte. »Das würde mir nie in den Sinn kommen. Ich ziehe mich gerade an.«

»Gut. Ich auch. Wusstest du, dass es Ultra-Miniröcke gibt? Ich nicht. Die Verkäuferin hat es mir erklärt, als ich ein Outfit für heute Abend gesucht habe. Es gibt auch noch Mikro-Miniröcke, aber die sind praktisch nur für Pornodarstellerinnen geeignet. Ultra-Minis sind schon wirklich ganz ganz ganz extrem winzig, aber die Verkäuferin meinte, ich kann es tragen. Aber was rede ich hier in einer Tour? Ich will dich nicht davon abhalten, dich fertigzumachen. Bis gleich«, flötete ich in den Hörer und legte zufrieden auf.

Kai hatte bei dem Wort »Minirock« ganz eindeutig geschluckt. Das hatte er jetzt davon: Ich hatte ihn gewarnt, sich nicht mit mir anzulegen und mich nicht zu zwingen, zu diesem blöden Speeddating zu gehen. Da er nicht hören wollte, würden ihm gleich wohl die Augen aus dem Kopf fallen ...

Sollten die Männer nach der Veranstaltung ruhig bei mir Schlange stehen, meine Schuld war das ganz sicher nicht – na ja, vielleicht ein bisschen, aber das würde ich unter Kollateralschaden verbuchen.

Kais Gesichtsausdruck verriet deutlich, dass er es verdammt bereute, mich herausgefordert zu haben. Seine Augen verharrten noch immer auf meinen nackten Beinen.

Es war zwar nicht die feine Art, sich selbst zu loben, aber ich sah wirklich umwerfend aus. Die Verkäuferin hatte einfach recht gehabt, als sie gesagt hatte, dass ich diesen kurzen Rock tragen könne.

Zum ersten Mal in meinem Leben hatte ich in ein Paar Louboutins investiert und stand nun auf schwindelerregend hohen Absätzen und mit tief aufgeknöpfter Bluse vor dem Eingang des Ibis'.

Meine Locken fielen lang und duftig über meine Schultern und mein Lidstrich war exakt und präzise. Ich klimperte mit meinen Wimpern und verzog meine rot geschminkten Lippen zu einem Lächeln, bevor ich Kai auf die Wange küsste.

»Sollen wir direkt reingehen?«, fragte ich und wollte mich schon umdrehen, um nach der Klinke zu greifen.

Kai packte mein Handgelenk. »Okay, ich habe eingesehen, dass es eine blöde Idee war. Sollen wir einfach etwas essen gehen?«

Mit hochgezogener Augenbraue verschränkte ich die Arme. »Glaubst du wirklich, dass du jetzt so leicht davonkommst?«

Er seufzte. »Natürlich nicht. Ich werde den ganzen Abend leiden.«

Erfreut bestätigte ich: »Richtig. Auf geht's!«

Kai öffnete die Tür und murmelte etwas, das ich nicht ganz verstand, aber es klang verdächtig nach: »Du wirst mich umbringen.«

Schnell stellte sich heraus, dass wir beinahe zu spät waren und es blieb keine Zeit mehr, sich noch weiter zu unterhalten. Ich bekam den letzten freien Platz in der Reihe der Frauen. Wir würden sitzenbleiben, während die Männer bei jedem Gong den Platz wechseln mussten.

Erfreut legte ich den kleinen Block zurecht und setzte mein bestes Lächeln auf. Aus dem Augenwinkel sah ich Kai ein paar Stühle weiter, der es kaum wagte, den Blick von mir zu lösen. Das geschah ihm recht.

Zwar genoss ich die Situation, mit so vielen neuen Menschen reden zu müssen, eigentlich nicht im Geringsten, doch ich gab mir größte Mühe, entspannt auszusehen. Vor lauter Aufregung hatte ich die anderen Männer bisher noch nicht in Augenschein genommen, doch es schien eine bunt gemischte Truppe zu sein.

Der Gong ertönte und der erste Mann ließ sich auf dem Stuhl vor mir nieder. Puh, da brauchte Kai sich keine Sorgen zu machen. Dieter – das verriet mir das Namensschild auf seinem groben Zopfpulli aus Schurwolle – war nicht unbedingt mein Typ: Die langen Haare, das Ziegenbärtchen und der strenge Schnupftabakgeruch sprachen mich nicht gerade an.

Allerdings schien ich ebenfalls nicht Dieters Traumfrau zu sein. Er betrachtete mich sogar recht angewidert.

»Ist der Lippenstift vegan?« Bevor ich verblüfft »Was?« fragen konnte, hatte er schon die nächste Quizfrage parat: »Ist das etwa ein Lederrock?«

Verwirrt sah ich mich im Raum um, als würde die richtige Antwort irgendwo in der Luft geschrieben stehen. Dann sah ich das Schild neben der Eingangstür und meine Augen wurden schmal. Sehr geschickt, Kai, sehr geschickt.

»Das erste grüne und vegane Speeddating« – ich war auf einer Veranstaltung für gesundheitsbesessene Ökos! Deswegen war er sich so sicher gewesen, dass ich hier keinen passenden Mann finden würde. Jetzt ergab auch seine Aussage, dass ich ihn umbringen würde, plötzlich Sinn!

»Nein, das ist natürlich Kunstleder«, flötete ich und warf meine Locken nach hinten. Ich wollte jetzt nicht unsensibel sein und auf Dieters Gefühlen herumtrampeln. Da ich ihn nicht heiraten wollte, konnte ich getrost das Blaue vom Himmel lügen.

»Das sieht für mich ziemlich echt aus«, erwiderte er skeptisch.

Ich zwang meine Mundwinkel noch eine Etage höher. »Faszinierend, was die Technik heutzutage alles hinbekommt, nicht wahr? Der Lippenstift ist aus dem Bio-Supermarkt. Ich habe einfach eine Schwäche für Kosmetik und veganen Weißwein.«

Dieter sah mich schmallippig an. »Ich trinke nicht.«

Obwohl ich mir ziemlich sicher war, dass Dieter auch sonst nicht viel Spaß im Leben hatte, nickte ich nur und murmelte: »Ist sicher gesünder so.«

Die restliche Zeit hatten Dieter und ich uns nicht mehr viel zu sagen und ich war erleichtert, als die Glocke mich erlöste. Dieter erhob sich so schnell, dass ich mir sicher war, dass er noch glücklicher war als ich, endlich diese Situation hinter sich zu haben.

Etwas verwirrt war ich, als sich nun eine Frau vor mich setzte. Doch auf meiner Seite saßen ebenfalls nur Frauen, also war eine Verwechslung ausgeschlossen.

»Hi, ich bin Bärbel und lesbisch. Ist das ein Problem für dich?«, brach sie gleich das Eis und beantwortete meine Fragen.

»Nein. Ich glaube sogar, ich habe betrunken in der Uni mal eine Frau geküsst. Sicher bin ich mir allerdings nicht.«

»Keine Lesbe?«, wollte Bärbel traurig wissen.

»Leider nein. Aber noch ein paar Männer wie Dieter und ich komme möglicherweise darauf zurück.«

Bärbel begutachtete Dieter und nickte verständnisvoll. Sie betrachtete mich, schwieg eine Weile und fragte dann: »Ist das ein Ledermini?«

Herr im Himmel! »Das ist Kunstleder«, flötete ich erneut.

Sie beugte sich vor, so weit, dass ich ihren Atem auf meinen Beinen spüren konnte, und sagte schließlich: »Was heute so machbar ist auf dem Gebiet, einfach Wahnsinn!«

Um ein Haar hätte ich gelacht, doch ich stimmte nur zu: »Wirklich unglaublich, in der Tat.«

Unter Vortäuschung von Kompetenz bei absoluter Ahnungslosigkeit fachsimpelte ich noch ein wenig mit Bärbel über die Schwierigkeiten, vegane Kosmetik aufzutreiben, dann beendete der Gong unser Gespräch.

Da ich auf das Schlimmste gefasst war, überraschte mein nächster Tischpartner mich angenehm. »Matthias, was machen Sie denn hier?«

Mein Arbeitskollege schien ebenso verwundert zu sein wie ich. »Sabrina! Mit Ihnen habe ich aber nicht gerechnet. Ist der Minirock aus Leder?«

Da er mich sowieso kannte, lohnte sich lügen nicht. »Schuldig. Ist es schwer zu glauben, aber ich wusste nicht, dass das hier eine vegane Veranstaltung ist.«

»Ach, halb so wild. Mein Auto hat eine wunderbare Lederausstattung. Ich bin nur hier, um eine Frau zu finden, die meine Ernährungsgewohnheiten teilt.«

»Dann sind Sie Veganer?«, fragte ich und war mit einem Mal wirklich interessiert.

»Jein. Ich bin eigentlich nur Vegetarier, allerdings mit einer Laktose-Intoleranz. Um mir die ewigen Diskussionen zu ersparen, dass ich ein wenig Käse doch bestimmt essen könne, habe ich kurzerhand ins vegane Lager gewechselt. Das erspart mir im wahrsten Sinne des Wortes Magenkrämpfe.«

Er schenkte mir ein Lächeln, das ich offen erwiderte. »Ich wurde hierher gezwungen, um Männer kennenzulernen.«

Verblüfft runzelte er die Stirn. »Ich hätte nicht einmal gedacht, dass Sie überhaupt Single sind.«

Lächelnd überschlug ich die Beine. »Vielleicht hätten wir in der Kaffeeküche ab und zu miteinander reden sollen, dann hätten wir uns diese Veranstaltung hier möglicherweise sparen können.«

Matthias lachte und verschränkte die Hände.

Jemand räusperte sich übertrieben deutlich neben mir und ich drehte den Kopf. Kai saß am Nebentisch und funkelte mich böse an, während seine Gesprächspartnerin verwirrt zwischen uns hin und her blickte. Ich zog nur vielsagend meine Augenbraue hoch.

»Matthias, Sie wollten mir über Ihr Auto erzählen.«

»Ach, das ist für eine Frau doch uninteressant. Oder bin ich da falsch informiert?«, grinste er.

»Kommt auf das Auto an. Ich nenne einen BMW 6er Coupé mein Eigen.«

»Ist nicht Ihr Ernst! Genau den gleichen fahre ich auch! Wie viel verbraucht Ihrer so?«

Obwohl Kai sein Bestes gab, mich mit seinen Augen zu erdolchen, unterhielt ich mich tatsächlich nett mit Matthias – bis der Gong uns trennte.

Kai zog energisch den Stuhl zurück und fragte, noch bevor er sich setzte: »Wer war das?«

»Ein Arbeitskollege. Kannst du dir das vorstellen? Gleicher Job, gleiches Auto, gleiches Interessengebiet, mein Alter – Zufälle gibt's. Und attraktiv ist er auch noch. Mir ist noch nie aufgefallen, wie anziehend seine grünen Augen sind.« Mit meinem besten Pokerface sah ich Kai direkt ins Gesicht, dabei jubilierte ich innerlich über diese so unerwartete Wendung für mich.

Abwehrend hob Kai die Hände. »Ich habe verstanden. Es war keine gute Idee. Was muss ich tun?«

Noch einmal sah ich zu Matthias, dann leckte ich mir über die Unterlippe und warf Kai einen lasziven Blick zu. »Gleich mit zu mir kommen und die Nacht in meinem Bett verbringen.«

»In Ordnung«, antwortete er.

»Nur damit wir uns richtig verstehen: Eine Nacht in meinem Bett beinhaltet, dass du mich aus diesem Lederrock schälst und vögelst.«

Erst als alle anderen Teilnehmer des ersten grünen und veganen Speeddatings uns anstarrten, fiel mir auf, dass ich wohl sehr laut gesprochen hatte.

Kai schwieg betreten und ich murmelte: »Ich glaube, wir sollten jetzt gehen.«

»Vermutlich wäre das besser«, stimmte er mir zu und stand auf.

»Ich wusste doch, dass das echtes Leder ist«, rief Dieter durch den Raum und ich musste mich sehr zusammenreißen, ihm nicht den Mittelfinger zu zeigen.

»Es sieht doch ein Blinder, dass das Kunstleder ist«, schaltete Bärbel sich ein und zwinkerte mir zu.

Kai nahm meine Hand und gemeinsam eilten wir aus dem Tagungssaal des Hotels. Draußen lachte ich, bevor ich mit meiner kleinen Abendtasche auf Kai einschlug. »Veganes Speeddating? Du Blödmann!«

Er lachte mit mir und fing meine Tasche mühelos ab, dann zog er mich in seine Arme. »Hat doch funktioniert.«

Seine Lippen fanden meine und sofort raste mein Herz. Es fühlte sich an, als wäre es eine Ewigkeit her, dass wir uns das letzte Mal geküsst hatten. Glücklicherweise war es noch genauso großartig, wie ich es in Erinnerung gehabt hatte – wenn nicht sogar noch besser, weil ich wusste, dass es dieses Mal nicht so unbefriedigend enden würde wie die letzten Gelegenheiten, bei denen wir uns näher gekommen waren.

»Nehmt euch doch ein Zimmer!«, rief eine Stimme und ich drehte mich empört um. Ein paar Teenager, die an der gegenüberliegenden Bushaltestelle standen, machten Würgegeräusche und lachten.

»Eigentlich haben sie recht«, kicherte ich und zog Kai mit mir. Ich parkte direkt im Parkhaus nebenan und konnte es kaum erwarten, ihn mit zu mir zu nehmen.

Als wir im Aufzug standen, fragte Kai: »Versprichst du mir, diesen Rock nie wieder in der Öffentlichkeit zu tragen?«

Kokett klimperte ich mit den Wimpern. »Das kommt ganz darauf an, wie du dich gleich in meinem Bett anstellst. Vielleicht muss ich ja doch noch einmal zum Speeddating.«

Er machte ein Gesicht, als würde ihm ein ziemlich unanständiger Fluch auf den Lippen liegen – doch in diesem Moment glitten die Aufzugtüren auseinander und eine Familie mit zwei Kindern stand uns gegenüber, also schluckte Kai hinunter, was auch immer ihm gerade auf der Zunge gelegen hatte.

Natürlich war das Parkhaus vollkommen überfüllt gewesen, als ich hierhergekommen war und nun stand mein Wagen einsam und verlassen in der hintersten, dunkelsten Ecke. Während ich auf ihn zuging, bemerkte ich, dass Kai immer weiter hinter mir zurückfiel.

Ich drehte mich um und fragte: »Was ist?«

»Nichts. Ich genieße nur die Aussicht.«

»Ach? Ich dachte, der Rock wäre dir zu kurz«, erwiderte ich spitz.

»Nur wenn andere Männer in der Nähe sind.«

»Stell dich nicht so an und steig ein!«

Kai lachte leise und umrundete das Auto. »Du steigst ein, ich fahre.«

»Wie bitte?« Mit verschränkten Armen sah ich ihn an.

Er gab mir einen Klaps auf den Po und sagte: »Was denn? Ich finde, ich habe lang genug auf den Wagen verzichtet.«

Das war ja wohl eine Frechheit! Ich hatte immerhin auf Sex verzichten müssen und der Mann jammerte aufgrund eines Autos herum. Genervt warf ich ihm den Schlüssel entgegen. »Ich kann nicht glauben, dass ich mich von dir herumkommandieren lasse.«

»Und ich kann nicht glauben, dass es funktioniert hat.«

Mit einem Seufzen ließ ich mich auf den Beifahrersitz sinken. Doch bevor ich mich anschnallen konnte, betätigte Kai den Knopf für die Rückenlehne und mit einem Mal lag ich ausgestreckt neben ihm. »Sehr witzig.«

Kai grinste mich schelmisch an. »Ich glaube, der Weg bis zu dir nach Hause ist einfach zu weit.«

Dann beugte er sich über mich und küsste mich. Seine Hand fand die nackte Haut auf meinem Oberschenkel und streichelte sie. Sofort spreizte ich die Beine. Offenbar hatte ich mit Kai ein Faible dafür, an Orten zur Sache zu kommen, die dafür eigentlich absolut nicht geeignet waren. Zu gut erinnerte ich mich an unser erstes Mal auf meinem Balkon.

»Trägst du etwa keine Unterwäsche?«, fragte der Mann pikiert.

Statt einer Antwort lächelte ich nur und knöpfte meine Bluse auf. Kais Augen folgten jeder meiner Bewegungen. Ich konnte meinerseits nicht übersehen, dass sein Penis sich bereits geschwollen unter seiner Hose abzeichnete.

Meine Nippel bohrten sich hart durch den transparenten Stoff des BHs, Kai wanderte mit den Händen nach oben, bis er die Spitzen erreichte und streichelte sie sanft.

Ich war schon damit beschäftigt, meinen Rock über meine Schenkel zu schieben. Ausziehen wollte ich ihn nicht.

Kai streifte die Körbchen nach unten und umfasste meine Brüste, küsste mich im gleichen Moment. Seufzend kam ich ihm entgegen, rieb meinen entblößten Unterleib an seinem Oberschenkel.

Er öffnete seinen Reißverschluss und ich hielt mich sicherheitshalber an seinen Schultern fest. Die Scheiben des Wagens waren längst beschlagen.

Mein Keuchen, als er in mich glitt, klang unnatürlich laut in meinen Ohren. Ich hob den Kopf, knabberte sanft an Kais Ohrläppchen. Wie sehr hatte ich es vermisst, das zu tun.

Seine Lippen fanden meine erneut. Ich hatte beinahe den Eindruck, als würde er den Kuss ganz gemächlich auskosten, als hätten wir alle Zeit der Welt und würden uns nicht in einer sehr kompromittierenden Situation befinden.

Unruhig bewegte ich mich unter ihm, was zur Folge hatte, dass er sein Gewicht verlagerte und noch weiter in mich eindrang. Überrascht schnappte ich nach Luft.

Er tastete nach meiner Klit, liebkoste die Perle und das Blut rauschte in meinen Adern. Ich war so überreizt, so ausgehungert, so erregt durch die Situation, dass ich unmittelbar explodierte.

Der Höhepunkt brach förmlich über mich hinein und ich konnte spüren, wie meine Pussy sich eng um Kais Schaft verkrampfte. Ein letztes Mal stieß er hart in mich hinein, bevor er tief in mir zuckte.

Erst jetzt bemerkte ich, dass ich meine Beine um ihn geschlungen hatte, meine Arme um seinen Nacken lagen und ich ihn an mich presste.

Sein Herzschlag ging genauso heftig wie meiner, klopfte beruhigend gegen meine Haut. Ganz langsam landete ich wieder auf dem Planeten Erde.

Mit einer Handbewegung richtete Kai meinen Sitz wieder auf, nachdem er sich zurück auf den Fahrersitz geschwungen hatte. Während ich schwer schluckte, knöpfte ich eilig meine Bluse zu. Er hatte sich nicht einmal ausgezogen, bevor wir wie Tiere übereinander hergefallen sind.

»Können wir fahren?«, fragte er fürsorglich und griff nach seinem Anschnallgurt.

»Klar«, murmelte ich mit knallroten Wangen und ließ das Fenster hinunter. Dann erwischte ich mich bei einem Gedanken, der mich schmunzeln ließ. Schelmisch grinste ich Kai an. »Okay«, sagte ich und deutete mit dem Finger auf ihn.

Ohne sich aus der Ruhe bringen zu lassen, startete er den Motor. »Was?«

»Gib zu, dass du schon daran gedacht im Auto zu vögeln, als wir in das Gewitter geraten sind!«

Das Zucken seiner Mundwinkel war eigentlich schon Antwort genug. »Ich verweigere die Aussage, da sie mich selbst belasten könnte.«

Zufrieden nickte ich und machte es mir auf dem Beifahrersitz bequem. Endlich ging wieder alles seinen gewohnten Gang.

Das heiße Prickeln hätte sich nach dem ersten Sex im Auto eigentlich verflüchtigen müssen, aber ich stellte amüsiert fest, dass meine Finger tatsächlich leicht zitterten, als ich den Schlüssel ins Schloss steckte.

Kai stand auf der Stufe hinter mir, so nah, dass ich seinen Atem spüren konnte. Unsicher wie ich mich jetzt verhalten sollte, warf ich einen Blick über die Schulter, und der sinnliche Ausdruck in seinen Augen ließ mich erschauern.

Ich sah wieder nach vorne und stieß die Tür auf. Zwar hörte ich, wie Kai sie sofort hinter sich schloss, doch bevor ich mich zu ihm umdrehen konnte, hatte er meine Hüften umfasst und drängte mich gegen die Wand.

Achtlos ließ ich meine Handtasche und den Schlüssel fallen. Von hinten knabberte Kai an meinem Ohrläppchen, seine Hände legten sich auf meine. Er führte sie nach oben, presste meine Handflächen gegen die Wand.

„Beweg dich nicht“, raunte er in mein Ohr, während seine Finger sich nach vorne vortasteten. Seine Lippen glitten über meinen Hals, als er geschickt von hinten meine Bluse aufknöpfte.

Unwillkürlich stieß ich ein kehliges Geräusch aus und spreizte meine Beine für ihn so weit, wie der Ledermini es zuließ.

Schließlich hatte er versprochen, mich aus dem Rock zu schälen. Das Ganze war schon jetzt viel intensiver und sinnlicher als der eilige, überhastete Sex gerade im Auto, der gerade einmal gereicht hatte, um das schlimmste Verlangen zu stillen.

Er umfasste meine Brüste und presste die Nippel zusammen, die sich ihm durch den feinen Spitzenstoff meines BHs entgegendrängten. Die Feuchtigkeit sammelte sich zwischen meinen Schenkeln.

Um ein Stöhnen zu unterdrücken, biss ich mir auf die Unterlippe. Kai reizte meine empfindlichen Brustwarzen noch immer und ging dabei alles andere als zärtlich mit ihnen um. Es war das erste Mal, dass er mich etwas härter anfasste, und ich konnte nicht leugnen, dass es mir gefiel.

Seine Hände lagen nun auf dem Rock und schoben ihn langsam nach oben. Innerlich flehte ich ihn an, endlich schneller zu machen, doch ich sprach es nicht laut aus.

Die kalte Luft strich über meine erhitzte Haut und voller Genugtuung hörte ich das vertraute Surren des Reißverschlusses, der nach unten gezogen wurde. Nur eine Sekunde später federte sein harter Schaft gegen meinen Po und ich rieb mich wollüstig an ihm.

Fasziniert betrachtete ich meine Finger, die flach an der Wand lagen und sich in dem Moment verkrampften, als Kai mit einem Stoß in mich eindrang.

Eine seiner Hände lag auf meinem Venushügel, die andere direkt unter meinen Brüsten. Seine Berührungen wirkten fast behutsam im Vergleich zu den harten Stößen und ich genoss jeden einzelnen.

Seine Eichel rieb immer wieder über den magischen Punkt in meiner Pussy und entlockte mir ein heiseres Stöhnen. Als seine Stöße immer heftiger und fordernder wurden, unternahm ich den nutzlosen Versuch, mich ihm zu entziehen. Doch seine Hände hielten mich an Ort und Stelle.

Kai knabberte an meiner Halsseite, allerdings war er dabei sehr sanft. Ohne die Hände von der Wand zu nehmen, lehnte ich mich nach hinten und schmiegte mich an ihn. Seine starke Brust fühlte sich gut an und ich konnte seinen Herzschlag an meinem Rücken spüren.

Gerade als ich dachte, es nicht länger ertragen zu können, und das vertraute Zittern sich in meinem Bauch bemerkbar machte, hörte Kai plötzlich auf, sich zu bewegen.

Ich schrie frustriert auf und sein leises Lachen kitzelte die Haut zwischen meinen Schulterblättern. Noch immer hielt er mich an sich gepresst, doch seine rechte Hand wanderte weiter nach unten. Verführerisch umkreiste er meine geschwollene Lustperle, rieb sie zärtlich zwischen den Fingern.

Ein leises Wimmern entrang sich meiner Kehle – er reizte mich, aber es war einfach nicht genug. Unruhig bewegte sich mein Becken. Sein Finger glitt auffordernd über meine Klit, steigerte das Verlangen bis an den Rand des Erträglichen.

Er ließ mich nicht länger warten und begann wieder, sich zu bewegen. Ich stöhnte befreit auf und genoss das Gefühl, wie sein harter Schaft mich ausfüllte. Mit den

Fingern rieb er noch immer über meine Knospe und erhöhte dabei langsam den Druck.

Der Orgasmus würde überwältigend werden, das spürte ich bereits jetzt. Ich lehnte den Kopf nach hinten und legte ihn auf Kais Schulter ab. Meine Hände pressten sich gegen die Wand, als die Wucht des Höhepunkts über mich hereinbrach.

Seine Hände wanderten langsam höher, legten sich auf meine Rippen, sodass seine Daumen die Unterseite meiner Brüste streicheln konnten. Er hielt sich nicht mehr zurück, sondern trieb seinen harten Schwanz immer wieder tief in mich.

Ich war froh, dass ich mich abstützen konnte, und lauschte seinem schweren Atem. Um ihm besseren Zugang zu gewähren, kippte ich mein Becken etwas mehr in seine Richtung und wimmerte im gleichen Moment auf. Der zweite Orgasmus traf mich ohne Vorwarnung, und nur am Rande des Bewusstseins nahm ich wahr, dass Kai mich fest gepackt hielt und hinter mir zitterte, als auch er den Höhepunkt erreichte.

Irgendwann schafften wir es aus dem Flur in die Dusche, wo wir noch einmal Sex hatten und von dort ins Bett, wo wir ebenfalls noch einmal Sex hatten. Ich war mit dem Verlauf des Abends absolut zufrieden, bis Kai sagte: »Wir müssen reden.«

Ich verkniff mir ein gequältes Stöhnen und versuchte, offen zu wirken. »Vermutlich müssen wir das.«

Er lag halb auf Seite, hatte den Kopf auf seinen rechten Arm gestützt und sah auf mich herab. »Nur damit du das hier nicht falsch verstehst«, sagte er und mein Magen verkrampfte sich. Schlagartig wurde mir kalt. Was zum Henker meinte er mit »das hier«?

»Ich möchte schon eine richtige Beziehung führen.«

Gott sei Dank! Ich hatte schon das Schlimmste angenommen und nickte nun einfach nur lächelnd.

Doch er runzelte die Stirn. »Hörst du mir zu?«

»Natürlich. Ich glaube, ich möchte das auch. Ich habe dir sogar schon einen Schlüssel zur Wohnung nachmachen lassen.«

Jetzt starrte er mich verblüfft an. »Was hast du?«

»Einen Schlüssel nachmachen lassen.«

Verärgert antwortete er: »Das habe ich schon verstanden, ich kann es nur nicht glauben.«

Ich rollte mit den Augen. »Immerhin hatte ich eine Menge Zeit zum Nachdenken.«

»Akzeptiert. Natürlich freue ich mich darüber, aber es gibt trotzdem noch einiges, was wir abklären müssen.«

»Und das wäre?«

»Ich glaube, ich würde ausrasten, wenn ich noch einmal so eine Szene wie vor deiner Firmenfeier erleben würde«, klärte er mich auf.

Natürlich konnte ich meine Klappe nicht halten. »Aus reiner Neugier würde mich wirklich interessieren, wie das wohl aussieht. Du bist sonst immer so ruhig und kontrolliert.«

»Das hier kommt mir nicht vor wie ein ernsthaftes Gespräch«, knurrte er.

»Doch, doch, keine Sorge. Du bist eifersüchtig. Notiert«, wandte ich schnell ein.

Empört stieß er hervor: »Ich bin nicht eifersüchtig! Ist es zu viel verlangt, dass ich nur nicht will, dass andere Typen sich mir als deine festen Freunde vorstellen?«

»Wenn du es so formulierst, klingt das wirklich fies. Aber ich weiß, wie ich dagegen wirken kann. Ab sofort stelle ich einfach dich als meinen festen Freund vor.« Ich hob den Kopf und küsste seinen Hals.

Etwas versöhnt gab er ein brummendes Geräusch von sich. »Außerdem wäre es schön, wenn du mich mit in dein Leben einbeziehen würdest.«

»Klar. Wenn du das möchtest, lerne ich irgendwann deine Eltern kennen«, bot ich selbstlos an; unabhängig davon, dass ich schon beim Gedanken daran eine halbe Panikattacke bekam.

»Einen Schritt nach dem anderen. Ich möchte erst einmal sehen, wie sich das hier entwickelt.« Er gab mir einen zarten Kuss auf die Stirn.

Kurz kaute ich auf meiner Unterlippe herum, bevor ich sagte: »Ich habe auch eine Frage.«

Interessiert entgegnete er: »Schieß los.«

»Was ist eigentlich aus der Tussi geworden, mit der du unterwegs warst, als wir uns nach den drei Monaten wieder getroffen haben?«

»Ach, mit der treffe ich mich immer dienstags und donnerstags.«

Erbost kniff ich ihn in den Nippel. Sofort packte er mein Handgelenk. »Ey, das tut weh!«

»Das will ich auch hoffen, du Idiot!«

»Ihr Name ist Nina und sie ist nur eine Arbeitskollegin.«

Ich runzelte die Stirn. »Für mich sah das aber stark nach flirten aus.«

»Damit vertreiben wir uns auf der Arbeit eben hauptsächlich die Zeit.« Kai legte sich auf den Rücken und jetzt musste ich mich aufrichten, um ihn böse anstarren zu können.

»Wie bitte? Ich darf nicht einmal Männer anmieten und du flirtest mit deinen durchtrainierten Arbeitskolleginnen?«

»Nur mit den verheirateten«, sagte er lapidar und legte vorsichtshalber die Hände auf seine Brust, damit ich ihn nicht wieder zwickte.

Um in Ruhe nachdenken zu können, ließ ich mich neben ihn sinken. Gemeinsam starrten wir an die Decke. »Ich denke, es könnte mir gefallen, dich als meinen Freund vorzustellen.«

»Sag mal, wann hast du hier eigentlich das letzte Mal gestrichen?«, fragte er völlig zusammenhanglos.

»Du kennst mich doch jetzt. Glaubst du allen Ernstes, ich würde selbst streichen?« Dabei runzelte ich mit zusammengekniffenen Augen die Stirn. »Was meinst du überhaupt?«

»Na, für Weiß sieht das ziemlich gelblich aus. Aber da du nicht mehr rauchst, lohnt es sich doch, hier zu streichen.«

»Streichen zu lassen«, widersprach ich direkt.

»Wieso? Das können wir doch zusammen machen. Nur der Raum? Das ist ratzfatz erledigt.«

»Mir fallen so viele Dinge ein, die ich im Schlafzimmer gern mit dir veranstalten würde – Streichen gehört definitiv nicht dazu.«

Kai streichelte sanft meine nackte Taille. »Sag ja oder ich schau schnell nach, ob der Boden vielleicht abgeschliffen werden muss.«

Obwohl es mir zutiefst widerstrebte, brummte ich leise: »In Ordnung. Dann streichen wir wohl.«

»Sehr gut. Ich gehe gern in Baumärkte.«

Ich machte nur »Hmpf« und schloss die Augen. Sein Streicheln sorgte für eine wohlige Entspannung. Mein Gehirn arbeitete merklich langsamer, meine Glieder waren schwer und ich spürte die nahende Müdigkeit.

Am nächsten Morgen machte sich die lange Nacht bemerkbar, meine Muskeln jaulten bei jeder Bewegung gequält auf. Kai musste zur Arbeit und ich hatte meine wöchentliche Yoga-Klasse.

In der Regel bekam ich ohnehin die Krise, wenn ich mich sportlich betätigen musste – aber heute war es doppelt so schlimm. Ich war praktisch schon am Ende, nachdem ich den Zündschlüssel betätigt hatte.

Nicht zum ersten Mal verfluchte ich mich dafür, dass ich gedacht hatte, Sport zu machen, wäre eine gute Idee. Zwar konnte ich nicht leugnen, dass ich mich danach besser fühlte, doch währenddessen vergaß ich es regelmäßig.

Weil ich nicht mit dem Meditationskrempel, inneren Wasserfällen oder was es da auch immer gab auseinandersetzen wollte, hatte ich mich für Bikram-Yoga entschieden, nachdem ich diverse Schnupperstunden absolviert hatte. Ich konnte einfach nicht aus meiner Haut, wenn es um Recherche und Auswahl ging. Niemals würde ich eine Entscheidung übers Knie brechen.

Ich ging grundsätzlich nur in Restaurants, die ihre Speisekarte im Netz zur Verfügung stellten, damit ich vorher auswählen konnte, was ich essen wollte.

Als mir nach zwei Minuten der Schweiß in Strömen über den Rücken rann, hasste ich mich dafür, ausgerechnet die Yoga-Variante gewählt zu haben, die in einem 40 Grad warmen Raum ausgeführt wird.

Wenigstens kam ich inzwischen bei den Übungen mit und machte mich nicht mehr zum Affen. In der ersten Stunde hatte ich mich gefühlt, als hätte nur ich das

Memo mit den Anleitungen nicht bekommen. Um mich herum turnten zarte Frauen und ein paar Männer, die sich alle fließend und elegant bewegten.

Meine größte Sorge war, dass alle meine knirschenden Gelenke und knarzenden, verkürzten Bänder hören könnten. Flexibler war ich wirklich geworden, doch davon meine Handflächen bei durchgestreckten Beinen auf den Boden legen zu können, war ich trotzdem noch weit entfernt.

Wenigstens half die Wärme irgendwie gegen meinen Muskelkater, ich fühlte mich schon deutlich beweglicher und weniger geschunden. Bei der Erinnerung, warum ich mich überhaupt so durch die Mangel gedreht fühlte, musste ich grinsen.

Leider starrte ich dabei mitten durch den Raum und grinste einen der anderen Kursteilnehmer an, der mich sogleich anlächelte. Hatte ich aus Versehen einen Flirt initiiert? Sollte ich wegsehen? Vermutlich – aber nicht zu schnell, damit er nicht dachte, es wäre mir unangenehm.

Als ich kurz davor war, hilflos aufzukreischen, weil ich nicht wusste, wie ich mich verhalten sollte, löste die Trainerin mein Problem, indem sie uns anwies, uns umzudrehen. Müde blinzelte ich die Wand an, als ich hörte, wie unser Folterknecht glücklich verkündete: »Pavanamuktasana.«

Gequält verzog ich das Gesicht. Diese Übung das erste Mal zu machen, war eine Erfahrung für sich gewesen. Aus dem Internet hatte ich schon gewusst, dass sie auch »Wind releasing pose« genannt wurde, hatte mir aber nicht vorstellen können, welche Winde man so entweichen ließ.

Naiv wie ich war, hatte ich gedacht, es hätte etwas mit der Atmung zu tun. Nachdem ich dann flach auf dem Rücken gelegen und meine ausgestreckten Beine nach oben geführt hatte, ahnte ich schon Übles, als es hieß: »Und nun die Knie langsam an den Körper heranführen, dann die Beine mit beiden Armen umfassen und fest gegen den Bauch pressen.«

Die Übung war eine nette Umschreibung für die Abhilfe, die man benötigte, wenn man im wahrsten Sinne des Wortes einen Furz quersitzen hatte – und natürlich hatte ich direkt in der ersten Stunde gefurzt. Zwar nur leise, aber ich war mir sicher, dass die Frau neben mir es ganz deutlich gehört hatte. Ich rechnete es der Dame mit der pinken Spandexhose bis heute an, dass sie nicht eine Miene verzogen hatte.

Zum Abschluss gab es die übliche Feueratmung, die mir anfangs lächerlich vorgekommen war, die ich jetzt aber zu schätzen wusste, und ich hatte eine weitere Woche Yoga überlebt.

Nachdem ich mir den gröbsten Schweiß abgewischt hatte und schon von der erfrischenden Dusche träumte, tippte mir jemand auf die Schulter. Ich drehte mich um und sah in das strahlende Gesicht des Mannes, den ich vorhin aus Versehen angegrinst hatte, während ich an Sex mit Kai gedacht hatte.

»Hi, tolle Klasse«, fing er an und gab mir Zeit, sein scharf geschnittenes Profil zu betrachten.

Zum ersten Mal erwischte ich mich bei einem durchaus merkwürdigen Gedanken: Wäre ich Single, wäre so ein Kurs sicher eine großartige Methode, Männer abzuschleppen. Vorausgesetzt, dass man nicht plante, den Kurs öfter als einmal zu besuchen.

Am meisten irritierte mich der erste Teil: Wäre ich Single ...

Da ich immer noch mechanisch lächelte und dabei nickte, fuhr der Mann ermutigt fort: »Hättest du Lust, vielleicht irgendwo noch etwas trinken zu gehen? Einen Kaffee oder Tee, falls du keinen Kaffee magst?«

Mist. Wie kam ich aus der Nummer elegant wieder raus? Ich hatte ihn in der Tat angegrinst, also konnte ich ihm wohl kaum vorwerfen, dass er den Mut zusammengenommen hatte, um mich anzusprechen.

Obwohl ich hektisch in meinem Kopf suchte, fehlten mir doch die richtigen Worte und die Sekunden tropften zäh vorbei. Dann kam mir ein Gedanke, ich könnte es mal wieder mit der Wahrheit versuchen. »Tut mir leid, das war keine Absicht. Ich habe nur an etwas Lustiges gedacht.« Da er ein wenig verwirrt guckte, holte ich tief Lust und schob hinterher: »Und ich habe einen Freund.«

»Natürlich«, murmelte er und hob die Hand zum Gruß, bevor er eilig aus dem Raum verschwand. Mir rann der Schweiß noch immer vom Körper und trotzdem hatte ich eine Gänsehaut. Es war gar nicht so schlimm gewesen, es laut auszusprechen, wie ich gedacht hatte. Ich hatte einen Freund und die Erde drehte sich trotzdem weiter. Faszinierend.

11

Langsam wurde ich ungeduldig. Kai hatte schon vor einer halben Stunde bei mir sein wollen. Unzufrieden kaute ich auf meiner Unterlippe herum.

Eigentlich war er immer pünktlich – sollte ich mir Sorgen machen?

In diesem Moment meldete sich die Türklingel. Kai konnte es eigentlich nicht sein, immerhin hatte ich mich mittlerweile überwunden, ihm einen Schlüssel zu geben. Ich musste immer noch grinsen, wenn ich daran dachte, wie er sich gefreut hatte.

»Ja, bitte?«, fragte ich an der Gegensprechanlage.

»Hey, ich bin es!«

Also doch Kai. »Warum benutzt du nicht den blöden Schlüssel?«, wollte ich direkt wissen.

Als er antwortete, konnte ich fast hören, wie er genervt mit den Augen rollte. »Ich habe die Hände voll. Jetzt lass mich schon rein!«

Achselzuckend drückte ich den Knopf und war gespannt, was der werte Herr Fitnesstrainer wohl ach so Schweres dabei hatte, dass er nicht einmal mehr den Schlüssel ins Schloss stecken konnte. Neugierig schielte ich in den Flur. Prompt wurde ich nervös. Herr Sportlich nahm freiwillig den Aufzug? Da konnte etwas nicht stimmen!

Sein breites Grinsen verunsicherte mich zusätzlich. »Gut, dass du schon hier stehst.« Er gab mir einen schnellen Kuss und reichte mir einen Pappkarton. Die Luftlöcher in dem dicken Papier sorgten für eine unheilvolle Ahnung, das Gewicht des Kartons beunruhigte mich nicht weniger.

Ich schielte durch eins der Löcher. »Bist du verrückt geworden? Ich habe keine Ahnung, wie man Kaninchen zubereitet.«

Für mehrere Sekunden starrte Kai mich wortlos an. Dann zwinkerte er einige Male, bis seine Sprache zurückkehrte. »Machst du einen Witz? Das ist bei dir manchmal wirklich schwer zu sagen.«

»Nein. Woher sollte ich das denn auch wissen? Ich meine, ich könnte googlen. Aber das ist doch bestimmt eine riesige Sauerei mit dem ganzen Schlachten und so.«

Seine Gesichtszüge entglitten komplett. »Um Himmels willen! Du meinst es ernst! Geh rein, ich hole noch schnell den Käfig! Und komm ja nicht auf die Idee, die armen Tierchen anzurühren, bis ich wieder da bin!«

Bevor ich protestieren konnte, legte er mir eine Hand in den Rücken und schob mich in meine Wohnung. Das volle Ausmaß seiner Worte wurde mir erst drinnen bewusst. Ein Käfig?

Der Karton bewegte sich in meiner Hand und um ein Haar hätte ich mich so sehr erschreckt, dass ich ihn fallen gelassen hätte.

Ich stand noch immer nutzlos im Flur herum, als Kai zurückkehrte. Er hatte tatsächlich einen Käfig dabei.

»Warum stehst du noch hier? Geh mal ins Wohnzimmer«, forderte er mich auf und ihm war an der Nasenspitze abzulesen, dass er sich köstlich über meine Hilflosigkeit amüsierte.

»Was ist das?«, fragte ich anklagend und deutete mit dem Kinn auf den ganzen Krempel, den er dabeihatte.

»Das sind deine neuen Mitbewohner.«

»Auf gar keinen Fall! Bist du verrückt? Ich kann so gerade eben eine Gurke im Kühlschrank am Leben erhalten!« Entsetzt hielt ich ihm den Karton mit den Tieren hin, doch Kai dachte nicht einmal daran, ihn mir abzunehmen.

Vollkommen ruhig stellte er den Käfig ab – ein riesengroßes Monstrum – und machte sich daran, ihn einzurichten.

Genervt setzte ich mich auf die Couch und stellte den Karton auf meinen Schoß. Todesmutig klappte ich den Deckel auf und starrte in zwei Paar große, dunkle Augen von zwei kleinen, hell gefleckten Kaninchen.

»Oh, hi.«

Schnüffelnd reckten sich mir kleine Nasen entgegen und ich hielt ihnen meine Hand hin, damit sie daran schnuppern konnten – dabei betete ich, dass sie mir nicht sofort ein paar meiner Fingerglieder abbeißen würden.

»Das sind Frieda und Socke«, verkündete Kai und riss eine Tüte mit Heu auf. Oder Stroh. Oder was auch immer es war.

»Ein Männchen und ein Weibchen? Brillanter Plan«, fuhr ich ihn an und zuckte zusammen, weil einer der beiden meine Hand mit der Nase gestreift hatte.

Kai lachte nur. »Socke ist kastriert. Ich habe die beiden aus dem Tierheim geholt, deswegen haben sie auch schon Namen, sonst hätte ich die Ehre natürlich dir überlassen.«

Vollkommen ratlos sah ich wieder nach unten. »Aber was soll ich denn mit denen machen?«

»Spielen, füttern, unterhalten – was dir so einfällt. Kaninchen sind pflegeleicht und du brauchst wirklich ein paar lebendige Geschöpfe um dich herum.«

Ich verstand Kai nur gedämpft, denn er hing praktisch kopfüber in der Käfigöffnung und schob Holzhäuser und Näpfe umher.

Todesmutig wagte ich es, Frieda hinter dem Ohr zu kraulen, die es sich anstandslos gefallen ließ. Socke betrachtete das Ganze kritisch, schob sich aber im gleichen Moment näher an die Kaninchendame heran. Vielleicht wollte er ebenfalls Zuwendung?

Vorsichtig legte ich meine freie Hand auf sein weiches Fell. Er zuckte zwar kurz zusammen, ließ sich dann aber doch beschmusen.

»Siehst du, das klappt doch schon wunderbar.«

Überrascht sah ich hoch, Kai stand mit verschränkten Armen vor der Couch und sah zu mir hinunter.

»Ich mache das lediglich, um die aufkommende Panikattacke in den Griff zu bekommen.«

Kai lachte und öffnete einen Sack mit Zwergkaninchenfutter. »Ein Buch habe ich dir sicherheitshalber mitgebracht, aber eigentlich kann doch gar nichts schiefgehen – so lang du nicht vergisst, sie zu füttern, oder doch noch auf die Idee kommen solltest, sie zu filetieren. Im Zweifelsfall kannst du mich gern jederzeit anrufen.«

Kritisch sah ich zwischen ihm und den Hasen hin und her. »Ich kann mich unmöglich um andere Lebewesen kümmern! Du musst hier einziehen.« Mit dem ausgestreckten Zeigefinger deutete ich auf ihn.

Überrascht blickte er zu mir auf, beide Hände voller Grünzeug. »Ich weiß nicht so recht. Kann ich mir das überlegen?«

Energisch schüttelte ich den Kopf. »Das war keine Frage. Außerdem bekommst du dein bisschen Krempel doch ohne Probleme in einen Umzugskarton.« Damit war doch wohl alles geklärt.

»Du bist wirklich urkomisch, weißt du das eigentlich?«

»Warum? Es ist doch nur logisch, dass du hier einziehst«, erwiderte ich stoisch.

»Logisch? Deswegen möchtest du mich hierhaben? Weil es logisch ist?«, fragte er und nahm Frieda von meinem Schoß, die er vorsichtig in den Käfig setzte. Da ich es nicht wagte, mich zu bewegen, so lange ich noch ein weiteres Lebewesen auf meinen Beinen balancierte, wartete ich, bis Kai mir auch Socke abnahm.

Dann stand ich auf. »Was spricht denn dagegen, hier einzuziehen?«

»Als Erstes wage ich zu behaupten, dass die Miete hier vermutlich mindestens vier Mal so hoch ist wie das, was ich jetzt bezahle.«

»Das ist eine Eigentumswohnung«, informierte ich ihn.

Er schloss kurz die Augen und seufzte: »Natürlich ist es das.«

»Was ist denn das Problem damit?« Ich verschränkte die Arme und tippte mir ungeduldig mit den Fingerspitzen auf die Haut.

»Gar nichts. Aber ich kann ja nicht einfach so meine WG-Mitglieder hängen lassen.«

»Okay, dann brauche ich wohl bessere Argumente: Mich stört es nicht, wenn du Fußball guckst, und deinen Fernseher können wir von mir aus gern ins Schlafzimmer stellen, denn mein Fernseher ist sowieso größer.«

Kai schluckte und schüttelte den Kopf. »Ich muss erst darüber nachdenken.«

»Oh«, rief ich aufgeregt, weil ich das Wichtigste vergessen hatte. »Sex!« Er starrte mich nur an, als hätte ich den Verstand verloren, deswegen erläuterte ich: »Den bekommst du natürlich auch jederzeit. Du siehst also: Du solltest ganz schnell hier einziehen.«

Kai räusperte sich, klappte die Käfigtür zu und klopfte seine Hose ab. »Wie fühlst du dich so?«

»Hä?« Ratlos zuckte ich mit den Schultern.

»Vielleicht würde ich ja gern hören, was beim Gedanken, ich könnte hier einziehen, eigentlich in dir vorgeht – komm mir also nicht wieder mit den Kaninchen!«

Verärgert presste ich die Lippen aufeinander, denn ich war schon drauf und dran gewesen, auf den Käfig zu zeigen. Ich zwang mich, ruhig Luft zu holen, und sah knapp an Kais Gesicht vorbei an die Wand. »Ich mag es, wenn du hier bist. Deswegen wäre es schön, wenn du immer hier wärest. Außerdem schlafe ich dann besser.«

Er lachte. »Du klingst wie ein Roboter.«

»Arschloch.«

Ich wollte ihm ausweichen, doch er war viel schneller und zog mich in seine Arme, bevor ich reagieren konnte. Gutmütig sah er mich an. »Ich spreche mit den Jungs, ob sie mich gehen lassen.«

»Hmpf.« Das war die einzige Antwort, die ich zu geben bereit war. »Um Himmels willen, was machen die da?«, rief ich panisch und löste mich aus Kais Armen.

Schnell kniete ich mich vor den Käfig und Kai folgte mir. »Was denn?«

»Na, da!« Ich deutete mit dem Finger auf die Hasen. Das musste Kai doch auch sehen.

»Ähm, sie fressen in aller Ruhe?« Kai klang mehr als belustigt.

»Kein Grund zur Sorge?«, wollte ich wissen.

»Absolut gar kein Grund zur Sorge«, versicherte er mir.

Oh Mann. Kai musste einfach bei mir einziehen, er konnte mich doch nicht mit anderen Lebewesen alleine lassen. Das musste ihm doch klar sein!

»Ich weiß nicht, ob mir das alles nicht zu viel ist«, murmelte ich eher zu mir als in Kais Richtung.

Irritiert zog er die Stirn kraus: »Du hast jetzt schon wieder Zweifel, ob ich wirklich hier einziehen sollte? Und da soll ich noch mitkommen?«

Verwirrt sah ich ihn an. »Quatsch, das bezog sich doch nicht auf dich! Ich meinte die Viecher!«

»Kaninchen«, warf er ein.

»Sag ich doch. Viecher.«

»Von mir aus. Aber süße Viecher.« Mit einem Gesichtsausdruck, den ich nur als verliebt bezeichnen konnte, beobachtete er meine neuen Mitbewohner.

»Hm«, antwortete ich bloß. Natürlich hatte er recht und die zwei waren zuckersüß, zumal sie sich jetzt schon verhielten, als seien sie nie woanders gewesen. Auf merkwürdige Weise beruhigte mich das.

»Trotzdem ist es mutig, mir einfach zwei Kaninchen mitzubringen. Du bist ganz schön dreist, weißt du das?«, fragte ich.

Immer noch beobachtete er die Tiere. »Das sagt die Richtige.«

Ich verzichtete auf eine Antwort und einen Moment lang hörten wir lediglich Frieda und Socke beim Knabbern zu.

»Du denkst also wirklich, dass das eine gute Idee ist und ich das schaffe?«, fragte ich und deutete auf den Käfig.

Ohne aufzusehen, antwortete er: »Das wird sich zeigen.«

Warum hatte ich nur das unbestimmte Gefühl, dass er auf eine andere Frage geantwortet hatte?

»So wie du dich aufführst, erwarte ich wirklich die besten Pancakes der Welt«, grummelte ich und hüllte mich tiefer in meinen Mantel.

Gefühlt war es mitten in der Nacht und der feine Nieselregen trug nicht unbedingt dazu bei, dass meine Laune sich besserte. Kai wachte für meinen Geschmack viel zu früh auf und war unerträglich wach. Noch schlimmer: Er wollte dann Sachen unternehmen. Pancakes im Café frühstücken gehen zum Beispiel.

Wir waren auf dem Weg zur *Kaffeetante*, danach wollte Kai einkaufen gehen. Ein Mann, der freiwillig einkaufen gehen wollte – war das zu glauben?

Mir fehlten eindeutig ein paar Freundinnen, denn bisher hatte ich im Internet und Männerzeitungen gelernt, dass Männer nicht gerne einkauften; schon gar keine Kleidung. Ein Besuch im Baumarkt machte sie hingegen angeblich über alle Maßen glücklich. Vielleicht sollte ich das ausführlicher recherchieren, wenn ich wieder zu Hause war.

»Keine Sorge, das sind wirklich die besten Pancakes der Welt und wenn du aufhörst, dich jetzt so muffelig aufzuführen, darfst du einen Espresso trinken.« Kai wusste genau, wie er mich locken konnte.

Etwas versöhnter sah ich ihn an und griff nach seiner Hand. »Okay.«

Überrascht sah er nach unten. »Lass das lieber. Was ist, wenn dich jemand erkennt?«

»Blödmann.«

»Selber.«

Nach dem Espresso sah die Welt schon wieder ein wenig anders aus und der Morgen war längst nicht mehr so nächtlich, wie er anfangs auf mich gewirkt hatte. Irritiert war ich bloß immer noch davon, dass meine Morgenmuffeligkeit Kai nicht verschreckte. Allerdings gab ich mir auch wirklich Mühe.

Später saß ich in einem Geschäft auf einer Bank vor einer Umkleidekabine. Das wievielte Geschäft es war, konnte ich schon nicht mehr sagen. Kai besaß eine unglaubliche Ausdauer, wenn es darum ging, die perfekte Jeans zu finden. Was mit den ersten 29 Hosen, die er anprobiert hatte, nicht gestimmt hatte, war mir unbegreiflich.

Allmählich bekam ich den Eindruck, dass er die ganze Sache absichtlich in die Länge zog. Es juckte schon in meinen Fingern, nur ganz kurz mit dem Handy ein paar Aktienkurse zu überprüfen, als jemand mir von hinten auf die Schulter tippte.

Es kam so unerwartet, dass ich zusammenzuckte.

Das leise Lachen war sofort vertraut. »Du warst doch früher nicht so schreckhaft, Sabrina.«

Noch während ich aufstand, drehte ich mich um. »Robert! Du meine Güte! Wie lange ist es her?«

Robert griff nach meinen Händen und gab mir jeweils rechts und links ein Küsschen auf die Wange. Er benutzte noch immer das gleiche Aftershave.

Bevor er antwortete, überlegte er einen Moment: »Das müssten so zwölf Jahre sein. Du hast dich überhaupt nicht verändert.« Seine Augen glitten an mir herab, bevor er mich wieder anlächelte.

Hinter uns klappte die Tür der Umkleidekabine auf. Ertappt fuhr ich herum und sah Kai an – meine Wangen glühten, obwohl ich gar nichts Verbotenes getan hatte. Um meine Verlegenheit und die Unwissenheit, wie ich mich jetzt verhalten sollte, zu vertuschen, plapperte ich einfach los: »Endlich. Bitte sag mir, dass wir die Hose endlich nehmen können. Sieht super aus. Können wir gehen?«

Kai runzelte die Stirn, wirkte aber zugleich belustigt. »Das ist meine Jeans, ich habe die andere noch gar nicht anprobiert.«

»Oh.« Genervt rieb ich mir über die Stirn. So schnell, wie ich wollte, konnte ich nicht aus der Situation flüchten, also stellte ich die beiden einander vor: »Kai, das ist Robert. Robert, das ist Kai.«

Robert reichte Kai die Hand und musterte ihn kurz. »Der Freund, nehme ich an?«

Bevor Kai antworten konnte, fuhr ich dazwischen: »Ja, genau.« Hoffentlich klang meine Stimme nicht so schrill, wie sie sich in meinen Ohren anhörte. »Robert und ich haben früher zusammen gearbeitet.« Mein Lächeln war sicherlich furchteinflößend, aber meine Mundwinkel fühlten sich starr an und wollten sich einfach nicht bewegen lassen.

»Zumindest bis ich in eine Zweigstelle nach Sydney gegangen.« Bei den Worten sah Robert mich an und ich wünschte mir sehnlichst direkt neben uns einen Meteoriteneinschlag, damit dieses Desaster ein Ende fand.

»Cool«, entgegnete Kai. »Mein Bruder hat ein ganzes Jahr in Australien verbracht. Wie lange waren Sie da?«

»12 Jahre.« Roberts knappe Antwort verriet nicht, was er dachte – allerdings konnte ich es mir fast denken. Wo blieb denn dieser verdammte Meteorit?

»Dann bist du gerade erst wieder zurück?«, fragte ich.

Wenigstens den Anschein von Höflichkeit wollte ich wahren. Aber Kai hatte schon längst die Fährte aufgenommen; er hatte diesen interessierten Ausdruck in den Augen, der für mich nie etwas Gutes bedeutete.

»Am Montag fange ich wieder in meiner alten Position an – oder zumindest so ähnlich. Mir wurde gesagt, dass jemand anderes sich direkt meinen Job gekrallt hat, nachdem ich gegangen bin.«

Ich schnalzte mit der Zunge. »Erzähl mir nicht, dass du ernsthaft geglaubt hast, dass ich mir diese Möglichkeit entgehen lassen würde.«

Sein Lächeln wurde breiter und die Fältchen um die Augen vertieften sich deutlich. »Natürlich nicht. Dafür kenne ich dich zu gut.«

Es fiel mir schwer, den Blick abzuwenden. Die zwölf Jahre waren nicht spurlos an Robert vorbeigegangen, doch das Altern stand ihm hervorragend. An den Schläfen wurde er bereits grau und auch sein akkurat gestutzter Bart war bereits leicht silbern durchsetzt. Zusammen mit den strahlend blauen Augen sah er sehr attraktiv aus.

Unruhe machte sich in mir breit. »Gut, wir müssen jetzt los. Wir sehen uns dann am Montag.«

Gute fünf Schritte hatte ich mich schon entfernt, als ich bemerkte, dass Kai mir nicht folgte. Verständnislos starrte ich ihn an und wollte ihn rein durch meine Gedankenkraft dazu zwingen, seinen Hintern in Bewegung zu setzen.

»Ich bin immer wieder verblüfft, wie unhöflich du sein kannst. Willst du deinen früheren und zukünftigen Kollegen vielleicht so auflaufen lassen?«, wollte Kai von mir wissen und bedachte mich mit einem seiner vorwurfsvollen Blicke, die stets mit einer hochgezogenen Augenbraue garniert wurden.

»Was meinst du?«, fragte ich verständnislos. Ich hätte nicht gedacht, dass die Situation noch furchtbarer werden konnte, als sie ohnehin schon war.

»Er hat doch gesagt, dass er am Montag wieder anfängt, willst du ihm dann nicht wenigstens irgendetwas aus dem Büro erzählen? Du weißt schon: die wichtigsten Kunden, wer faul ist, wer als Nächstes aufsteigen wird und solchen Kram?«

Unsicher sah ich zu Robert, der mit den Schultern zuckte. »Das wäre schon super, aber ein solches Angebot hatte ich gar nicht erst erwartet.«

Also drehte ich mich wieder zu meinem Freund und setzte meine mentalen Kräfte erneut ein, doch mein Training reichte einfach nicht.

Kai ignorierte mein Flehen und lud Robert zum Essen ein. »Wollen Sie nicht heute Abend zum Essen kommen? Sabrina hat sich bis dahin bestimmt wieder an ihre Manieren erinnert und ich würde gern mehr über den Aufenthalt in Australien erfahren.«

Panisch versuchte ich, meinen Untergang aufzuhalten. »Heute Abend ist schlecht. Spielt nicht Dortmund?« Ich riet um mein Leben.

Roberts Augen leuchteten auf. »Sagen Sie nicht, Sie sind Dortmund-Fan!«

Kai nickte mit feierlicher Miene und ich bedauerte meine unbedachte Äußerung. Wie es aussah, hatte ich gerade Freunde fürs Leben geschaffen, denn die beiden gingen nun nahtlos ins Duzen über und fachsimpelten über die letzten Spiele.

»Wenn das so ist, komme ich gerne.« Robert schüttelte noch einmal energisch Kais Hand und strahlte über beide Ohren.

»Ich denke, bei dem wunderbaren Wetter können wir den Grill anwerfen.«

»Perfekt! Dann sehe ich zu, dass ich so gegen 19 Uhr da bin. Soll ich noch irgendetwas mitbringen?«

Mich hatten die beiden längst vergessen und ich stand einfach nur daneben. Dabei kochte meine Wut auf kleiner Flamme vor sich hin.

Endlich verabschiedete Robert sich. »Bis später dann!« Er verschwand zwischen den Klamottenständern.

Sofort wirbelte ich herum und bohrte Kai einen Finger in die Brust. »Bist du verrückt geworden?«

Mein Freund grinste mich absolut zufrieden an. »Nein. Wieso?«

»Du weißt ganz genau, wieso! Habe ich vielleicht so gewirkt, als würde ich wollen, dass er zu mir nach Hause kommt?«

Kai tippte mir auf die Nasenspitze. »Absolut nicht. Aber jetzt musst du mir erzählen, was passiert ist. Sonst frage ich ihn einfach heute Abend.«

»Du genießt das so richtig, oder?«, wollte ich wissen und kniff die Augen zusammen.

»Absolut. Du bist unwiderstehlich, wenn du sauer bist.«

»Schwein.« Damit machte ich eine Kehrtwende und stiefelte aus dem Laden. Leider kam ich nicht weit, denn mir fiel ein, dass Kai den Autoschlüssel hatte – also wartete ich, bis er mich eingeholt hatte.

»Ich habe noch keine Jeans – und toller, dramatischer Abgang übrigens, das kannst du wirklich gut.« Kai hatte ernsthaft immer noch blendende Laune.

»Es gibt da eine wahnsinnige Erfindung namens Internet. Mit ein bisschen Übung findet man dort alles. Warum bestellst du das Modell, das du gerade trägst und scheinbar so abgöttisch liebst, nicht einfach zwanzig Mal und bist bis ans Ende der Zeit glücklich?«

Erstaunt sagte er: »Das ist eine brillante Idee.«

»Ja, ist es. Ich wünschte nur, ich hätte sie vor sechs Stunden gehabt. Du kannst von Glück reden, dass die Pancakes wirklich umwerfend waren«, fauchte ich.

Kai wirkte mit sich und der Welt zufrieden. »Pancakes, einkaufen und Versöhnungssex. Super Tag, würde ich sagen.«

»Den Versöhnungssex kannst du dir in deine perfekten Haare schmieren!«

Wieder lachte er nur und ich musste mir die größte Mühe geben, mich nicht davon anstecken zu lassen.

12

»Also?«, fragte Kai und warf mir einen schnellen Seitenblick zu. Er hatte darauf bestanden, zu fahren, und ich hatte mich schließlich gefügt. Bald würde ich ihm das blöde Auto einfach schenken.

»Ich will nicht darüber reden.«

Mein Freund schwieg beharrlich, bis ich einknickte. »Von mir aus, wenn es sein muss. Wir haben uns früher mit mehreren Kollegen ein Büro geteilt und irgendwie hat Robert angefangen, seine Mittagspause mit mir zu verbringen.«

Ich musste überlegen, um die Geschichte richtig zu erzählen, doch Kai deutete meine Stille falsch und fragte: »Also war er verknallt in dich?«

Erleichtert sagte ich: »Genau. Das trifft es ganz gut, denke ich.«

»Und was ist passiert? Hast du seine Gefühle nicht erwidert oder gar nicht erst verstanden, dass er auf dich steht?«

»Beides. Und stand – dass er auf mich stand. Vergangenheit.« Wenn ich eins ganz sicher wusste, dann dass Robert von mir sicherlich ein für alle Mal geheilt war.

»Was ist denn so Aufregendes passiert, dass du dich so zierst?« Kai klang in meinen Ohren viel zu interessiert.

»Robert hat irgendwann gedacht, wir würden eine Art Beziehung führen und ich nicht. Es folgte ein wunderbarer Streit und kurz darauf ist er nach Australien gegangen.« Da fehlten zwar ein paar Details, aber im Großen und Ganzen hatte es sich so abgespielt.

»Dann hast du ja doch einen Ex-Freund.« Mein Freund wirkte aufgeregt, als hätte er gerade eine wichtige Entdeckung gemacht.

»Nein. Habe ich nicht. Ich hatte ein paar Mal Sex mit einem Arbeitskollegen, was rückwirkend betrachtet ohnehin eine ziemlich blöde Idee war, und es ist in die Hose gegangen.«

Kai machte nur »Hm«, und ich betete, dass wir bald zu Hause waren. Dann würde ich mich einfach für eine Stunde in der Dusche einschließen und so tun, als wäre nichts passiert und als würde Robert nicht in wenigen Stunden auf meiner Fußmatte stehen, um mit meinem Freund Fußball zu gucken.

Was ging überhaupt in Kai vor, offensichtlich einen ehemaligen Liebhaber von mir einzuladen? Sollte er nicht eher so eine Art Konkurrenzdenken haben und versuchen, Robert mit einer Axt zu erschlagen? Oder so ähnlich?

Je näher die Uhrzeit rückte, zu der Robert sich angekündigt hatte, desto unruhiger wurde ich. Das hatte schon damit angefangen, dass ich nicht gewusst hatte, was ich anziehen sollte. Natürlich wollte ich toll aussehen, aber nicht so sehr, dass Robert möglicherweise dachte, ich hätte mich für ihn schick gemacht – oder Kai dachte, ich wollte Robert beeindrucken. Verdammt, war das alles schwierig!

Ich wühlte durch den Kleiderschrank, dabei ignorierte ich Kai, der nackt auf dem Bett lag, so gut es ging. Er räusperte sich zwar schon seit zwei Minuten sehr gründlich, aber auf dem Ohr war ich gerade taub.

»Was ist los? Du brauchst doch sonst nicht so lange, um dich für ein Outfit zu entscheiden?«, fragte er schließlich.

»Wann ziehst du eigentlich hier ein?«, schoss ich sofort zurück, was lediglich dazu führte, dass er lachte.

»Das habe ich doch schon gesagt, in ein oder zwei Monaten vielleicht«, grinste er mit seiner ekelhaft guten Laune. »Bist du nervös, weil Robert gleich kommt?«

Ich fuhr herum. »Natürlich! Aber solltest du nicht vielleicht lieber eifersüchtig sein, statt wahllos Männer hierher einzuladen?«

»Warum sollte ich eifersüchtig sein?«

Im gleichen Moment war mir, als würde er versuchen, in meinen Augen eine Antwort zu finden – allerdings kannte ich die Frage nicht wirklich. »Warum solltest du nicht eifersüchtig sein?«

»Weil ich dir vertraue«, sagte er schlicht. Dann stand er auf und küsste er mich. Ohne den Kuss zu unterbrechen, hob er mich hoch. Ich schlang die Arme um seinen Nacken, vergrub die Hand in seinen weichen Haaren und saugte sanft an seiner Zungenspitze.

Auf dem Bett setzte er mich ab und ich blinzelte ihn atemlos an. Mein Herz klopfte wie wild, meine Nippel waren hart. Er stand direkt über mir, beugte sich langsam herunter. Seine Hände legten sich auf meine Brüste, streichelten sie sanft.

Langsam, aber bestimmt drängte er mich nach hinten und ich sank auf das Bett. Er kniete sich über mich, zog eine heiße Spur mit seiner Zunge über meinen Körper. Meine Haut prickelte dort, wo er mich berührte. Einen sanften Kuss presste er auf meinen Bauchnabel, bevor er seine Reise fortsetzte und meine Beine auseinanderdrängte.

Mit geschlossenen Augen seufzte ich wohlig. Seine Zunge strich über meine empfindliche Klit, reizte sie, spielte mit ihr. Mein Atem wurde immer schwerer und tiefer. Er saugte die Perle zwischen seine Lippen, drang dabei mit seinen Fingern in mich ein, füllte mich aus, fickte mich mit ihnen.

Ich gab mich ganz den berauschenden Gefühlen hin und zupfte dabei an meinen geschwollenen Nippeln. Schließlich schrie ich meine Lust laut heraus und krallte meine Finger ins Laken, als ich von dem heftigen Orgasmus durchgeschüttelt wurde.

Kai gab mir keine Möglichkeit, mich zu erholen. Gerade, als ich wieder Luft bekam, legte er sich auf den Rücken neben mich und umfasste meine Taille. Er hob mich hoch und spießte mich mit seiner pulsierenden, harten Latte förmlich auf.

Die Hände legte ich auf seine Brust und stützte mich dort ab, während ich begann, ihn zu reiten. Er keuchte und streichelte zärtlich meinen ganzen Körper. Mein Becken bewegte ich bewusst in einem quälend langsamen Rhythmus, beugte mich vor und knabberte an seiner Unterlippe. Kai nahm mein Gesicht in beide Hände und küsste mich voller Gefühl.

Als er es nicht mehr aushielt, gab er meinen Kopf frei und umfasste stattdessen meine Taille. Ich passte mich dem Tempo an, das er vorgab, und genoss den entrückten Ausdruck in seinem Gesicht. Meine Fingernägel kreisten um seine kleinen, hart zusammengezogenen Brustwarzen.

Der Griff wurde fester, unabsichtlich bohrte er seine Finger in meine Haut, rammte sich ein letztes Mal hart in mich hinein.

Während ich zu Atem kam, streichelte er über mein Haar und drückte einen Kuss auf meinen Scheitel. Entspannt lag ich auf den Kissen und sah ihn zufrieden an.

»Siehst du«, sagte Kai leise, doch der triumphierende Tonfall sorgte dafür, dass ich mich alarmiert aufrichtete.

»Was?«

»Du kannst mir überhaupt nicht widerstehen, warum sollte ich also eifersüchtig sein? Immerhin hast du vorhin noch behauptet, es würde heute keinen Sex mehr geben.«

Am liebsten hätte ich seine Mundwinkel an seinem Hals festgetackert, damit er nicht so fröhlich aus der Wäsche gucken konnte. »Ich hatte nur von Versöhnungssex gesprochen«, konterte ich.

»Was war das denn gerade deiner Meinung nach?« Kai runzelte die Stirn und wischte sich im gleichen Moment ein paar der blonden Haarsträhnen nach hinten. Unverschämt gut aussehender Mistkerl.

»Normaler Sex. Versöhnungssex folgt ausschließlich nach körperlichen Auseinandersetzungen«, klärte ich ihn auf.

Er lachte und legte eine Hand um meinen Nacken. »Hast du mir gerade durch die Blume angedroht, dass du mich verprügelst, wenn es mal nicht läuft, wie du dir das vorstellst?«

Ich lächelte böse. »Vielleicht.« Dann ließ ich mich willig herabziehen und erwiderte seinen Kuss.

Als es klingelte, sackte mein Magen mindestens drei Etagen tiefer. Kai öffnete die Tür, während ich mich darauf konzentrierte, nicht in Schnappatmung zu verfallen.

Robert grinste und hielt eine Schale mit Grillfleisch sowie eine Flasche Weißwein hoch. »Hallo. Ich hoffe, du trinkst noch immer Weißwein?«

Ich nickte nur und hielt die obligatorische Umarmung so kurz wie möglich. Wieder einmal war ich neidisch darauf, dass Männer sich einfach die Hand geben konnten. Frauen wollten immer umarmen und scheinbar umarmt werden. Am liebsten hätte ich mich wie ein Hund geschüttelt, doch das hätte Robert falsch auffassen können.

Warum hatte Kai ihn eigentlich eingeladen?

Er folgte uns ins Wohnzimmer und sah sich um. »Viel hat sich aber nicht verändert.«

Gleichgültig zuckte ich mit den Schultern und war froh, dass Kai zumindest wusste, dass Robert schon öfter bei mir gewesen war.

»Wobei: Der Sessel ist neu, oder?«, fragte er und setzte sich noch im gleichen Moment hinein. Schnell hechtete ich auf die Couch, weil das gleich die Frage erübrigte, wer neben wem sitzen würde. Kai durchschaute mich und gab sich die größte Mühe, mich nicht auszulachen.

»Ich hole uns mal etwas zu trinken«, verkündete er und verschwand, um die alkoholfreien Mojitos zu holen, die Herr Saubermann vorbereitet hatte, als wäre es nicht ausgerechnet an so einem Abend angebracht, sich kräftig zu betrinken.

Mein Lächeln gefror und ich überlegte fieberhaft, worüber ich mit Robert reden sollte. Glücklicherweise schien er sich auch nicht unbedingt wohlzufühlen.

»Warst du schon in der Firma? Vor drei Jahren wurde groß renoviert und jetzt sitzen wir praktisch in einem Glaskasten.«

»Hm. Habe ich gesehen«, murmelte er abwesend und ließ seinen Blick weiter durch das Wohnzimmer schweifen.

»Hat der Boss dir auch den neuen Vorstand vorgestellt, dieser Schotte MacAllister ist nämlich wirklich eine linke Bazille vor dem musst du dich in Acht nehmen«, plapperte ich munter weiter.

Kai kehrte mit den Gläsern zurück und Robert fragte: »Was ist denn in dem Käfig?«

»Kaninchen. Sie heißen Frieda und Socke«, erläuterte mein Freund.

»Ach, dann gehören sie dir?«

Ich schüttelte den Kopf. »Kai hat sie mir geschenkt.«

»Ich habe immer gedacht, du würdest Tiere hassen.«

Fassungslos blickte ich zum Käfig. »Nein. Keine Ahnung, wie du darauf kommst. Weißt du schon, welche Kunden du zugeteilt bekommst?«

»Ja«, lautete seine knappe Antwort und es wurde immer offensichtlicher, dass er nicht über die Arbeit sprechen wollte. Aber was wollte er dann hier? Unsicher sah ich Kai an, er war doch sozial bewandert. Außerdem hatte er Robert eingeladen, dann sollte er ihn auch unterhalten.

Kai verstand mich ohne Worte und griff nach der Fernbedienung. »Sollen wir nebenbei mal die Vorberichterstattung laufen lassen? Eigentlich können wir auch gleich schon mit dem Essen starten.«

Dankbar lächelte ich ihn an und nippte an dem Virgin Mojito. Werbung flimmerte über den Bildschirm und Robert studierte die Umgebung, als würde er sich jedes Detail einprägen wollen, um seine Wohnung nach dem Vorbild meiner ummodeln zu lassen.

Schließlich bemerkte er die Töpfe und Kästen auf der Fensterbank. »Sind das Blumen?« Es klang nicht einmal, als würde er mir die Frage stellen, eher als würde er mit sich selbst reden. Robert starrte noch immer die grünen Pflanzen an, als würde er eine Offenbarung erleben und sagte: »Du hast dich wirklich verändert.«

Kai sah zwischen uns hin und her und langsam war ich mir sicher, dass er seine Idee, meinen Ex-Lover einzuladen, mittlerweile nicht mehr allzu klasse fand.

Ich hingegen erinnerte mich daran, wie ich zu den Blumen gekommen war. Kai hatte tatsächlich darauf bestanden, das Schlafzimmer zu streichen, und mich unter Vorspiegelung völlig falscher Tatsachen in den Baumarkt gelockt. Wir würden Heu und Holz für die Kaninchen kaufen, um ihnen einen Unterstand zu bauen, hatte er gesagt. Da mir die beiden Fellnasen inzwischen am Herzen lagen, hatte ich bereitwillig zugestimmt. Im Baumarkt hatte er mich dann überrumpelt und gefragt: »Also, Polarweiß oder lieber was Verrücktes wie Eierschale?«

Verwirrt hatte ich ihn angesehen. »Bitte?«

»Die Farbe für dein Schlafzimmer, welche willst du?«

»Oh mein Gott! Du willst das wirklich durchziehen?«

»Klar.« Er hatte so lässig genickt, dass ich einfach nur auf den Eimer mit der weißen Farbe gezeigt hatte und weitergetrottet war.

In der Blumenabteilung hatte er mich dann eingeholt – aber nur, weil ich mich verlaufen hatte. »Die sind alle so schön«, stellte ich fest und bewunderte die Blütenpracht, obwohl das Atmen in dieser Halle alles andere als einfach war.

»Dann hol dir doch welche«, hatte seine lässige Antwort gelautet.

Ich hatte ihn daraufhin angeblinzelt, als wäre er gerade aus einem Raumschiff gefallen. »Klar. Weil ich ja so gut mit lebendigen Dingen kann.«

Kai hatte nur grinsend den Kopf geschüttelt. »Kannst du doch. Stell dich nicht so an.«

Wortlos hatte ich die riesige Auswahl an Blumen betrachtet, sogar gebundene Sträuße gab es hier. »Sie werden bloß sterben«, hatte ich dann düster entgegnet.

»Du bist verrückt. Frieda und Socke leben noch und obwohl du regelmäßig für mich kochst, bin ich bisher doch auch recht lebendig. Wenn du dich nicht traust, fang klein an und kauf einen Strauß Schnittblumen.«

Der Gedanke war mir so verwegen vorgekommen, dass die reinste Abenteuerlust in mir aufgestiegen war. »Okay! Vielleicht den mit den Radieschen?«

Kais Mund war aufgeklappt und er war meinem ausgestreckten Zeigefinger gefolgt, bevor er schallend gelacht hatte. »Oh Scheiße! Manchmal wünschte ich, ich hätte eine Kamera dabei, das glaubt mir doch keiner.«

»Was denn?«, wollte ich mit gerunzelter Stirn wissen.

»Das sind geschlossene Pfingstrosen und keine Radieschen!«

»Woher willst du denn das wissen?«

Er wischte sich übers Gesicht, bevor er meine Hand nahm und mich zu sich zog. Ich reagierte äußerst störrisch, doch das hinderte ihn nicht, mir einen Kuss auf die Lippen zu drücken. »Du weißt schon, Muttertag und solche Sachen. Außerdem soll es Frauen geben, die es mögen, Blumen geschenkt zu bekommen.«

Vielsagend hatte ich meine Augenbraue hochgezogen, weil ich das für ein absolutes Gerücht hielt. »Aufreißer.«

Damit hatte ich mir den Strauß Pfingstrosen geschnappt und war zur Kasse gerauscht. Kai war mir gefolgt, nachdem er das Heu für die Kaninchen besorgt hatte. Mein einziger Kommentar hatte aus einem ungeduldigen Tippen mit dem Schuh auf den Boden bestanden, doch der Mann hatte lediglich gegrinst.

Schlagartig war ich wieder in der Gegenwart und musste noch einmal nachfragen: »Entschuldige, was?«

Robert wiederholte: »Was das für eine Pflanze ist?«

Lächelnd betrachtete ich die braune Plastikwanne, die auf der Fensterbank stand, weil ich mich aus Angst vor gierigen Vögeln weigerte, sie nach draußen zu stellen. »Das sind Radieschen.« Diesen privaten Witz würde ich ihm aber nicht erklären.

Ungläubig sah Robert wieder zu den grünen Blättern, als wäre er sich nicht sicher, ob ich ihn auf den Arm nahm oder nicht. Kai verkniff sich ein Grinsen und entschuldigte sich unter dem Vorwand, den Grill anzuzünden.

»Hast du dich gut eingelebt?« Ich unternahm einen weiteren hilflosen Versuch, Konversation zu machen.

»Eigentlich schon«, erwiderte Robert und wirkte plötzlich etwas lockerer. »Es bringt nur viele Erinnerungen zurück, wieder hier zu sein.«

Er lächelte und ich war mir nicht sicher, ob sich das auf Deutschland im Allgemeinen oder meine Wohnung im Speziellen bezog.

Kai steckte den Kopf zur Tür hinein: »Wollt ihr mich hier draußen alleine lassen, damit ich mich langweile?«

»Natürlich nicht«, erleichtert erhob ich mich. »Soll ich Bier holen?«

Robert überlegte kurz, während Kai direkt »Ja« sagte. Glücklich, kurz durchatmen zu können, verschwand ich in der Küche. Noch war mir nicht so ganz klar, wie ich das Essen, geschweige denn den Abend überstehen sollte. Früher oder später musste ich mir etwas überlegen, um verschwinden zu können.

Zu meiner eigenen Überraschung verlief das Essen ziemlich locker. Schon bald drehte sich das Gespräch um Fußball und obwohl ich eigentlich hätte mitreden können, schwieg ich. Dafür stand ich regelmäßig auf und sorgte für Biernachschub. Kai protestierte zwar ein paar Mal, dass ich nicht das Dienstmädchen sei, aber ich ignorierte ihn hartnäckig.

Denn inzwischen hatte ich mir den perfekten Plan zurechtgelegt: Sobald das Spiel begonnen hatte, würde ich mich unter dem Vorwand, noch Bier besorgen zu müssen, zum Supermarkt entschuldigen. Das verschaffte mir knappe 45 Minuten, denn vor der Halbzeit würde sicherlich keinem der Männer auffallen, dass ich nicht da war. Ein hieb- und stichfester Plan ...

Als ich mit dem völlig überflüssigen Bier zurückkehrte, bemerkte ich direkt, dass irgendetwas anders war. Zuerst überprüfte ich den Fernsehbildschirm, aber Dortmund lag nach wie vor in Führung – das war es also schon einmal nicht.

Erst als ich näher kam, bemerkte ich, dass nur Kai angespannt war, Robert saß völlig relaxt auf der Couch. Allerdings ahnte ich schon, dass ich es vermutlich lieber gar nicht wissen wollte.

Kai bemerkte, dass ich wieder da war, und stand auf, um mir das Bier abzunehmen. Ich folgte ihm in die Küche und wunderte mich, dass er freiwillig während eines Fußballspiels aufstand. »Ist alles in Ordnung?«

Gepresst murmelte er: »Ich glaube, es wäre besser, wenn wir später darüber reden.«

Das klang gar nicht gut. Fieberhaft überlegte ich, was wohl vorgefallen sein könnte. War meinem Freund vielleicht inzwischen aufgefallen, dass es keine gute Idee gewesen war, Robert einzuladen?

Ohne ein weiteres Wort ging Kai zurück ins Wohnzimmer und ich blieb verwirrt in der Küche stehen. Nur kurz darauf war lauter Jubel zu hören. Okay, wenn Dortmund gewinnen würde, hätte Kai später zumindest gute Laune.

Achselzuckend schnappte ich mir ein Buch und verzog mich auf den Balkon, das Wetter war immerhin umwerfend.

Irgendwann fiel ein Schatten auf mich und ich sah hoch. Robert sah auf mich hinunter. »Kai ruft mir ein Taxi. Es ist doch mehr Bier geworden, als ich gedacht hätte.«

Da ich nicht wusste, was ich sagen sollte, antwortete ich nur: »Okay.«

»Er ist ein netter Typ. Meinst du, du schaffst es dieses Mal, ihm nicht das Herz rauszureißen?« Roberts Worte trafen mich, aber ich konnte es ihm nicht einmal verübeln. Er schob noch nach: »Obwohl Kai es ja zumindest schon weiter geschafft hat als ich.« Er lächelte kurz traurig in meine Richtung. »Na dann, bis Montag«, sagte er deutlich lauter und nickte mir zu, bevor er sich umdrehte.

Kai hatte die Hände in die Hosentaschen geschoben. »Das Taxi ist angeblich in fünf Minuten schon da.«

»Alles klar. Ich warte einfach unten. Die frische Luft kann ich gut gebrauchen. Super Spiel.«

Mein Freund begleitete Robert zur Tür, ich hingegen hatte das Gefühl, dass Robert nicht wirklich wollte, dass ich mitkam. Das Buch klappte ich schon zu, denn ich ahnte, dass Kai gleich bestimmt mit mir reden wollte. Mein Magen verkrampfte sich.

Er kam zurück, zwei Bierflaschen in der Hand und reichte mir wortlos eine davon. Er setzte sich in den Stuhl neben mich und legte die Beine auf den Tisch. »Du hast wohl heute Mittag vergessen, den Heiratsantrag zu erwähnen.«

»Ach, dieses unwichtige Detail ...«, murmelte ich und knibbelte das Etikett von der Flasche.

»Unwichtig? Also ich finde es schon interessant, dass du mir erzählst, ihr hättet euch gestritten und Robert lässt kurz die Tatsachen verlauten, dass der – laut dir so harmlose – Streit sich um einen abgelehnten Heiratsantrag drehte. Warum bist du nicht einfach ehrlich?«, fragte er angespannt.

Mein Lächeln war bitter. »Nur fürs Protokoll: Ich war ehrlich. Ich habe nur die unschönen Sachen unter den

Tisch fallen lassen, weil ich nicht wollte, dass du schlecht von mir denkst.«

Er lachte. »Du bist wirklich dermaßen schräg. Du hast einfach nur eine gescheiterte Beziehung hinter dir – was ist das denn für ein Grund, schlecht von dir zu denken?«

»Das ist es ja! Ich bin emotional offensichtlich so verkrüppelt, dass ich das Ganze nicht einmal als Beziehung identifizieren konnte. Keine Ahnung, wo genau es damals schiefgelaufen ist. Ich glaube, Robert war auch etwas voreilig, er hatte vorher immerhin nicht einmal hier übernachtet. Wir sind irgendwann nach einem Firmenessen im Bett gelandet und haben das danach noch ein paar Mal wiederholt. Für mich war er einfach nur ein Kollege mit Vorzügen. Im Ernst, wirke ich auf dich wie die Frau fürs Leben?« Ich hatte mich in Rage geredet und sah Kai auffordernd an. Die kleinen Haare an meinen Armen stellten sich auf, als mir klar wurde, dass er mir keine Antwort geben würde.

Stattdessen lagen seine grauen Augen auf mir und ich hatte das Gefühl, einen wichtigen Teil der Unterhaltung zu verpassen. »Jetzt wäre ein guter Zeitpunkt, mir beizupflichten.«

Kai wandte einfach den Blick ab und nahm einen Schluck Bier. Nach einer Weile fragte er: »Hast du noch Gefühle für ihn?«

»Bist du verrückt? Die hatte ich nie – aber es wäre nett, wenn du Robert das nicht unbedingt unter die Nase reibst«, stieß ich hervor.

Mein Freund schüttelte den Kopf. »Lass mich das mal zusammenfassen: Er hat dir nach allen Regeln der Kunst den Hof gemacht, sich über beide Ohren verliebt und dir schließlich einen Heiratsantrag gemacht, du hast abgelehnt, er ist mit gebrochenem Herzen für 12 Jahre nach Australien geflohen und als Dank hast du dir auch noch seinen Job gekrallt?«

Ich legte mir die Hand über die Augen. »Grauenvoll! Ich bin ein grauenvoller Mensch!«

»Ich wünschte, ich könnte dir widersprechen. Erinnere mich daran, dich niemals zu fragen, ob du mich heiraten willst.«

Obwohl Kai nur Witze machte, beschleunigte sich mein Herzschlag. »Würdest du mich denn heiraten wollen?«

Er blinzelte und sah mich an. Unwillkürlich lehnte ich mich ihm entgegen und hielt unbewusst den Atem an.

»Netter Versuch. Ich erkenne eine Fangfrage, auch wenn sie mir so geschickt präsentiert wird. Möchtest du noch ein Bier?« Er stand auf und nahm seine leere Flasche mit.

»Lieber nicht.« Mein Kopf glühte bereits ohne die Hilfe des Alkohols. Nachher würde ich noch betrunken werden und über meine Gefühle sprechen wollen.

Am Montag war meine Laune ziemlich durchwachsen, weil das Ende des Wochenendes bedeutete, dass Kai erst einmal zu sich nach Hause fuhr. Das nervte mich immens, weil er immer noch keine Stellung zu meiner Frage nach dem Zusammenziehen bezogen hatte.

Zwar war es irgendwie klar, dass er abends wieder bei mir schlafen würde, aber dieses ewige frühere Aufstehen, damit ich ihn noch bei sich absetzen konnte, schlug mir aufs Gemüt.

Außerdem wich er dem Thema so geschickt aus, dass ich mir nicht ganz sicher war, ob er das Gespräch vielleicht einfach nur vermeiden wollte, weil er es nicht übers Herz brachte, mir zu sagen, dass er gar nicht mit mir zusammenziehen wollte.

Ich hatte die Lobby gerade durchquert, da sah ich Robert vor dem Aufzug stehen. Sofort rasselte meine Laune noch weiter nach unten.

»Guten Morgen«, strahlte er mich an und ich grummelte etwas Unverständliches zurück.

»Kann ich mit dir hochfahren? Ich habe noch keine neue Keycard«, fuhr er unbeirrt fort.

»Klar«, murmelte ich und öffnete den Aufzug für uns beide. Während ich krampfhaft die Wand anstarrte, dozierte Robert darüber, wie die Straßenführung in der Stadt sich scheinbar während der letzten 12 Jahre verändert hatte. Ihm schien gar nicht aufzufallen, wie unangenehm mir das Ganze war.

Endlich erreichten wir das gewünschte Stockwerk und als die Aufzugtüren auseinanderglitten, ließ er die Bombe platzen: »Du sollst mich einarbeiten, aber das weißt du sicher schon.«

Verständnislos starrte ich ihn an. »Nein, das wusste ich nicht.«

»Am besten zeigst du mir direkt, wo dein Büro ist.«

Abwehrend hob ich eine Hand. »Immer mit der Ruhe, es ist Montagmorgen. Als Erstes hole ich mir jetzt einen Kaffee.«

Damit ließ ich ihn stehen und versuchte, meine Aufregung in den Griff zu bekommen. Es würde doch nur ein paar Minuten dauern, ihn auf den Stand der Dinge zu bringen. Ich verstand nur nicht, wieso niemand mich informiert hatte. Im Regelfall wurde man in der Firma eher mit Memos bombardiert, als dass man Gefahr lief, etwas zu verpassen.

In der Küche lehnte Matthias, den ich jetzt dank veganem Speeddating etwas besser kannte, am Tresen, und nippte mit einem Gesichtsausdruck, der meinem ähnelte, an einer Tasse.

»Guten Morgen«, sagte ich und suchte mir einen Becher.

Er nickte nur knapp und hielt mir die Kanne hin. Dankbar ließ ich ihn für mich einschenken. Es war hundertmal angenehmer, mit Matthias hier zu schweigen, als mit Robert im Aufzug zu stehen.

Als ich es nicht mehr länger herauszögern konnte, was sich nicht herauszögern ließ, ging ich mit einem knappen Gruß aus der Küche. Doch zu meiner Erleichterung war von Robert nichts mehr zu sehen.

Bis zur Mittagspause konnte ich mich erfolgreich von Roberts Anwesenheit ablenken, der zu meinem Erstaunen ohnehin fast seine ganze Zeit im Büro des obersten Chefs verbrachte. Das sollte mir nur recht sein.

Als es an meiner Tür klopfte, zuckte ich dennoch zusammen. Ich holte tief Luft, bevor ich meinen Blick vom Bildschirm nahm. Glücklicherweise war es nur Nicole, die verlegen ihre Hände knetete.

»Störe ich?«, wisperte sie fast unhörbar und selbst ich konnte erkennen, dass sie furchtbar nervös war.

»Nein. Kommen Sie rein«, bot ich an.

Sofort winkte sie ab. »Das ist nicht nötig. Ich wollte nur fragen, ob es in Ordnung ist, wenn ich heute vielleicht ein halbes Stündchen früher gehe, um den Feierabendverkehr zu umgehen.« Sie machte eine Pause und quetschte ihre eigenen Hände noch ein bisschen mehr. »Ich habe ein Date«, platzte sie dann heraus. Ihre Wangen färbten sich rot und sie sah verlegen nach unten.

Ich warf einen kurzen Blick auf meinen Terminkalender. »Von mir aus können Sie gern jetzt schon gehen. Heute ist alles ruhig und ich wüsste nicht, was dagegen spricht.«

Aus großen Augen starrte sie mich an, wusste offensichtlich nicht, was sie sagen sollte. Sie stammelte: »Wirklich? Wäre das in Ordnung?«

»Klar. Ich habe mich schon gefragt, was es mit der neuen Frisur auf sich hat. Sieht gut aus.«

Nicoles Kopf nahm eine noch dunklere Färbung an, sie nickte schnell und drehte sich um. Vor lauter Aufregung hätte sie um ein Haar den Türrahmen getroffen, doch sie fing sich im letzten Moment und rannte praktisch aus dem Büro.

»Viel Glück!«, rief ich ihr noch unbeholfen hinterher; ohne zu wissen, ob sie mich überhaupt gehört hatte.

Als Nicole endgültig verschwunden war, klopfte ich mir in Gedanken auf die Schulter. Wenn ich die Situation richtig analysiert hatte, hatte ich gerade einen anderen Menschen völlig selbstlos zufrieden gemacht. Das war ja geradezu »nett« gewesen. Ich war auf einem guten Weg – hoffentlich.

Mein kleines Glücksgefühl hielt genau fünf Minuten vor, dann klopfte es erneut an meiner Tür. Da ich dachte, Nicole hätte vielleicht etwas vergessen, sah ich lächelnd nach oben.

Robert erwiderte mein Lächeln. »Hi, hast du Zeit?«

Sofort ärgerte ich mich, dass ich meine Aufpasserin nach Hause geschickt hatte. »Worum geht es?«

»Ich dachte, wir könnten heute Abend vielleicht essen gehen«, schlug er locker vor.

»Nein. Wenn du Fragen zur Arbeit hast, kannst du sie mir gerne jetzt stellen.« Ich lehnte mich in meinem hohen Stuhl zurück und verschränkte die Arme vor der Brust. Abwehrende Haltungen waren schließlich meine Spezialität.

»Eigentlich hat der Boss mir alles erklärt. Ich dachte nur, wir könnten uns um der alten Zeiten willen ungestört unterhalten.«

Das »Ungestört« interpretierte ich als eine nette Umschreibung für »ohne Kai«. Meine Augen wurden schmal. »Das ist keine gute Idee und ich weiß nicht, wozu das gut sein sollte. Abgesehen davon habe ich sowieso keine Zeit – Kai ist heute dran mit Kochen.« Das war eine glatte Lüge, erschien mir aber wie eine gute Idee, da es betonte, dass ich lieber Zeit mit meinem Freund verbrachte, als in alten Erinnerungen zu schwelgen. Wann hatte verklärte Nostalgie jemals zu einem guten Ausgang geführt?

Unschlüssig stand Robert in meiner Tür, bevor er schließlich die Hände in die Hosentaschen schob und sagte: »Ein anderes Mal dann.«

Statt einer Antwort lächelte ich nur starr und hoffte, dass die Aufforderung ankam, mein Büro zu verlassen. Tapfer hielt er noch etwa Minute durch, dann zuckte er mit den Achseln. »Na gut. Bis später.«

Erleichtert legte ich den Kopf auf die Schreibtischunterlage, als ich das leise Piepen des Aufzugs gehört hatte und sicher sein konnte, dass er endlich verschwunden war. Es war schon ein gewisser Vorteil, praktisch allein in einem Stockwerk zu sitzen, weil alle anderen ihre Mittagspausen unendlich ausdehnten. Hier war es wunderbar ruhig.

Trotz der Ruhe bemerkte ich, dass ich mich nicht mehr konzentrieren konnte. Immer wieder kreisten meine Gedanken um die Frage, wie ich es anstellen konnte, mit Robert zu arbeiten, ohne ihn zu ermuntern. Allein die bloße Tatsache, dass ich atmete, schien ihn schon dazu zu animieren, mir nachzustellen.

Nachdem ich eine Weile Büroklammern auf meiner Schreibtischunterlage umhergeschoben hatte, kam mir die verrückte Idee, dass ich ja vielleicht früher Feierabend machen könnte. Nicole war praktisch mit gutem Beispiel vorangegangen und nervte mich ohnehin immer mit den ganzen Überstunden, die ich einfach nicht abgebaut bekam.

Ich fühlte mich geradezu abenteuerlich, als ich den Computer ausschaltete, obwohl es nicht einmal 17 Uhr war; geschweige denn 21 Uhr oder noch später. Stattdessen würde ich noch vor 15 Uhr aus dem Gebäude spazieren.

Vielleicht würde ich irgendetwas Besonderes einkaufen und kochen. Oder ich konnte mich mit einem Stapel Bücher in meinen Sessel kuscheln. Oder ein wenig Shopping im nahe gelegenen Einkaufszentrum?

Die schier unendliche Anzahl an Möglichkeiten überforderte mich fast. Letzten Endes entschied ich mich natürlich für mein neues Komfortverhalten: nach Hause und lesen.

Beschwingt warf ich meine Handtasche auf den Beifahrersitz und suchte meine Sonnenbrille – die hatte ich nach der Arbeit noch nie benutzt, dafür war es immer zu spät gewesen. Der Gedanke sorgte für noch bessere Laune. Vielleicht würde ich mich sogar irgendwann noch daran gewöhnen, pünktlich Feierabend zu machen.

Mein Handy piepte und ich sah, dass ich eine Nachricht von Kai hatte. Zwar hatte ich die Hoffnung, dass er vielleicht auch früher nach Hause kam, doch er informierte mich darüber, dass es bei ihm sogar noch später werden würde als geplant. Ein Kollege war krank und wenn Kai seine beiden Kurse heute Abend übernahm, konnte er am Wochenende freinehmen.

Die Aussicht auf ein gemeinsames Wochenende mit viel Zeit im Bett stimmte mich versöhnlich und wenn ich ganz ehrlich war, in Gedanken lag ich ohnehin schon mit Jussi Adler Olsen auf der Couch oder noch besser: in meinem Sessel.

Nicht nur ich schien das Leben gerade zu genießen. Unterwegs sah ich jede Menge glückliche Menschen, die Eis aßen, in der Sonne entspannten und sich prächtig zu amüsieren schienen.

Sollte es etwa doch Vorteile besitzen, nicht nur zu arbeiten?

Tatsächlich döste ich beim Lesen ein und wachte mit einem sehr trockenen Mund wieder auf. Außerdem brannte mein Gesicht.

Es dauerte einen Moment, bis ich erkannte, dass es die Türklingel gewesen war, die mich geweckt hatte. Als ich an dem großen Wandspiegel im Flur vorbeikam, bereute ich meine Entscheidung, mich zum Lesen in die Sonne zu setzen, ein wenig.

Unter meinen Augen prangten zwei große rote Flecken – ich hatte mir einen Sonnenbrand eingefangen. Es klingelte erneut.

»Ja, bitte?«, fragte ich anstandshalber, auch wenn ich durch die Kameralinse schon den großen Blumenstrauß sehen konnte.

»Florale Freuden!«, flötete eine Stimme mir entgegen.

Da ich völlig überrumpelt war und mir nichts anderes übrig blieb, drückte ich die Tür auf und wartete, bis der Bote in meinem Stockwerk angekommen war. Mit einem breiten Lächeln überreichte er mir einen gigantischen Strauß Rosen.

Ich mochte keine Rosen.

Nachdem ich den Erhalt quittiert hatte, ging ich wieder hinein und versuchte, mich nicht aufzuregen. Warum hatte Kai mir Blumen geschickt? Was hatte ich vergessen? Was konnte ich ihm im Gegenzug auf die Schnelle besorgen? Warum war ich so schlecht in diesem Beziehungskram?

Nervös fummelte ich mein Handy heraus, doch auch im Kalender fand ich keinen Eintrag. Ich scrollte durch die vergangenen Wochen und Monate. War heute irgendein bedeutendes Datum? Wann hatten wir uns getroffen? Der erste Sex? Unser Wiedersehen vielleicht?

Nur wenige Momente trennten mich von einem hysterischen Anfall. Ich dachte, ich hätte meinem Freund beigebracht, mir immer eine Ananas mitzubringen und nicht so ein Grünzeug. Genervt stand ich im Flur und wusste nicht einmal, was ich mit den Blumen anfangen sollte. Hatte ich überhaupt eine Vase?

Ich beschloss, erst einmal all diesen unangenehmen Fragen aus dem Weg zu gehen, indem ich notdürftig meinen Sonnenbrand verarztete und mich weiter meinem Roman widmete. Genug Zeit hatte ich bis heute Abend ja glücklicherweise noch – mir würde schon etwas einfallen.

Ein Kuss auf die Stirn weckte mich. »Hey, Schlafmütze.«

Verwirrt schlug ich die Augen auf und blickte in Kais liebevolles Gesicht. Dann sah ich zum Wecker: Nicht einmal 21:30 Uhr und ich schlief schon wie ein Baby. »Hi«, murmelte ich und richtete mich auf. Dabei rutschte der E-Book-Reader hinunter, der noch auf meinem Bauch gelegen haben musste.

»Sag mal, was hat es mit dem Berg roter Rosen in der Salatschüssel auf sich, die auf dem Esstisch stehen?«, fragte er belustigt.

Sofort wurde mir schlecht. Ich war so damit beschäftigt gewesen, herauszufinden, was ich vergessen hatte, dass mir nicht einmal die Idee gekommen war, sie könnten nicht von meinem Freund sein. Und zu allem Überfluss war ich einfach eingeschlafen.

»Du hast sie nicht geschickt?«, vergewisserte ich mich.

»Sehe ich aus, als hätte ich viel zu viel Geld? Außerdem magst du doch sowieso keine Rosen, oder?«

Mein Herzschlag beschleunigte sich, während ich langsam den Kopf schüttelte. Es faszinierte mich jedes Mal aufs Neue, wie gut er mich kannte.

»Dann ist das wohl ein weiteres Highlight meines Tages«, verkündete ich düster. »Robert nervt mich auf der Arbeit noch zu Tode. Heute ist er auf die Idee gekommen, wir zwei könnten ja mal ungestört essen gehen.«

»Oha.« Kai rieb sich übers Kinn. »Die Blumen sind bestimmt von ihm. Vielleicht war es wirklich nicht meine beste Idee, ihn hierhin einzuladen. Aber zu meiner Verteidigung: Ich wusste ja nicht, wie gut ihr euch von früher kennt. Du erzählst nicht wirklich viel.«

»Ich denke, die Frage ist eher: Wie werde ich ihn wieder los?«, wollte ich wissen und nahm mir vor, die Rosen in die Mülltonne zu werfen.

»Links liegenlassen, alle Einladungen ablehnen und so ignorant wie möglich sein?«, schlug Kai vor.

»Das klingt nach meinem üblichen Selbst, könnte also unter Umständen scheitern, weil Robert mich ja bereits kennt.«

Mein Freund zuckte mit den Schultern. »Dann bin ich überfragt. Meine Spezialität ist es eher, die Lady für mich zu gewinnen und nicht, sie zu vergraulen.«

Seufzend kuschelte ich mich an ihn, denn mittlerweile hatte er sich neben mich auf das Bett gelegt.

»Ist das eigentlich ein Sonnenbrand?«, fragte er mit einer Stimme, die mir versicherte, dass er die Antwort schon kannte.

»Ich bin beim Lesen in der Sonne eingeschlafen«, gab ich zu.

»Schon wieder beim Lesen eingeschlafen?«, witzelte er. »Vielleicht solltest du spannendere Bücher lesen.«

»Haha! Doofkopp!«

13

Als es klingelte, zupfte ich meinen seidigen Morgenmantel zurecht. Manchmal fragte ich mich wirklich, warum ich Kai einen Schlüssel zu meiner Wohnung gegeben hatte, wenn er ihn nur nach Lust und Laune benutzte.

Egal – das Thema würde ich erst nach dem Sex anschneiden. Die Woche war so lang und anstrengend gewesen, dass ich jeden Abend todmüde ins Bett gefallen war. Nur der Gedanke an Körperlichkeiten hatte schon gereicht, damit ich noch erschöpfter wurde.

Aber heute hatte ich mich richtig in Schale geworfen, um alles nachzuholen, was mir meiner Meinung nach entgangen war. Der mitternachtsblaue Stoff reichte gerade einmal bis zur Mitte meiner Oberschenkel, während der tiefe Ausschnitt keinen Zweifel daran ließ, dass ich nichts darunter trug.

Mit meinem besten Lächeln öffnete ich die Wohnungstür, als ich den Aufzug hörte. Ich hoffte nur, dass Kai nicht wieder auf die Treppe verzichtet hatte, um mich mit weiteren Haustieren zu beglücken – obwohl ich mich schon an Friedas und Sockes Anwesenheit gewöhnt hatte. Mittlerweile ging ich morgens als Erstes an den Käfig, um sicherzugehen, dass sie noch lebten.

Schnell verlagerte ich mein Gewicht, damit die Louboutins, die ich extra für diesen Anlass noch einmal hervorgekramt hatte, besser zur Geltung kamen.

Meine Laune brach ziemlich schnell ein, als ich Robert um die Ecke biegen sah und nicht meinen Freund. Der erste Impuls war, die Tür zuzuwerfen, doch es war schon zu spät.

»Ich merke schon, du hast mich erwartet«, witzelte er unbeholfen, während er näher kam. Bei genauerem Hinsehen konnte ich erkennen, dass er ziemlich elend aussah.

»Robert, ich will meine Zeit nicht damit verplempern, so zu tun, als würde ich mich freuen, dich zu sehen. Was willst du?«

Er lächelte schwach. »Können wir das möglicherweise drinnen besprechen?«

Obwohl es mir nicht passte, trat ich einen Schritt zur Seite, denn zum einen wusste Robert ohnehin, wie ich nackt aussah – meine Nachbarn allerdings nicht, und ich hoffte, dass es so bleiben würde –, zum anderen musste ja nicht jeder mitbekommen, was er hier wollte. Ich ahnte nämlich schon, dass ich es gar nicht hören wollte.

Zwar schloss ich die Tür, ich blieb aber direkt mit verschränkten Armen stehen, um ihm gar nicht erst das Gefühl zu geben, es wäre alles okay. »Kai ist nicht hier«, klärte ich ihn auf.

»Zu Kai will ich gar nicht. Wir müssen reden.« Er schob die Hände in die Hosentaschen und betrachtete mich vielsagend.

»Worüber? Herrgott! Muss ich dir alles aus der Nase ziehen?«, fragte ich genervt. Es tat mir zwar irgendwie leid, dass ich so grob zu ihm war, aber das letzte, was unser Verhältnis brauchte, war Aufmunterung von meiner Seite.

Robert schien nach den richtigen Worten zu suchen und starrte dabei auf meinen Mund. Meine negative Vorahnung verstärkte sich.

»Ich habe noch immer Gefühle für dich.« Seine Stimme dröhnte unnatürlich laut in meinen Ohren.

»Verrate mir bitte, was mit dir nicht stimmt!«, wollte ich aufgebracht wissen. »Jede Frau würde sich vermutlich glücklich schätzen, an deiner Seite sein zu dürfen. Ich habe mich scheußlich benommen und bin so unfreundlich, wie es nur irgendwie möglich ist, und trotzdem empfindest du etwas für mich? Was muss ich tun, damit sich das ändert? Dich mit Benzin übergießen und anzünden?«

»Ich glaube, du hast nur Angst vor deinen eigenen Gefühlen und bist deshalb so abweisend.« Er lächelte mich verständnisvoll an.

»Okay, ich mache es jetzt so klar wie möglich. Meine Gefühle sind zwar Staatsgeheimnis Nummer 1, aber ich bin so nett, dir etwas zu verraten: Wenn ich überhaupt so etwas wie Gefühle verspüre, dann für Kai. Willst du wissen, wann ich das letzte Mal an dich gedacht habe?

Als ich vor zwölf Jahren dein altes Namensschild von meiner neuen Bürotür entfernt habe. Danach habe ich praktisch vergessen, dass du existierst. In meinem Universum gibt es genau eine Person, die mir am Herzen liegt, und das bin ich selbst. Verstanden?«

Robert hob beschwichtigend die Hände. »Es ist vollkommen in Ordnung, dass du emotionale Probleme hast. Die können wir zusammen bewältigen.« Er machte einen Schritt auf mich zu und streckte die Arme aus, als würde er mich umarmen wollen.

»Denk nicht einmal daran, mich anzufassen«, fauchte ich und blieb genau an Ort und Stelle stehen. Ganz sicher würde ich nicht vor ihm zurückweichen und mit dem Rücken an der Wand enden.

Der Schlüssel drehte sich im Schloss und die Tür ging auf. Kais Gesicht blieb ausdruckslos, als er zwischen uns hin und her sah.

»Bitte sag mir nicht, dass ich schon wieder eine Firmenfeier verpasst habe.«

Verwirrt blickte ich zu Robert und bemerkte erst jetzt, dass er im Anzug war. Was für mich ein normaler Arbeitsanzug war, stellte für Kai ein elegantes Abendoutfit dar.

»Nein, und dieses Mal habe ich niemanden bezahlt. Er wollte gerade gehen.« Selten war ich so froh gewesen, Kai zu sehen.

»Bezahlt?«, fragte Robert verwirrt, doch ich ignorierte ihn einfach. Stattdessen wollte ich auf Kai zugehen.

Robert interpretierte meine Bewegung falsch und nahm meine Hand. »Wir müssen reden.« Schon wieder!

Hilflos blickte ich zu meinem Freund, während ich stur entgegnete: »Es gibt nichts, worüber wir reden müssen. Geh jetzt.«

»Nein«, erwiderte Robert, was mir das Gefühl gab, eine andere Sprache zu sprechen als er. Verstand er denn nicht, was ich sagte?

Kai schaltete sich ein. »Alles klar. Sabrina hat sich sehr eindeutig ausgedrückt. Du lässt sie sofort los und siehst zu, dass du von hier verschwindest.«

Seelenruhig drehte Robert sich um. »Ich denke, sie ist nur ein wenig verwirrt. Am besten du lässt uns allein, damit wir uns in Ruhe unterhalten können. Immerhin kenne ich sie schon ein wenig länger als du.«

Bei seinen Worten wurde der Griff um meine Hand immer fester und irgendwann quiekte ich empört auf. »Du tust mir weh.«

Bevor ich die Chance hatte, zu überlegen, ob ich Robert eine Ohrfeige verpassen sollte oder nicht, krachte es.

Der Druck auf meine Finger verschwand und erschrocken sprang ich zur Seite, als Robert wie ein nasser Sack vor mir zu Boden ging. Blut sprudelte aus seiner Nase und ich sah überrascht zu Kai, der unbeeindruckt seine Hand ausschüttelte.

»Wie geht's dir?«, wollte er wissen und behielt Robert vorsorglich im Auge.

»Gut? Denke ich? Hoffentlich?« Schnell schüttelte ich meinen fragenden Tonfall ab. »Ich hole mal ein Küchentuch.«

Ohne seinen Blick von Robert zu lösen, sagte Kai: »Gute Idee. Der Boden ist schließlich frisch geputzt.«

Als ich mit einem Küchenhandtuch zurückkehrte, stand Robert schon in der Tür. Da sich Kai aber direkt dahinter platziert und die Hand auf seine Schulter gelegt hatte, bekam ich den Verdacht, dass mein Arbeitskollege möglicherweise nicht ganz freiwillig aufgestanden war. Ich überreichte das Handtuch und Robert presste es dankbar gegen seine Nase.

»Auf Wiedersehen«, sagte Kai und warf die Tür hinter ihm zu.

Zuerst schwieg ich, dann stellte ich fest: »Du hast ihn geschlagen.«

»Du hast gesagt, dass er dir wehtut«, erwiderte Kai schlicht und ging in die Küche. Als wäre nichts passiert, nahm er die Dose mit den Teeblättern aus dem Schrank und stellte eine Tasse dazu.

»Danke«, sagte ich. So ganz sicher, wie man in einer solchen Situation reagierte, war ich mir allerdings nicht.

Er nickte nur und füllte den Wasserkocher. Schließlich sagte er: »Wusstest du eigentlich, dass du beeindruckend laut keifen kannst?«

Innerhalb von Sekunden war mein Kopf rot wie eine überreife Tomate. »Du hast also die ganze Zeit auf dem Flur gestanden, alles gehört und dir den perfekten Spruch für einen lässigen Auftritt überlegt?«

Zufrieden nickte der Mann. »Klar, ich wollte ja nichts verpassen. Allerdings bin ich mir noch nicht sicher, welcher mein Lieblingsteil ist. Vielleicht der, als du zugegeben hast, dass du Gefühle für mich hast. Obwohl der Teil mit dem Namensschild vor zwölf Jahren war auch ein echtes Highlight. Ich freue mich schon darauf, die Geschichte eines Tages zu erzählen.«

Wortlos sah ich zu, wie Kai Tee aufbrühte, und betrachtete seinen breiten Rücken. Er war die ganze Zeit da gewesen. Sowieso war er immer für mich da. Warum war das ein so beruhigendes Gefühl?

»Möchtest du auch einen Tee?«, fragte er über die Schulter.

»Ich liebe dich.« Erschrocken über meinen eigenen Mut hielt ich den Atem an.

Kai verharrte für einen Wimpernschlag ruhig, dann sagte er trocken: »Das freut mich. Allerdings hatte ich nur gefragt, ob du einen Tee willst.«

Empört war ich mit zwei Schritte bei ihm und schlug ihm mit aller Kraft auf die Schulter. So sehr, dass meine Handfläche brannte.

»Du Blödmann! Ich habe gesagt, dass ich dich liebe! Jetzt musst du das auch sagen!«

Er lachte und drehte sich um. »Muss ich das?« Seine Augenbraue wanderte belustigt in die Höhe.

»Ja!« Dazu bohrte ich ihm den Zeigefinger in die Brust.

Kai grinste noch immer, zog mich in seine Arme und gab mir einen Kuss auf die Stirn. »Warum?«

Meine Angst, dass er sich so zierte, weil er in Wahrheit gar nichts für mich empfand, stieg in schwindelerregende Höhen. »Weil man das so macht!«

»Ach so!« Seine Mundwinkel zuckten. »Na, wenn das so ist: Ich liebe dich auch.«

Erleichtert hob ich ihm meinen Mund entgegen und war glücklich, dass er mich so bereitwillig küsste. Erst jetzt bemerkte ich, dass ich am ganzen Körper zitterte.

Als wir uns wieder voneinander lösten, wischte Kai mir über die Wange und ich spürte, dass eine feuchte Spur zurückblieb. »Du hast ja nasse Hände.«

Er gab ein ersticktes Geräusch von sich. »Es ist so niedlich, dass du mit deinen eigenen Gefühlen nichts anfangen kannst.«

Erstaunt legte ich die Hand an mein Gesicht. So ein Mist! Ich heulte tatsächlich. »Oh Gott«, murmelte ich nur und riss mir ein Küchentuch von der Rolle ab. Dann schniefte ich kräftig herein. »Das ist grauenvoll.«

»Ich finde es eigentlich ganz gut, wenn du dich ein wenig mit deinen Emotionen auseinandersetzt.«

»Du findest es auch besser, wenn ich Tee statt Espresso trinke. Das bedeutet nicht automatisch, dass es eine gute Sache ist.« Um meinen Stress abzubauen, lief ich ein paar aufgeregte Runden durch die Küche. »Gefühle sind scheiße«, verkündete ich.

»Pass auf, ich mache es wieder gut.«

Neugierig blieb ich stehen, allerdings vorsichtig, denn bei Kai konnte man nie wissen, was er als Nächstes vorhatte. Eine weitere Runde Speeddating brauchte ich nicht unbedingt zu meinem Glück.

Er kam langsam näher. »Du wirst es lieben.« Die Hände hatte er hinter dem Rücken verschränkt.

»Du hast schon Hasen mitgebracht – bitte sag mir nicht, dass du irgendwo ein Kind adoptiert hast.«

»Keine Sorge. Ich habe einen Säugling in der Fußgängerzone mitgehen lassen. Der kleine Racker war einfach zu süß«, neckte er mich.

»Racker? Ich glaube, du hast recht und ich brauche wirklich einen Therapeuten. Das ist ja nicht mehr auszuhalten.«

»Für einen Kuss überrasche ich dich und du wirst es mögen. Versprochen.«

Zögerlich ging ich ihm entgegen und nahm sein Gesicht in beide Hände. Zuerst knabberte ich sanft an seiner Unterlippe, bevor ich meine Lippen ganz auf seine presste. Er wollte gerade den Mund öffnen, als ich mich zurückzog.

Im ersten Moment wirkte er ein wenig empört, erinnerte sich dann aber wieder an sein Versprechen. Mit einem Grinsen präsentierte er mir eine Bestellkarte. »Dein Lieblingssushi-Laden liefert jetzt auch. Die Karte war im Briefkasten.«

»Nein!« Aufgeregt schnappte ich die Speisekarte aus seiner Hand. »Das ist ja super! Großartiges Sushi ohne andere Menschen! Der Wahnsinn! Das müssen wir gleich ausprobieren.«

»Klar. Und dann gucken wir Fußball.«

Ich nickte abwesend, weil ich schon durch das Angebot stöberte. Zwar kannte ich die Karte auswendig, aber das bedeutete ja nicht, dass es nicht vielleicht etwas Neues gab. »Fußball, geht klar. Kommt mir das eigentlich nur so vor oder kommt gefühlt jeden Tag Fußball? Aber eigentlich ist es mir sowieso egal; du kannst gucken, was du willst.«

»Du hast schon leichte Traumfrau-Tendenzen, weißt du das?«, murmelte Kai.

»Frag mal Robert. Ich glaube, er sieht das anders.«

»Eigentlich ist es mir ziemlich egal, was er denkt. Aber eins müssen wir noch machen, bevor ich in Ruhe Fußball gucken kann: Wir müssen dich dringend umziehen.«

Interessiert hob ich die Augenbraue. »Was stimmt denn nicht mit meinem Outfit?«

Dazu löste ich den Gürtel des Bademantels, der seidige Stoff fiel praktisch direkt von meinen Schultern und landete lautlos auf dem Boden.

In der kühlen Luft des Flurs wurden meine Nippel sofort hart, allerdings war ich schon längst erregt – allein auf die Temperatur konnte ich es nicht schieben. Kai beugte sich vor und saugte eine der Spitzen zwischen seine Lippen.

Der kehlige Laut, den ich daraufhin von mir gab, überraschte mich selbst. »Wir sollten zusehen, dass wir ins Schlafzimmer kommen.«

»Gute Idee«, stimmte der Mann mir zu und schob mich vor sich her. Vor der Schlafzimmertür blieb er stehen, so dicht hinter mir, dass ich seine Erektion am Po spüren konnte.

Er drängte mich langsam auf das Bett zu und ich legte mich bereitwillig hin. „Spreiz die Beine für mich.“

Mein erster Impuls war es, wie ein Schulmädchen zu kichern, so verlegen machte seine Bitte mich – obwohl es dafür absolut keinen Grund gab, immerhin hatten wir uns schon unzählige Male nackt gesehen.

Dennoch zögerte ich, bevor ich meine Schenkel öffnete und mich seinem forschenden Blick preisgab. Er bewunderte mich ausgiebig, kniete sich zwischen meine Beine auf die Matratze und strich mit den Händen über die empfindliche Haut an der Innenseite meiner Oberschenkel.

„Du bist so unfassbar sexy", murmelte er heiser. Ich hatte noch nie ein besseres oder schmeichelhafteres Kompliment bekommen.

Zuerst verteilte er kleine zarte Küsse auf meiner Haut, bevor er sich immer näher an das Zentrum meiner Lust herantastete. Ich spürte die Erregung in mir aufsteigen und fühlte mich sehr verrucht, weil ich bereits nass war und mich danach sehnte, dass er mich vögelte.

Doch Kai dachte scheinbar gar nicht daran. Seine Lippen wanderten über meine Scham und sein heißer Atem ließ mich unruhig werden. Ich versuchte mich zu beherrschen, aber je länger ich nur seine Lippen und den Atem spürte, desto nervöser wurde ich. Auffordernd hob ich ihm meine Hüften, mein Becken entgegen und alles, was ich bekam, war eine kurze Bewegung seiner Zunge. Er leckte einmal über meinen Schamhügel, streifte die Klit dabei wie zufällig mit einer hauchzarten Bewegung, die ich eigentlich nur erahnen konnte.

Irgendwann verlor ich die Geduld, griff in Kais Haare und presste seinen Kopf gegen meine Scham. Er drang mit der Zunge in mich ein und ich antwortete mit einem Seufzen, während mein Körper leicht zitterte. Kai widmete sich zusätzlich meiner Klit, massierte meine Lustperle, reizte sie, saugte an ihr.

Entsetzt hörte ich, dass mein Atem fast einem Hecheln glich. Doch mir blieb keine Zeit, darüber nachzudenken. Meine Fersen bohrten sich in die Matratze, meine Muskeln spannten sich an und ich stöhnte hemmungslos.

Kai saugte noch etwas fester und sorgte dafür, dass ich unmittelbar explodierte. Ich war noch nicht wieder auf meinem Heimatplaneten gelandet, als Kai seinen Körper zwischen meine Schenkel schob und mit einer fließenden Bewegung in mich eindrang. Ich schnappte nach Luft.

Er stützte sich auf den Unterarmen ab, senkte den Kopf und gab mir einen Kuss, der mich alles vergessen ließ. Ich schlang die Arme um ihn, öffnete meine Beine noch weiter, um ihn noch tiefer in mir spüren zu können.

Hart stieß er in mich hinein, löste sich dabei aber nicht eine Sekunde von meinen Lippen. Erwartungsvoll kam ich seinen Stößen entgegen, spürte unter meinen Fingerspitzen die Bewegungen seiner starken Rückenmuskeln.

Als ich merkte, dass sein Höhepunkt sich näherte, seine Atmung wurde flacher und er hatte diesen Ausdruck in den Augen, verbarg ich mein Gesicht an seinem Hals und wisperte leise, weil ich es einfach noch einmal bestätigen musste: »Ich liebe dich.«

Vielleicht hatte ich ja Glück und er würde es gar nicht hören ...

14

Wortlos starrte ich Nicole an, bevor ich ganz langsam den Kopf schüttelte. »Nein, ich habe keine Ahnung, warum.«

Sie zuckte mit den Achseln und nahm die drei unterschriebenen Briefe von meinem Schreibtisch. »Hätte ja sein können. Die Gerüchteküche im Haus überschlägt sich bald, wenn das so weitergeht. Aber der Boss will nicht mit der Sprache herausrücken.«

Nicole verließ mein Büro und ich nagte aufgeregt an meiner Unterlippe. Zwar freute ich mich, dass sie mich inzwischen offensichtlich irgendwie mochte, aber am Firmentratsch würde ich wohl niemals Freude finden. Allerdings brachte ich es nicht übers Herz, sie deswegen zurechtzuweisen. Dazu gefiel es mir zu sehr, gemocht zu werden – und manchmal erfuhr ich ja doch interessante Dinge.

Mein Handy in der Hand versteckt schlich ich auf die Toilette. In meinem Büro konnte ich unmöglich telefonieren; Nicoles Hörvermögen war nicht von diesem Planeten.

Nachdem ich kontrolliert hatte, ob auch alle Kabinen leer waren, wählte ich Kais Nummer. »Hi«, flüsterte ich.

Sofort klang Kai interessiert. Er kannte mich inzwischen gut genug, um zu wissen, dass ich nicht flüsterte, wenn es nicht absolut notwendig war. »Was gibt's, Zuckerschnute?«

»Nenn mich noch einmal so und du stirbst«, antwortete ich aufgebracht.

»Ich versuche doch nur, einen passenden Spitzname für dich zu finden.«

»Wie wäre es mit Sabrina?«

Er lachte leise. »Das ist langweilig.«

»Dein Problem! Jetzt hör zu: Nicole hat mir gerade Firmentratsch zugetragen und ich bin sicher, dass ich in der Hölle enden werde.«

Kai entgegnete trocken: »Das hätte ich dir auch ohne Nicoles Mithilfe sagen können.«

»Sehr witzig. Willst du es jetzt hören oder nicht?«

»Klar.«

»Die ganze Firma rätselt, was passiert ist, denn Robert hat um eine erneute Versetzung gebeten und ist seit gestern wohl schon auf dem Weg nach Australien. Eine Kollegin aus der Buchhaltung hat ihn aus dem Büro des Chefs kommen sehen und ist der Überzeugung, Roberts Nase sei gebrochen gewesen.«

Kai schwieg betroffen und ich verdrehte die Augen. »Jetzt sag nicht, dass du ein schlechtes Gewissen hast.«

»Ein bisschen.«

»Du hast mich nur beschützt und wer weiß, ob das mit der Nase überhaupt stimmt. Immerhin bauschen sich Gerüchte im Laufe der Zeit immer mehr auf.«

»Hey, ich ziele vortrefflich, okay? Und er hat dir wehgetan. Der Spinner kann froh sein, dass ich ihm nicht mehr gebrochen habe.«

»Genau. Das macht mich irgendwie an. Habe ich erwähnt, dass ich ganz alleine auf der Damentoilette bin?«, sagte ich aufmunternd.

»Du bist unmöglich«, raunte er mir zu und legte einfach auf.

Tz. Was sollte das denn? Da wollte ich schon Telefonsex initiieren und er ließ mich einfach hängen. Ein schöner Freund war er!

Seufzend starrte ich auf mein Handy-Display.

»Was ist?«, fragte Kai und veränderte die Position seiner Beine auf meinem Wohnzimmertisch.

»Mein Vater lädt zum jährlichen Essengehen.« Ich versuchte, so beiläufig wie möglich zu klingen – doch ich konnte ihn nicht mehr täuschen. Seine Augen glitzerten gefährlich, als er mich ansah. »Du willst mit, nicht wahr?«, fragte ich vorsichtig.

»Das musst du wissen, immerhin ist es ganz allein deine Entscheidung«, sagte er gelassen und folgte weiter dem Fußballspiel auf dem Bildschirm. Mittlerweile war ich hochgradig fasziniert, wie viele dieser Spiele scheinbar pro Woche übertragen wurden.

»Du erpresst mich gerade«, stellte ich schlicht fest und verschränkte die Arme. Ich konnte mich nur zu gut daran erinnern, wie Kai gesagt hatte, dass die grundlegende Bedingung für alles, was zwischen uns passierte, war, dass ich ihn an meinem Leben teilhaben ließ. Ich war zwar keine Expertin, aber mir dennoch sehr sicher, dass er mich begleiten wollte.

»Ich weiß nicht, wovon du sprichst«, grinste er nur und griff nach seiner Teetasse. »Außerdem wird es ja wohl nicht das erste Mal sein, dass ein Mann mit zu dem Essen kommt.«

»Doch«, erwiderte ich und betrachtete angestrengt meine Fingernägel.

Fast verschluckte er sich an seinem Tee. »Was? Hast du niemals deinen Freund mitgenommen? Oder hat dein Vater ein Problem damit?«

Etwas unverständlich nuschelte ich vor mich hin und strich dabei nervös über mein Bein.

»Wie bitte?« Kais Augenbrauen wanderten immer höher.

»Ich sagte, dass ich noch nie einen Mann mitgenommen habe. Grundsätzlich. Überhaupt. Jemals.« Jetzt war es raus. »Aber das solltest du inzwischen eigentlich wissen.«

»Einmal ist immer das erste Mal«, sagte Kai vollkommen selbstverständlich. Dann warf er genervt die Arme in die Luft. »Abseits? Wo war das denn Abseits? Ist der Typ blind?«

»Das war definitiv Abseits«, warf ich ein, bevor ich ihm den Finger in die Seite bohrte. »Möchtest du mitkommen? Es wird grauenvoll werden. Hölzerne Gespräche, wahrscheinlich hat mein Vater eine viel jüngere Freundin, die kein Wort sagen wird, und dann schweigen wir alle unangenehm berührt.«

»Klingt super. Sag mir Bescheid, wann ich da sein soll.«

Meine Schultern sanken nach unten. Ich war mir nicht sicher, ob ich erleichtert sein sollte, weil er mich begleitete, oder das Ganze dadurch noch unangenehmer werden würde. »Mein Vater sucht immer maßlos überteuerte und überbewertete Restaurants aus. Wenn ich

Weißwein trinken darf, um den Abend zu überstehen, darfst du den BMW fahren.« Besser ich brachte diese Verhandlungen direkt hinter mich.

Kai war nicht begeistert, aber das Auto war stärker. »Einverstanden.«

»Hast du einen Anzug?«, fragte ich noch vorsichtig, um schon einmal den erwarteten Dresscode anzudeuten.

Er rollte mit den Augen. »Ich bin 28, natürlich habe ich einen Anzug! Wenn du mir mal erlaubt hättest, dich zum Essen einzuladen, hättest du ihn sogar schon zu Gesicht bekommen.«

Ich schnappte panisch nach Luft. »Wie alt bist du?« Am Ende des Satzes erreichte meine Stimme ungeahnte Höhen und überschlug sich schließlich.

»28. Warum? Was ist daran so schlimm?« Mit einem Stirnrunzeln drehte er sich zu mir – aber das auch nur, weil der BVB sich gerade in die Halbzeitpause verabschiedet hatte.

»Ich dachte, ich wäre nicht so viel älter als du«, wisperte ich erstickt. Da hatte ich mich schon bemüht, so viel wie möglich über ihn herauszufinden, aber eine der wichtigsten Fragen hatte ich scheinbar vergessen.

Er beugte sich näher zu mir. »Wieso? Mich stört das nicht.«

Erstickt stieß ich hervor: »Aber ich bin 11 Jahre älter als du!«

»Dann darf ich dir gratulieren, du siehst wesentlich jünger aus. Eigentlich verwunderlich, wenn man deinen Lebensstil bedenkt.« Er stand auf. »Ich mache mir noch einen Tee. Möchtest du auch einen?«

Abwesend schüttelte ich den Kopf. »Aber was ist mit Kindern?« Ich erhob mich ebenfalls und folgte ihm.

Kai verharrte mit dem Wasserkocher in der Hand. »Du willst keinen Tee, aber Kinder? Jetzt sofort?«

Wütend boxte ich ihn in die Seite. Leider hatte ich dabei das Gefühl, mir selbst mehr Schmerzen zuzufügen als ihm. »Nein, du Blödmann! Aber was ist, wenn du mal Kinder willst?«

»Aha!«, triumphierend wies er mit dem Finger auf mich. »Du planst also etwas Längerfristiges.«

Empört verschränkte ich die Arme. »Darum geht es hier gar nicht. Bin ich dir zu alt?«

»Nö«, entgegnete er und suchte die Teeblätter in meinem Schrank.

Er. Suchte. Teeblätter. In meinem Schrank. Teeblätter. Während ich mit meinem elf Jahre jüngeren Freund über Kinder diskutierte. Plötzlich rauschte es laut in meinen Ohren. Mir wurde schwindelig und ich tastete nach der Tischkante.

Kai war sofort neben mir und umfasste meine Schultern. »Hey, hey! Es ist alles in Ordnung! Schön weiter atmen.«

Wie durch dichten Nebel drang seine Stimme zu mir und ich versuchte, mich auf den Klang zu konzentrieren.

»So ist es brav. Immer ruhig Luft holen, tief und gleichmäßig.«

Vage spürte ich, dass er mich auf den Küchenstuhl drückte und meine Wange streichelte. Nach einer Weile ließ der Druck auf meiner Brust nach. »Was war das?«

Kai rieb sich über das Kinn und seine Bartstoppel verursachten ein schabendes Geräusch. »Ich bin kein Experte, aber es wirkte verdächtig wie eine Panikattacke.«

»So ein Unsinn«, protestierte ich und funkelte ihn böse an.

Er zuckte nur mit den Schultern. »Du brauchst gar nicht so zu gucken – es ist ja wohl nichts Neues, dass du nicht gut mit Stress umgehen kannst. Möchtest du darüber reden?«

»Nein«, rief ich sofort. »Doch. Ja. Nein. Ich weiß es nicht«, seufzte ich. »Sollte ich darüber reden?«

»Wäre vermutlich besser. Aber du kannst mir gern eine E-Mail schreiben, wenn dir das lieber ist. Komm her.«

Er klopfte auf seinen Oberschenkel und ich nahm das Angebot dankend an. Beruhigend streichelte er meinen Rücken und ich schlang die Arme um ihn. Das Gesicht an seinen Hals geschmiegt, inhalierte ich seinen angenehmen Geruch.

»Ich bin froh, dass du hier bist.«

»Das freut mich, ich bleibe nämlich noch ein Weilchen.« Kai sagte das mit einem so liebevollen Tonfall, dass ich meine Augen fest zusammenpresste, um die Tränen am Aufsteigen zu hindern.

Am Abend vor dem Essen mit meinem Vater war ich ein nervliches Wrack. Ich tigerte in meinem Cocktailkleid durch die Küche und nippte dabei nervös an meinem Tee. Tatsächlich hatte Kai recht gehabt und ich hatte mich inzwischen an den Geschmack gewöhnt.

Wieder tastete ich nach meiner Hochsteckfrisur. Liebend gern hätte ich jetzt die eine oder andere Packung Zigaretten geraucht – aber das ging nicht.

Warum zum Teufel brauchte Kai eigentlich so lange, um sich umzuziehen? Gefühlt drehte ich schon seit einer Ewigkeit hier meine Runden. Dabei würden wir uns erst in einer guten Stunde mit meinem Vater und »Franziska« treffen.

Ich hatte keine Ahnung, wer Franziska war, und ich war mir ziemlich sicher, dass er mir vor wenigen Monaten noch von einer »Sabine« erzählt hatte – doch das war ich ohnehin gewohnt.

Zu allem Überfluss klingelte in diesem Augenblick das Telefon und auf dem Display war ganz deutlich »Mutter« zu lesen. Wie hypnotisiert starrte ich auf den Hörer und versuchte, das Klingeln nur durch meine Gedankenkraft zu unterdrücken.

»Sei still«, murmelte ich leise. »Sei still!«

»Willst du nicht rangehen?«, fragte Kai hinter mir und ich zuckte erschrocken zusammen, bevor ich mich umdrehte.

Verblüfft starrte ich ihn an. »Du siehst gut aus.«

Streng genommen untertrieb ich extrem: Er sah umwerfend aus. Der Anzug schmeichelte ihm sehr und da er in der Regel eher sportliche Klamotten trug, hatte ich das nun wirklich nicht kommen sehen. Es gelang mir nicht einmal, mein dümmliches Lächeln zu unterdrücken.

»Du meinst hoffentlich, dass ich immer gut aussehe und heute besonders gut«, tadelte er mich.

Mein Grinsen wurde breiter. »Selbstverständlich.«

»Gut.« Er nickte zufrieden und drehte sich einmal um die eigene Achse. »Dann nimmst du mich so mit?«

Ich schnalzte mit der Zunge. »So würde ich eine Menge Dinge mit dir machen.«

Er lachte. »Ich nehme die Warnung zur Kenntnis. Was ist jetzt mit dem Telefon?«

Mit kraus gezogener Nase murrte ich: »Es wird schon wieder aufhören, zu klingeln. Aber was heißt denn hier ›Warnung‹?«

»Du weichst meiner Frage aus, Sabrina.« Kai blickte mich an und verschränkte die Arme. Irgendwie sah er so noch besser in seinem schicken Anzug aus.

»Das ist meine Mutter. Ich kann mich nicht mit zwei Elternteilen an einem Abend auseinandersetzen. Außerdem hat sie den siebten Sinn, wenn es darum geht, wann ich mich mit Vater treffe. Sie würde fragen, was ich heute mache – wenn es ihr dann sage, überhäuft sie mich mit Vorwürfen. Also müsste ich sie anlügen.«

Kai sah mich traurig an, nickte dann aber verständnisvoll. »Komm her«, murmelte er und öffnete einladend seine Arme.

Dankbar schmiegte ich mich hinein und seufzte leise. Es war ein gutes Gefühl, zu wissen, dass er mich begleitete, dennoch graute es mir vor dem Abend.

»Pass nur auf, dass du nicht den Anzug zerknitterst. Du siehst übrigens auch umwerfend aus.«

»Du meinst wohl, dass ich immer umwerfend aussehe und heute besonders umwerfend«, erwiderte ich.

»Natürlich.« Dabei konnte ich das Lächeln in seiner Stimme hören.

»Möchtest du dich noch mal abpudern oder so?«, fragte Kai und schaltete den Motor aus.

Verwirrt klappte ich die Sonnenblende herunter, um in den Spiegel zu sehen. »Wieso?«

»Na, du bist irgendwie ein bisschen grün um die Nase herum.«

Wütend schlug ich auf seine Schulter. »Du Blödmann! Hör auf, dich auf meine Kosten zu amüsieren.«

»Ich denke nicht einmal dran. Wollen wir?«

Stumm nickte ich und betete, dass der Abend halbwegs glimpflich verlaufen würde. Jedes Jahr nahm ich mir vor, abzulehnen, wenn mein Vater nach dem Essen fragte. Aber ich schaffte es einfach nicht und verging dann bis zu dem angesetzten Termin in Selbsthass. Ein letzter Rest des Gefühls der Verpflichtung war offensichtlich immer noch vorhanden – und das, obwohl ich mich nach jeder Begegnung mit meiner Familie fühlte, als hätte ich nur knapp ein schweres Erdbeben überlebt.

Kai nahm meine Hand und ich lächelte ihn dankbar an. Okay, ich versuchte, zu lächeln, aber ich war mir sicher, dass er den dankbaren Teil meiner Grimasse auch so verstand. Aufmunternd nickte er mir zu, bevor er mir die Tür aufhielt.

Ich hatte den Eingangsbereich noch nicht ganz passiert, da sah ich bereits den Hinterkopf meines Vaters mit den welligen Haaren, die grundsätzlich so wirkten, als gehörten sie einem wesentlich jüngeren Mann. Vom gleichen Tisch, an dem er saß, hörte ich ein schrilles Frauenlachen. Kai spürte meine Anspannung und blickte mich fragend an.

Doch da der Empfangstyp des Restaurants direkt neben uns stand, sagte ich nur: »Guten Abend, wir werden erwartet«, und deutete mit dem Kinn auf den Tisch.

Ein Kellner führte uns zum Tisch und mein Vater erhob sich, als wir näher kamen. Allerdings konnte ich an seinem Gesicht ablesen, dass er über Kais Anwesenheit nicht begeistert war.

Dabei traf er bei mir direkt einen empfindlichen Punkt. Schließlich hatte ich mich noch nie über die jährlich wechselnden Rothaarigen beschwert, die er mitbrachte – und die in der Regel jünger als ich selbst waren.

In sicherem Abstand blieb ich stehen und lächelte matt. »Guten Abend.« Wie immer vermied ich eine Umarmung und eine direkte Anrede. Kai war da weniger gehemmt und streckte meinem Vater die Hand hin.

Nach einem kurzen Zögern, ohne etwas zu sagen, ergriff er sie und ich fragte mich flüchtig, ob Kai die kurze Unterbrechung vielleicht aufgefallen war.

Mit einer lächerlich ausgedehnten Geste richtete er seinen Hemdkragen, bevor er wieder Platz nahm. Wir hatten uns gerade gesetzt, da orderte er eine Flasche Champagner. Die Rothaarige an seiner Seite – peinlicherweise war mir in dem Moment, in dem wir das Restaurant betreten hatten, ihr Name schon wieder entfallen – reagierte darauf mit solcher Begeisterung, dass es mir schwerfiel, mir vorzustellen, dass sie in meinem Vater etwas anderes als Geld sah.

»Sabrina, was macht die Arbeit?«, wollte er nun wissen.

»Ich kann nicht klagen.« Da ich nicht mehr zu sagen hatte, klappte ich die Karte auf.

»Hast du etwas von deiner Mutter gehört?«

Obwohl ich nur den Kopf schüttelte, verdrehte ich innerlich die Augen. Die beiden waren seit mehr als zehn Jahren geschieden und lauerten trotzdem wie hungrige Piranhas darauf, dass der andere sich etwas zuschulden kommen ließ.

»Hat sie nicht angerufen?«, hakte er nach.

»Nicht seit meinem Geburtstag.« In Gedanken fügte ich hinzu: Den du natürlich vergessen hast.

»So. So.« Mein Vater klappte die Karte zu und winkte bereits dem Kellner, um zu bestellen. Natürlich interessierte es ihn nicht, dass wir anderen noch auswählten.

Mein Blutdruck stieg und ich war froh, auf Kai gehört zu haben und von Espresso auf Tee umgestiegen zu sein, sonst hätte ich vermutlich schon jetzt einen knallroten Kopf gehabt.

»Wie ist der jährliche Bonus ausgefallen?« Mein Vater war offensichtlich nicht nur bemüht, Konversation zu machen, sondern auch Kai und seine Begleiterin bestmöglich zu ignorieren.

Höflich antwortete ich erneut: »Ich kann nicht klagen.«

Als Dank bekam ich ein zufriedenes Lächeln, bevor er tatsächlich weiterbohrte: »Von was für einer Summe reden wir?«

»Bitte? Seit wann spielt das eine Rolle?«, wollte ich wissen. Das ganze Gespräch wurde immer absurder und unangenehmer. Das hatte er noch nie gefragt und ich hatte nicht gedacht, dass es ihn interessieren würde. Abgesehen davon saßen wir in einem Restaurant und während es mich nicht störte, dass Kai da war, hatte ich nicht vor dieses Thema vor der Rothaarigen Nummer 53 zu erörtern.

Gleichgültig zuckte er mit den Achseln und arrangierte seine Serviette auf dem Tisch neu. »Nur damit ich weiß, wie stolz ich genau sein kann.«

Um ein Haar wäre mein Unterkiefer auf die Tischplatte geknallt. Hatte er das gerade wirklich gesagt? Hilflos blickte ich zu Kai. Ich wollte ihm versichern, dass die Gespräche sonst zwar genauso oberflächlich waren, aber nicht ganz so unangenehm wie gerade.

Doch Kai wirkte wie immer seelenruhig. Lediglich seine Augenbrauen waren ein wenig in die Höhe gewandert.

Lag es möglicherweise an Kais Anwesenheit, dass mein Vater sich noch unmöglicher benahm als sonst?

»Keine Ahnung. Wie viel verdient denn deine Freundin?« Meine bissige Frage garnierte ich mit einem zuckersüßen Lächeln.

Im gleichen Moment schon fühlte ich mich schäbig. Ich hatte Kai zwar vorgewarnt, dass meine Familie meine extrem hässliche Seite zum Vorschein brachte, aber damit, dass ich nicht einmal eine Viertelstunde durchhalten würde, hatte ich selbst nicht gerechnet.

Mein Vater schnaubte nur. Glücklicherweise tauchte in diesem Moment der Kellner auf und unterbrach das Gespräch. Im Geiste entschuldigte ich mich bei der Begleitung meines Vaters, mit der ich bisher nicht ein Wort gewechselt hatte, und heftete den Blick fest auf die Tischplatte.

Nachdem wir alle bestellt hatten, läutete mein Vater die nächste Runde ein. »Ich habe mit deiner Schwester telefoniert.«

Nun war es an der Zeit, einen neuen Rekord im Weißwein trinken aufzustellen. »Ach ja?« Ich griff nach meinem Glas.

»Ja. Sie hat schon wieder einen neuen Freund, der nur auf ihr Geld aus ist.«

Fast hätte ich den teuren italienischen Wein über die gesamte Tischdecke gespuckt, als mein Vater bei diesen Worten zum ersten Mal heute Kai ansah. Was für ein netter Seitenhieb! Unterstellte er meinem Freund etwa, dass er es auf mein Geld abgesehen hatte?

Und was für ein Unsinn sollte das mit meiner Schwester sein? Sie war ein ökologisch-korrekt lebender Hippie, der sich nicht viel aus Geld machte – dafür aber aus Rauschmitteln. Als ich das letzte Mal mit meiner Mutter telefoniert hatte, war meine Schwester damit beschäftigt gewesen, Heilsteine zu verkaufen, um von dem Erlös ein weiteres Marihuana-Beet anlegen zu können. Momentan lungerte sie wohl irgendwo in der Nähe von Stuttgart herum.

Kai blieb immer noch ruhig und schien vollkommen damit beschäftigt zu sein, die Zitrone unauffällig aus seinem Wasserglas zu fischen. Bisher hatte er nicht einmal versucht, in das Gespräch einzusteigen. Allerdings konnte ich ihm das wohl kaum verübeln, ich wollte mich ja selbst nicht daran beteiligen.

Mein Vater zuckte mit den Schultern. »Na ja, wenigstens ist der Freund deiner Schwester ein wenig älter.«

Meine Augen wurden schmal. »Worauf willst du hinaus, Vater?«

Beeindruckt von meinem scharfen Tonfall sah Kai mich an. Die überaus dezenten Sticheleien meines Vaters schienen ihn allerdings kaltzulassen.

Laut überlegte mein Freund jetzt: »Vielleicht bestelle ich einen Tee.«

Wenn mein Vater eines hasste, dann war es, ignoriert zu werden. »In welche Klasse gehen Sie denn, junger Mann?«

»In die gleiche wie Ihre Freundin. Wir kennen uns aus der Schule«, erwiderte Kai schlagfertig. Dann drehte er sich zu mir. »Warum verpasse ich für diesen Unsinn eigentlich die Champions League?«

Mein Herz schlug so schnell und laut, dass ich glaubte, jeder im Restaurant müsste es hören. Ehe ich selbst wusste, was ich tat, stand ich auf. »Das weiß ich ehrlich gesagt auch nicht. Komm, wir gehen.«

Kai erhob sich sofort und ließ seine Serviette auf den Tisch fallen. Mein Vater stierte mich aus großen Augen an. »Du wirst jetzt nicht gehen.«

Wütend sah ich ihn an. »Warum nicht? Bekomme ich sonst Hausarrest?« Demonstrativ nahm ich Kais Hand und zusammen verließen wir das Restaurant. Dabei spürte ich deutlich den wütenden Blick meines Vaters im Nacken.

Erst draußen holte ich wieder Luft. »Oh Gott. Ich glaube, das war fünfzehn Jahre überfällig.«

Kai grinste schief. »Ich kann es kaum erwarten, deine Mutter kennenzulernen.«

»Ja, das hat aber noch Zeit – ein paar Jahre mindestens. Glaubst du mir, wenn ich dir sage, dass mein Vater sonst nicht ganz so unausstehlich war?«

»Das fällt mir doch sehr schwer zu glauben. Oder willst du mir jetzt weismachen, dass er mich aufgrund meiner unglaublich herb-männlichen Ausstrahlung als Konkurrenten betrachtet hat?«

Grinsend schlang ich meine Arme um Kais Nacken. »So abwegig finde ich die Theorie gar nicht.« Dann küsste ich ihn. Lange und intensiv. »Wir sollten jetzt ganz schnell nach Hause fahren«, flüsterte ich danach heiser.

»Eine großartige Idee«, stimmte er mir zu und nahm meine Hand.

Wäre ich nicht praktisch ins Schlafzimmer gerannt, hätten wir es sicherlich nicht mehr geschafft und einfach im Flur Sex gehabt.

Kai folgte mir belustigt und öffnete im Gehen die kleinen Knöpfe an den Hemdsärmeln. »Du kannst es wohl gar nicht mehr erwarten ...«

Statt einer Antwort grinste ich ihn nur an und drehte mich zum Bett um. Doch Kai hatte scheinbar einen anderen Plan. Er umfasste meine Taille und zog mich an sich heran. Seine Erregung war bereits zu erahnen, überhaupt strahlte sein Körper eine schier unerträgliche Hitze aus.

Mit der freien Hand streifte er die Träger des Kleides über meine Schultern. Der glatte Stoff blieb an meinen hart aufgerichteten Knospen hängen, einen BH hatte ich gar nicht erst getragen.

Kais Atem streichelte meine Haut und ich brauchte nicht viel Fantasie, um mir vorzustellen, dass er die Aussicht vermutlich in vollen Zügen genoss. Mit den Fingern strich er über meine Nippel, sorgte dafür, dass das Kleid sich löste und zu Boden fiel.

Ich legte den Kopf nach hinten und seufzte leicht. Mein Rücken war durchgedrückt, weil ich mehr von seinen Berührungen spüren wollte.

Er zeichnete Kreise auf meine Haut, streifte meine Brustwarzen immer wieder, glitt mit den Fingerspitzen an meinen Rippen rauf und runter.

Da ich einfach nicht länger warten wollte, löste ich mich aus seiner Umarmung und ließ mich auf die Knie nieder. Zielsicher fand ich den Reißverschluss und zog ihn quälend langsam auf.

Kais harter Schaft zuckte unter dem Stoff. Aufreizend sah ich direkt in seine grauen Augen, während sein Penis zwischen meinen Lippen verschwand. Kai stöhnte kehlig auf, das Geräusch fuhr ohne Umwege in meinen Unterleib.

Mit der Zunge streichelte ich die ganze Länge, umschmeichelte die samtige Spitze, bevor ich meine Lippen eng zusammenpresste.

Sein Atem ging immer schwerer, aus dem Augenwinkel sah ich, wie er die Fäuste kurz ballte und wieder öffnete. Seine Hände legten sich auf meine Schultern, sanft wollte er mich wegdrücken. Doch ich wich nicht einen Millimeter zurück, saugte stattdessen fester.

Das laute Keuchen bestärkte mich nur, mit den Fingernägeln kratzte ich über die Haut an seinen Oberschenkel, spürte wie die Muskeln sich anspannten, sein flacher Bauch sich heftig hob und senkte.

Nur noch ein paar Mal bewegte ich den Kopf vor und zurück, dann ergoss er sich weit hinten in meinem Mund, zuckte zwischen meinen Lippen.

Als ich ihn ansah, blitzten seine Augen. Er war leicht atemlos und sah mich einfach nur an. Meine Nippel wurden augenblicklich hart. Als wäre es eine Aufforderung, zog Kai mich hoch und drängte mich aufs Bett, seine

Hände begaben sich auf Wanderschaft. Er strich über die Unterseite meiner Brüste, über meinen Bauch, den Venushügel, über die Innenseite meiner Oberschenkel, bis ich die Beine von alleine für ihn spreizte.

Mein Körper reagierte völlig selbstverständlich auf ihn und manchmal fühlte ich mich, als hätte ich niemals mit jemand anderem Sex gehabt. Mein Verlangen spiegelte sich in meiner feuchten Pussy wider und ich schloss verlegen die Augen, als seine Finger in mich stießen, er mit der Hand meine empfindlichsten Stellen streichelte.

Mein Unterleib verkrampfte nur bei dem Gedanken daran, mit ihm zu schlafen, ihn in mir zu spüren, sein Gewicht auf mir zu fühlen.

Hastig richtete er sich auf und schälte sich aus dem Anzug. Ich bewegte mich unruhig unter ihm; fühlte mich so merkwürdig leer, nachdem er seine Finger weggenommen hatte.

Er legte sich wieder zu mir, schob sich über mich und sein Gewicht presste mich auf eine angenehme Weise in die Matratze. Ich konnte die samtige Haut seines harten Schwanzes an meinem Oberschenkel spüren und biss mir auf die Unterlippe, sah ihn von unten durch meine Wimpern an.

Kai lächelte und küsste mich, spielte mit meiner Zunge, bevor er dazu überging, abwechselnd an meinen Nippeln zu saugen. Das süße Gefühl bündelte sich in meinem Schoß, strahlte durch den ganzen Körper und ließ meine Glieder schwach werden.

Weich und willig lag ich in seinen Armen, spreizte meine Beine weiter, als er sich dazwischenschob. Seine Hand legte sich auf meine Pussy, sein Daumen fand die empfindlichste, geschwollene Stelle und streichelte sie. Ich schrie auf, im gleichen Moment drang Kai in mich ein. Laut stöhnte ich, denn er bewegte sich in mir, während er noch immer meine Klit liebkoste.

Der Orgasmus überwältigte mich und nur Kais Lippen hinderte mich daran, dass ganze Haus an meiner Lust teilhaben zu lassen. Ich zitterte und zuckte unter ihm; er genoss das Schauspiel sichtlich und betrachtete mich verliebt.

Sein Gewicht stützte er auf seinen Ellenbogen ab, vergrub seine Finger in meinen Locken und zwang mich so, seinem unglaublich intensiven Blick standzuhalten.

»Sag jetzt bloß nichts«, zischte ich empört.

Sein Lächeln vertiefte sich und er stieß ein weiteres Mal hart in mich. »Ich weiß nicht, wovon du redest.«

Noch immer zitterte ich und war seinen grauen Augen vollkommen ausgeliefert. Mein Inneres verkrampfte sich ein letztes Mal, zog sich eng um seinen Schwanz zusammen, mein Herzschlag jagte. Er wusste ganz genau, wovon ich redete. Aber wenn er jetzt sagte, dass er mich liebte, würde ich wie ein Schlosshund losheulen.

Statt etwas zu sagen, schob Kai eine Hand unter meinen Rücken und presste sich enger an mich. Zu gern hätte ich mein Gesicht an seinen Hals gekuschelt, doch seine andere Hand verhinderte das.

Er schnappte nach Luft und presste die Zähne aufeinander, selbst wenn ich nicht gespürt hätte, wie sein Penis in mir zuckte und das Sperma verströmte, hätte ich an seinem kehligen Stöhnen gehört, dass er ebenfalls den Höhepunkt erreichte.

Völlig ermattet blieben wir liegen und ich wagte es nicht, auch nur ein Wort zu sagen. Erst nach einer Weile brach Kai das Schweigen und ich wartete mit angehaltenem Atem ab, was er wollte.

»Weißt du, was mir aufgefallen ist?«, fragte er ganz beiläufig. Seine Stimme klang satt und zufrieden.

»Nein, was denn?«, entgegnete ich vorsichtig, denn ich war sofort auf der Hut.

»Wir haben gar nichts gegessen.«

Erleichtert ließ ich mich auf das Laken sinken. »Das stimmt.«

»Ich glaube, mir wäre nach Weißwein und Pizza«, verkündete er und strich sich über den Bauch.

Sofort beschleunigte sich mein Puls wieder. »Wirklich?«

»Ausnahmsweise, auf den Stress.« Er sah mich an und zwinkerte, während seine Finger mit einer meiner Locken spielte.

»Ach, verdammt«, stieß ich hervor. »Ich liebe dich auch.«

Sein Lächeln wurde breiter.

Wieder einmal hatte ich Kai überreden können, Sushi liefern zu lassen. Ich wartete nur darauf, dass er aus der Dusche kam, damit ich bestellen konnte. Das Zeug machte einfach süchtig. Außerdem kam heute mal ausnahmsweise kein Fußball und das bedeutete, ich durfte einen Film aussuchen. Natürlich hatte ich mich für die Verfilmung eines Thrillers entschieden, den ich vor Kurzem gelesen hatte.

Als es klingelte, ließ ich überrascht den E-Book-Reader sinken. Ich mochte es überhaupt nicht, wenn es klingelte, ich aber niemanden erwartete. Die Erfahrung hatte mich gelehrt, dass dabei selten etwas Erfreuliches herumkam.

Mein Blick fiel auf Sockes und Friedas Käfig. Gut, meistens kam nichts Gutes dabei herum, doch ab und zu machte mich klingeln glücklich.

Wie jedes Mal war ich enorm dankbar für die Kamera, damit ich zumindest schon sehen konnte, wer mich besuchen wollte. Es traf mich fast der Schlag, denn meine Mutter stand vor der Tür. Sofort begann mein Puls zu rasen.

»Scheiße«, fluchte ich leise. Was sollte ich nur tun? Ich hatte es vermutlich zu lange vor mir hergeschoben, sie zurückzurufen. Es klingelte wieder und meine Mutter starrte vorwurfsvoll direkt in die Kameralinse – als hätte sie einen siebten Sinn, der ihr versicherte, dass ich zu Hause war und sie nur nicht hereinlassen wollte.

Ich musste das Zittern in meiner Stimme unterdrücken, als ich die Taste für die Gegensprechanlage drückte. »Ja?«

»Ich bin es. Wie du auf dem Monitor sehen kannst.« Schnippisch verschränkte sie die Arme.

»Hallo Mutter«, murmelte ich und drückte die Tür auf. Was blieb mir sonst auch übrig?

Es dauerte eine Ewigkeit, bis der Aufzug sich nach oben gequält hatte. Selbst er hatte offenbar keine Lust auf den Besuch meiner Mutter.

Die Aufzugtüren hatten sich noch nicht ganz geöffnet, da kam sie bereits herausgefegt und rauschte direkt an mir vorbei. Erst, als sie im Flur stand, beugte sie sich vor und hauchte einen Kuss auf meine Wange, den ich brav über mich ergehen ließ. Dabei umwehte mich der gewohnte Hauch von Lancômes Trésor.

Irgendetwas kam mir anders vor, aber ich konnte es nicht benennen.

Sie sah sich kurz kritisch um – ob sie die laufende Dusche zur Kenntnis nahm, wusste ich nicht. »Dein Vater hat mich angerufen.«

»Natürlich hat er das. Eine kurze Frage: Ist euch klar, dass ich auf die 40 zugehe und es mir ziemlich egal ist, ob ich die nächsten Wochen kein Taschengeld bekomme?«

Meine Mutter blinzelte mich an, dann lachte sie plötzlich. »Du meine Güte! Ich war nur neugierig, wie du es geschafft hast, dass er sich so sehr aufregt. Immerhin hat er schon ewig nicht mehr angerufen – was mich übrigens nicht gestört hat.«

Das Wasser in der Dusche verstummte und dafür ging mein Puls schneller. »Er hat sich unmöglich benommen und ich hatte die Nase voll.«

Mutter deutete mit dem Zeigefinger auf mich. »Stell dich nicht dumm, du weißt genau, worum es geht. Dein Erzeuger hat sich primär darüber aufgeregt, dass du einen Mann dabei hattest.«

Meine Augen wurden schmal. »Wieso glaube ich bloß, dass er das anders ausgedrückt hat?«

Meine Mutter grinste frech, doch bevor sie etwas sagen konnte, ging die Badezimmertür auf.

Wenigstens ein Handtuch hatte Kai um die Hüften geschlungen. Ich schickte ein Stoßgebet zum Himmel.

»Verstehe«, murmelte meine Mutter und starrte meinen Freund unverfroren an. Sie machte keine Anstalten, sich vorzustellen oder wenigstens zur Seite zu gucken.

Da ich meiner Mutter ziemlich ähnlich sah, brauchte Kai kein Genie zu sein. »Guten Abend«, sagte er höflich.

»Hallo«, flötete meine Mutter und strich ihre Haare zurück. Am liebsten hätte ich sie mit dem Ellenbogen angestoßen, verkniff es mir aber.

»Bleiben Sie zum Essen?«

Entsetzt blickte ich zu Kai. War er verrückt geworden? Ich hatte die feste Absicht gehabt, meine Mutter in wenigen Minuten wieder hinauszuwerfen – und zwar, bevor sie ausfallend wurde.

Doch sie nahm mir gleich den Wind aus den Segeln, sah mich an und fragte: »Weiß ich nicht. Darf ich denn bleiben?«

Damit stand ich unter Zugzwang und das mochte ich gar nicht. Die ehrliche Antwort war wohl »Nein«, aber ich brachte es auch nicht übers Herz, Kai zweimal in der gleichen Woche zu zeigen, wie schlecht der Umgang mit meiner Familie funktionierte.

»Wenn du Sushi magst, von mir aus. Wir wollten sowieso gerade bestellen«, presste ich mir mühsam heraus.

»Machst du Witze? Ich liebe Sushi«, rief meine Mutter. Dabei gaffte sie noch immer meinen Freund an.

»Ganz toll«, murmelte ich sarkastisch und wandte mich an Kai. »Hast du vielleicht Lust, dich anzuziehen?«

Kai blinzelte aufgeregt und bemerkte erst jetzt, dass er noch immer halb nackt im Flur herumstand.

Meine Mutter machte eine wegwerfende Handbewegung. »Meinetwegen kann er so bleiben. Ist doch warm genug.« Sie zwinkerte Kai zu und ich starb tausend Tode, weil ich mich wie ein 14-jähriger Teenager fühlte.

Geschmeichelt grinste Kai, verschwand dann im Schlafzimmer und meine Mutter sah ihm verträumt hinterher. »Leider ein bisschen zu jung für mich, aber dir steht er.«

Zu verblüfft, um zu reagieren, blieb ich an Ort und Stelle stehen, während meine Mutter das Wohnzimmer ansteuerte. »Nein, was für ein toller Sessel!«

Ich folgte ihr und beobachtete, wie sie besagten Sessel ausgiebig umrundete und bewunderte. Irgendetwas war ganz eindeutig anders, doch ich konnte es einfach nicht benennen.

»Möchtest du etwas trinken?« Zumindest vorgeben, eine gute Gastgeberin zu sein, konnte ich.

»Wasser, bitte.« Sie setzte sich in den Sessel und gab ein wohliges Geräusch von sich.

Da fiel es mir plötzlich auf. Meine Mutter war nüchtern. Schnell eilte ich in die Küche und versuchte, die Information zu verarbeiten. Es war eine Ewigkeit her, dass ich meine Mutter nüchtern erlebt hatte.

Kai kam zu mir in die Küche und gab mir einen Kuss auf die Wange. Er trug jetzt Jeans und T-Shirt, nur seine Haare waren noch ein wenig feucht – bei den heißen Temperaturen würden sie schnell trocknen und selbstverständlich in perfekter Surferboy-Manier liegen bleiben, weil er so ja nicht sowieso schon umwerfend genug aussah.

»Meine Mutter ist nüchtern«, flüsterte ich aufgeregt. »Was mache ich jetzt?«

Er runzelte die Stirn. »Ist das nicht etwas Gutes?«

»Ich weiß nicht, wie ich damit umgehen soll.«

Kai legte einen Arm um mich und streichelte meine Haut. »Sei einfach ganz normal.«

Vorwurfsvoll sah ich ihn an. Was für ein bescheuerter Rat. Wesentlich lieber hätte ich mich mit dem Mund unter ein Tetrapack Weißwein gelegt und einfach laufen lassen.

Wann war mein Leben denn so stressig und voller sozialer Begegnungen geworden? Als ich mit einer Flasche Mineralwasser und Gläsern ins Wohnzimmer kam, staunte ich nicht schlecht: Kai setzte meiner Mutter gerade Socke auf den Schoß.

»Aber bitte, sag doch Marion zu mir«, bat meine Mutter ihn.

Kai nickte und reichte mir ungefragt Frieda. Ich setzte mich auf die Couch und war sehr froh, wenigstens etwas in der Hand zu haben, um mich von meiner merkwürdigen Nervosität abzulenken, die mich grundsätzlich in Gegenwart meiner Familie überfiel. Wir kraulten einige Momente lang schweigend die Kaninchen, dann fühlte ich mich wieder bereit, ein Gespräch zu führen: »Hast du dir schon etwas ausgesucht?«

»Ja, ich nehme die Kaiser-Box«, antwortete meine Mutter und streichelte dabei Socke ausgiebig hinter den Ohren.

Mein Freund stand auf. »Dann bestelle ich schnell. Du nimmst doch sicher das Gleiche wie immer, oder?«

Ich nickte abwesend, denn ich war viel zu sehr damit beschäftigt, zu ergründen, was ich mit der Tatsache anfangen sollte, dass meine Mutter in meinem Wohnzimmer saß.

Es tröstete mich lediglich, dass ich so umsichtig gewesen war, erst kürzlich eine neue Sitzgelegenheit gekauft zu haben. Andererseits: Hätte ich keinen Sessel gekauft, müsste ich das alles hier gerade nicht über mich ergehen lassen.

»Er ist nett«, sagte sie zögerlich, nachdem Kai das Zimmer verlassen hatte, um zu telefonieren.

»Du bist nüchtern«, platzte ich heraus und schämte mich im gleichen Moment.

Überrascht hob meine Mutter den Blick, dann seufzte sie schwer. »Ich habe mir Hilfe gesucht. Meine Leber war nicht mehr allzu begeistert von dem Ganzen.«

Frieda wuselte auf meinen Beinen umher und lenkte mich kurz ab. Ich fürchtete, dass die Aussage meiner Mutter nur eine Beschönigung war. »Was soll das genau heißen?«

Obwohl Kai zurückkehrte, sprach sie tatsächlich weiter. »Meine Leber und mein Herzmuskel waren entzündet – von meinem Zittern einmal ganz zu schweigen«, fügte sie trocken hinzu. Mein Magen verkrampfte sich, als sie weitersprach. »Jedenfalls bin ich in der Dusche umgekippt und habe mir ziemlich böse den Kopf angeschlagen. Es wollte einfach nicht aufhören zu bluten, also habe ich Theo angerufen.«

»Theo?«, fragte ich verwirrt.

Eine bezaubernde Röte stieg meiner Mutter in die Wangen. »Dr. Borchers.«

Mein Mund klappte überrascht auf. »Du meinst doch nicht etwa unseren grantigen Nachbarn von früher? Der angeblich immer so unfreundlich zu dir war?«

Das Rot in ihrem Gesicht wurde noch etwas dunkler. »Jedenfalls hat Theo mir eine kräftige Standpauke gehalten und mich ins Krankenhaus gebracht.«

Meine Mutter war eindeutig verknallt. Vermutlich hatte »Theo« sich um sie gekümmert, als es ihr schlecht ging. Sie wirkte auf mich deutlich ausgelassener und entspannter, als ich sie bisher jemals erlebt hatte – eine traurige und gleichzeitig aufmunternde Feststellung.

»Dann triffst du dich jetzt mit Dr. Borchers?«

Sie räusperte sich verlegen. »Ja.«

Während ich noch nach den richtigen Worten suchte, sagte Kai: »Das ist doch toll! Vielleicht können wir ja mal zusammen Essen gehen.«

Zuerst war ich wieder versucht, ein Sofakissen nach ihm zu werfen. Warum war er nur so versessen darauf, über meinen Kopf soziale Aktivitäten zu planen? Doch je länger ich darüber nachdachte, desto mehr bemerkte ich, dass der Gedanke nicht halb so furchteinflößend war, wie ich dachte. Ganz im Gegenteil: Vielleicht konnte das ja »nett« werden ...

15

»Das war merkwürdig«, sagte ich, während ich meiner Mutter hinterherwinkte, die im Aufzug verschwand.

Kai streichelte meinen Rücken. »Merkwürdig gut oder merkwürdig schlecht?«

»Das ist ja das Komische: Ich bin mir gar nicht sicher, tendiere aber zu gut.«

Ich schloss die Tür und drehte mich um, Kai ging schon ins Wohnzimmer. »Jedenfalls war das hundertmal angenehmer als das Zusammentreffen mit deinem Vater.«

Bei der Erinnerung verdrehte ich die Augen. »Das zu überbieten ist nun wirklich nicht schwer. Außerdem sagst du das nur, weil meine Mutter dich so angehimmelt hat.«

Er verzog in gespieltem Erstaunen das Gesicht. »Ich habe keine Ahnung, was du meinst – ich kann schließlich nichts dafür, dass ich so unwiderstehlich geboren wurde.«

»Igitt! Hörst du dich eigentlich selbst reden?«, lachte ich.

Kai wurde ernst. »Meinst du, sie schafft es, die Finger wirklich vom Alkohol zu lassen?«

Hilflos zuckte ich mit den Achseln. »Ich würde gern etwas Konkretes sagen, aber die traurige Wahrheit ist: So gut, um das abschätzen zu können, kenne ich meine Mutter nicht.« Ich blinzelte ein paar Mal und Kai streckte sofort die Arme aus.

»Hey, nicht weinen. Es ist alles gut. Einen Schritt nach dem anderen.«

Schnell kuschelte ich mich an ihn. »Manchmal sind mir die Schritte immer noch zu groß«, wisperte ich.

»Gut, dass du es ansprichst. Wie klingt Mittagessen bei meinen Eltern am Sonntag?«

Ich schluckte schwer. »Grauenvoll.«

»So gegen 13 Uhr.«

»Mitten in der Nacht? Das wird ja immer besser«, protestierte ich. Mir war gar nicht wohl bei dem Gedanken. So weit war ich einfach noch nicht.

Kai streichelte sanft meinen Nacken und wiederholte wie ein Mantra immer wieder: »Einen Schritt nach dem anderen.«

»Einen Schritt nach dem anderen«, stieß ich erbost hervor. »Du hast gut reden. Ich muss viel mehr Schritte machen als du!«

Statt einer Antwort liebkoste er weiter die empfindliche Haut an meinem Hals.

»Und überhaupt! Du windest dich auch aus jeder Situation, die dir nicht gefällt. Wann ziehst du zum Beispiel endlich hier ein?« Auffordernd sah ich ihn an.

Sein verfluchtes Grinsen wurde nur noch breiter. »Einen Schritt nach dem anderen ...«

In meiner Verzweiflung unternahm ich einen letzten Versuch und blieb im Türrahmen stehen. »Ach, ich wollte doch meine silberne Kette anziehen.«

Kai war dicht hinter mir stehen geblieben und lachte leise, bevor er meinen Nacken küsste. »Ich gehe sie holen.«

»Du weißt, wo mein Schmuck ist?«, fragte ich.

»Natürlich. Falls es dir nicht aufgefallen sein sollte, mittlerweile habe ich doch ein wenig Zeit hier verbracht.«

Meine Schultern sanken mutlos nach unten. Einen Versuch war es wert gewesen. Kai hatte sich bereits in Richtung Schlafzimmer entfernt, als er sich umdrehte und mir zuzwinkerte. »Außerdem bin ich nicht so blöd, nicht zu merken, dass du bloß Zeit schinden willst, bevor wir zu meinen Eltern fahren.«

Anstelle einer Antwort schnitt ich eine Grimasse und verschränkte die Arme. So ein Mist! Dabei hielt ich es vor Aufregung kaum noch aus. Eltern waren so gar nicht mein Fall und dieses Mal hatte ich zusätzlich das Gefühl, dass ich sie dazu bringen musste, mich zu mögen, weil ich Kai irgendwie mochte.

Irgendwie mochte – betroffen schüttelte ich den Kopf.

Mein Freund tauchte in der Schlafzimmertür auf und kam langsam näher. »Möchtest du mir das vielleicht erklären?«

Er hielt meinen Ehering in der Hand, der sich natürlich ebenfalls in dem Schmuckkästchen befunden hatte. Schön, dass ich ausgerechnet das vergessen hatte.

Schnell winkte ich ab. »Nö.«

»Nein? Tut mir leid, wenn das wie eine Frage geklungen hat.« Kais Miene verfinsterte sich. »Erklär mir bitte, was es mit dem Ehering auf sich hat.«

»Wir müssen zu deinen Eltern, wir sind schon spät dran.« Meine Hand lag auf der Türklinke, doch Kai umfasste meinen anderen Arm.

»Gerade wolltest du dich noch davor drücken, überhaupt hinzugehen. Die fünf Minuten für die Erklärung haben wir auch noch.«

Unruhig trat ich von einem Fuß auf den anderen. »Ich bin mir ziemlich sicher, dass es dir nicht gefallen wird.«

»Davon bin ich überzeugt«, entgegnete Kai trocken.

Seufzend nahm ich ihm den Ring ab. »Das ist meine Methode für unverbindlichen Sex.«

»Du machst Witze.«

Zu meinem großen Erstaunen grinste er mich an und schien gar nicht mal sonderlich wütend zu sein.

»Nein. Um gar nicht erst in irgendwelche beziehungsähnlichen Situationen zu kommen, trage ich den Ring grundsätzlich, bevor ich losziehe und mir einen –«, hilflos brach ich ab und suchte nach dem richtigen Wort.

Kai kam mir zu Hilfe: »Fickpartner suche?«

»Das ist aber ein hartes Wort«, murmelte ich und sah ihn an.

»Was denn? Soll ich es lieber mit einer rosa Schleife versehen?« Sein Grinsen wurde immer breiter. »Ein Mann für prickelnde Stunden mit begrenzter Haltbarkeit?«, schlug er vor.

»Um Himmels willen! Bleiben wir bei Fickpartner. Es gibt eine Menge Bars in der Stadt, besonders in Hotels, wo es von Verheirateten wimmelt, die auf der Suche sind nach einem schnellen Abenteuer. Wenn ich also einen Ehering trage, falle ich erstens nicht auf und zweitens steht gar nicht erst die Frage im Raum, wie es weitergeht. Beide sind verheiratet und das ist bereits das Ende der Geschichte.«

»Gut, dann können wir ja gehen.« Kai hielt mir die Tür auf.

»Das war es? Mehr hast du nicht dazu zu sagen?«, fragte ich verwirrt.

Er legte mir eine Hand in den Rücken und schob mich langsam vorwärts. »Überhaupt nicht. So lange du jetzt nicht nachts mit dem Ring unterwegs bist, ist mir das herzlich egal. Im Gegenteil: Eigentlich finde ich die Methode sehr clever. Mein Bruder hat mal etwas Ähnliches gemacht.«

»Was? Im Ernst? Erzähl!«, forderte ich, während ich ihm eilig über die Treppe nach unten folgte.

Mein Freund blieb abrupt stehen und ich stolperte in ihn hinein.

Als hätte er die Bewegung schon unzählige Male geübt, fing er mich einfach auf und küsste mich praktisch noch im gleichen Moment. »Ich erzähle es dir nur, wenn ich fahren darf – und du mir versprichst, ihm niemals zu verraten, dass ich seine Methode als ›clever‹ bezeichnet habe.«

»Männer«, murrte ich, warf ihm aber den Schlüssel zu.

Zufrieden ließ er sich auf dem Fahrersitz nieder. »Don hat praktisch das gleiche Experiment durchgeführt, weil meine Schwester nicht glauben wollte, wie leicht es ist, Frauen abzuschleppen.«

Ich runzelte die Stirn. »Das ist keine zufriedenstellende Erklärung.«

»Du bist wirklich pingelig. Habe ich denn gesagt, dass ich schon fertig war?«

»Aber du hast doch aufgehört zu reden«, warf ich ein.

Er lachte. »Das war lediglich eine Pause, um die Spannung zu erhöhen – hat ja offensichtlich gut funktioniert.«

»Du bist und bleibst einfach ein Klugscheißer«, grummelte ich und sah aus dem Fenster, um Desinteresse vorzutäuschen.

»Ja, aber du findest mich trotzdem unglaublich charmant.«

Gegen meinen Willen musste ich grinsen und war froh, dass ich den Kopf bereits abgewendet hatte.

»Außerdem weiß ich, dass du dir gerade mühselig das Lachen verkneifst. Aber wo war ich?« Er fuhr mit der Hand über sein Kinn. »Meine Schwester hatte Mitleid mit den armen –«

Nun suchte er nach dem richtigen Wort und ich konnte es mir natürlich nicht nehmen lassen, ihm genauso beizustehen wie er mir. »Fickpartnerinnen?«

Er lachte. »Genau. Jedenfalls hatte Mo Mitleid mit den armen Fickpartnerinnen und hat getan, als würden die Frauen keine eigene Entscheidung treffen können. Mo hat dafür plädiert, den Damen gleich reinen Wein über Dons nicht vorhandene Absichten einzuschenken, und er hat gesagt, dass er das tun würde. Sie wollte ihm nicht glauben und er hat überspitzt gewettet, dass die meisten Frauen mit Sicherheit darüber hinwegsehen, dass er ›verheiratet‹ ist.«

»Okay, verstehe. Ihr habt also einen Ring besorgt, dein Bruder hat ihn angezogen und die nächstbeste Frau aufgerissen.«

Kais Wangen färbten sich leicht rot. »Nicht, dass du jetzt einen falschen Eindruck bekommst, die nächstbeste war es jetzt nicht sofort; wir haben schon einen gewissen Anspruch.«

»Wir? Du bist mit von der Partie gewesen und hast Frauen aufgerissen? Warum überrascht mich das nicht?« Ich lächelte zufrieden.

»Entschuldige bitte vielmals, ich habe natürlich ganz vergessen, dass du die Unschuld vom Lande bist«, erwiderte Kai schlagfertig.

»Im Gegensatz zu dir scheinbar schon.«

Kai gab ein abfälliges Geräusch von sich. »Das wage ich ganz stark zu bezweifeln.«

Um ihn für seine Dreistigkeit zu bestrafen, hüllte ich mich für den Rest der Fahrt in Schweigen. Das lag aber allerdings vor allem daran, dass ich mich ganz darauf konzentrieren musste, nicht vor Aufregung meinen Magen zu entleeren. Ein Essen bei den Eltern. Grauenvoll.

Zu meinem Leidwesen bestand Kai darauf, zwei Straßen entfernt vom Haus seiner Eltern zu parken. Das konnte ich gut verstehen: der BMW, mein Alter; die Tatsache, dass er überhaupt eine Freundin mitbrachte – er wollte seine Familie nicht vollends überfordern.

Leider erinnerte mich das Ganze jetzt noch mehr an den sprichwörtlichen Gang zum Opferaltar.

Deshalb versuchte ich noch einmal, es hinauszögern. »Wann ziehst du endlich ein? Du bist doch ohnehin dauernd bei mir.«

»Anfang nächsten Monats«, erwiderte er ruhig und nahm mir komplett den Wind aus den Segeln.

»Oh! Wirklich?« Aufregung erfasste mich.

»Ja, wirklich. Vorausgesetzt, dass meine Familie dich mag.« Mit diesen Worten ließ er die Bombe platzen.

»Was?« Entsetzt sah ich ihn an und blinzelte vor lauter Stress mehrfach schnell.

»Das war ein Witz!« Sofort lachte er. »Ich liebe dich, okay? Aber ich wollte wenigstens warten, bis meine Eltern und meine Geschwister dich kennengelernt haben, damit ich nicht eines Tages nach Hause komme und sage: ›Überraschung! Ihr habt die Frau noch nie gesehen, aber ich bin bei ihr eingezogen!‹«

»Okay, das kann ich akzeptieren. So, jetzt muss ich mich konzentrieren«, verkündete ich.

Kai grinste nur. »Du musst das nicht tun. Du kannst einfach ganz du selbst sein.«

»Besser nicht. Deine Eltern sollen mich schon mögen. Meine Strategie ist einfach: Hinsetzen, Klappe halten, lächeln und schüchtern wirken.«

»Ich bin bereit zu wetten, dass du das Essen nicht durchhältst, ohne zu fluchen.«

»Was bekomme ich, wenn ich es schaffe?« Ohne Ansporn sah ich es überhaupt nicht ein, zu arbeiten.

Er dachte nach. »Ich würde davon absehen, das Thema ›Kinder‹ innerhalb der nächsten zwei Jahre anzusprechen.«

Ruckartig blieb ich stehen. »Es ist zwar gerade der denkbar ungünstigste Zeitpunkt, das weiß ich, aber ich will hier nicht unter falschen Voraussetzungen starten. Willst du Kinder?«

Mein Herz schlug bis zum Hals und ich konnte das Blut in meinen Ohren rauschen hören.

Kai sah sich um, als ob uns jemand belauschen würde, beugte sich ganz dicht zu mir: »Verrate es bloß nicht meiner Familie, aber ich hasse Kinder. Mir rollen sich schon die Fußnägel bei dem Gedanken auf, dass meine Geschwister irgendwann welche bekommen könnten.«

Er schüttelte sich und ich lächelte ihn verträumt an. »Ach, ich liebe dich so sehr.«

»Das ist doch großartig gelaufen«, verkündete ich begeistert.

Kai runzelte die Stirn. »Ich weiß nicht. Du hast immerhin kein einziges Wort gesagt.«

»Ja, aber es hat sich niemand gestritten – ziemlich das beste Familienessen, das ich jemals hatte.« Ich war fast schon enthusiastisch.

»Brauchst du vielleicht noch ein wenig Zeit, um aufzutauen?«

»Vielleicht.«

»Wie lang?«, hakte er nach. Er kannte mich mittlerweile viel zu gut.

»Keine Ahnung. So zehn bis fünfzehn Jahre, denke ich.«

Kai lachte – er hatte ja keine Ahnung, wie ernst ich es meinte. Tiefe Traumata überwand man eben nicht so einfach, bloß weil seine Familie auf den ersten Blick nett wirkte. Im Übrigen wusste ich jetzt, wo er sein Lächeln herhatte: Sein Bruder grinste auf genau die gleiche Weise.

16

Jetzt

Kai verschränkte böse die Arme. »Erstens: Das habe ich mir nicht abgeguckt. Zweitens: Worum hatte ich dich gebeten, solltest du jemals die Geschichte erzählen?«

Schuldbewusst schlug ich die Hand vor den Mund. »Tut mir leid«, nuschelte ich leise zwischen meinen Fingern hervor und er rollte mit den Augen.

»Was denn?« Gespannt beugte Elena sich auf der Sitzbank nach vorne und futterte dabei weiter Pommes frites, obwohl Stephan sich schon seit zehn Minuten beklagte, dass sie zu viel Salz zu sich nahm. Sie winkte einfach nur ab.

»Dass ich den Teil mit dem Auto auslasse«, gab ich zerknirscht zu.

Elena runzelte die Stirn. »Wieso? Das ist für ihn der *schlimme* Teil der Geschichte?«

Wortlos deutete ich auf die Miene der anwesenden Männer, die Kai vorwurfsvoll anstarrten.

»Oh«, sagte Mo. »Der BMW, richtig?«

»Davon hast du mir nichts erzählt?«, fragte Don seinen Bruder völlig fassungslos. Sein empörter Gesichtsausdruck wurde ein wenig durch das Baby geschmälert, das er auf seiner Hüfte schaukelte.

Helen winkte empört ab. »Vergesst die blöde Karre. Euch entgeht hier das Wesentliche! Sabrina ist älter als mein Mann! Was für eine Gesichtscreme benutzt du bitte?«

»Helen!«, zischte Elena vorwurfsvoll, sah mich aber im gleichen Moment neugierig an.

Don reichte Paul an seine Frau weiter, die grinste, aber wohlweislich nichts sagte. Kritisch stützte er die Hände in die Seiten. »Und was soll das heißen, dass du Kinder hasst?«

Kai warf die Arme in die Luft. »Möchtest du vielleicht den BMW fahren, mein allerliebster Bruder?«

Sofort milderte Dons Gesichtsausdruck sich. »Vielleicht.«

Helen sah mich immer noch interessiert an, dabei entging ihr vollkommen, dass Frederik sie böse taxierte. »Älter als mein Mann? Was ist das denn bitte für eine Aussage? Das klingt ja, als wäre ich nur noch einen Schritt vom Grab entfernt.«

Elena wirkte plötzlich sehr konzentriert. »Warte, warte, warte!« Kurz hob sie eine Hand. »Dann war die Party letztens zu deinem 44. Geburtstag?«

Alle starrten mich fassungslos an, als ich langsam nickte. »Ich habe mich schon gewundert, dass niemand gefragt hat. Die Vorbereitung auf die Frage nach meinem Alter hat mich mehr Zeit gekostet als die verfluchte Party.«

Mahnend hob Don den Zeigefinger und deutete auf seinen Sohn. »Ab sofort kostet es jeden von euch mindestens einen Euro, wenn ihr flucht. Bald ist Paul alt genug, zu verstehen, was ihr sagt, und ich will nicht, dass er im Kindergarten unangenehm auffällt.«

Sein ernster Vortrag wurde etwas dadurch geschmälert, dass Veronika hinter seinem Rücken die Augen verdrehte. »Das gilt für Veronika, ganz besonders für Helen und ab sofort scheinbar auch für Sabrina.«

Mo grinste mich an. »Ehrlich gesagt haben wir uns natürlich schon gefragt, wie alt du eigentlich bist – aber wir haben dann irgendwann festgestellt, dass es keiner von uns wusste. Wir haben nachgerechnet, wie lange ihr zusammen seid, und beschlossen, auf die Peinlichkeit jetzt noch zu fragen, zu verzichten.«

»Ich weiß ja nicht, wie ihr das seht, aber das ist mal eine Geschichte nach meinem Geschmack.« Helen sah in der Tat sehr zufrieden aus.

»Wie hast du es denn geschafft, das alles die ganze Zeit geheim zu halten?«, wollte Mo von ihrem Bruder wissen.

»Äh, hast du nicht zugehört? Das ist keine Geschichte, die man unbedingt herausposaunt«, murmelte ich.

Kai lachte. »Vor allem nicht, wenn du sie erzählst. So dramatisch hatte ich das alles gar nicht in Erinnerung.«

Elena klatschte in die Hände. »Klassischer Fall von ›Ende gut, alles gut‹, oder?«

Daniel hob seinen Finger und ich sagte: »Ja, bitte?« Dabei fühlte ich mich unwesentlich wie eine Grundschullehrerin.

»Wo parkt denn das Auto gerade?«

Kai stöhnte gequält auf, ich holte nur wortlos den Schlüssel aus der Tasche und warf ihn in die Richtung meines Freundes. »Bestimmt gehe ich recht in der Annahme, dass ihr jetzt alle den Blechhaufen bewundern geht und wir die nächste Runde alleine spielen.«

Gleichzeitiges Nicken war die Antwort. Nur Stephan sah gequält zwischen seiner schwangeren Frau und den restlichen Männern hin und her.

Sofort flehte Elena ihn an: »Bitte geh mit! Ich ertrage dieses Behüten ohnehin nicht mehr!«

Langsam stand er auf und Elena schenkte ihm ein süßes Lächeln. »Ich verspreche auch, nur ganz kurz mit den Handgranaten und Säbeln zu jonglieren, die ich in meiner Handtasche habe.«

Entsetzt blieb er stehen und machte schon Anstalten, sich wieder zu setzen. Doch Helen scheuchte ihn mit einer Handbewegung davon. »Jetzt geh schon! Frederik, nimm ihn mit!«

Grinsend sah ich den Männern nach, als ich mich wieder umdrehte, blickte ich geradewegs in vier sehr interessierte Frauengesichter und ein eher müdes Kleinkindgesicht. »Ich nehme an, ihr habt noch ein paar Fragen?«, seufzte ich und fügte mich in mein Schicksal. Eines Tages hatte es ja so weit kommen müssen. In Anbetracht ihrer Reaktionen konnte ich mir wenigstens gut vorstellen, ein paar Freundinnen dazugewonnen zu haben.

»Helen«, sagte Elena. »Du weißt, dass du für die unangemessenen Fragen zuständig bist.«

»Richtig. Was sollte man nie fragen, weil man damit im Privatleben der Leute herumstöbert?« Sie rieb sich über das Kinn, als müsste sie ernsthaft überlegen. »Kinder?«

Ich antwortete mit einem Kopfschütteln.

Helen legte sofort nach: »Heiraten?«

Eigentlich wollte ich genauso schnell wieder verneinen, doch ich reagierte zu langsam.

»Oha!«, rief Mo und formte mit den Fingern eine Pistole. »Erwischt.«

Nervös verschränkte ich meine Hände. »Er will nicht fragen und ich weiß nicht, wie ich es anstellen soll. Ich habe mir ja schon beim simplen Zusammenziehen einen abgebrochen.«

Helen kicherte – zuerst verhalten, dann immer lauter, bis sie schließlich vor Lachen heulte.

Ihre Zwillingsschwester rümpfte die Nase. »Das ist wirklich peinlich, Helen. Es gibt niemanden auf der Welt, der sich so witzig findet wie du dich selbst.«

Es dauerte eine Weile, bis Helen wieder zu Atem gekommen war, dann schlug sie vor: »Schreib ihm doch eine E-Mail!« Sie lachte erneut und auch Mos Mundwinkel zuckten verdächtig.

Selbst Elena konnte ihr Grinsen kaum verbergen, obwohl sie sich große Mühe gab, Helen diese Genugtuung nicht zuzugestehen. Wenigstens heuchelten sie nicht falsches Mitgefühl vor, sondern machten sich nur auf meine Kosten lustig. Damit konnte ich sehr viel besser umgehen. »Eigentlich hatte ich eher an eine SMS gedacht. Er guckt so selten nach, ob er neue E–Mails hat.«

Kai schlüpfte zurück durch die Tür. »Hey, du hast die Papiere, ist mir gerade mal so eingefallen.«

Als ich mich umdrehte, um in meiner Tasche zu wühlen, fiel mir auf, dass Helen mein Handy in der Hand hatte, während Elena erschrocken aussah. Veronikas Kopf war knallrot und Mo konnte nicht einmal dem Blick ihres Bruders standhalten.

Bevor ich mir einen Reim darauf machen konnte, piepte Kais Handy. Er zog es aus der Hosentasche und brauchte verdächtig lange, um die SMS zu lesen, die er bekommen hatte. Schließlich zuckte er mit den Schultern und sagte: »Okay. Ich dachte schon, du fragst gar nicht mehr.« Damit nahm er mir die Papiere fürs Auto aus der Hand, drückte einen Kuss auf meine Lippen und verschwand wieder.

Mit schmalen Augen sah ich Helen an. »Mein Handy. Sofort.«

Sie reichte es mir und wirkte nicht im Mindesten eingeschüchtert. Veronika tippte mir auf die Schulter. »Sollte ich Paul sicherheitshalber die Ohren zuhalten?«

Mit klopfendem Herzen öffnete ich die SMS. *»Ich finde, wir sollten heiraten.«*

Zu Veronika gewandt sagte ich: »Vermutlich wäre es besser.« Schnell legte sie ihre tätowierten Hände über die Ohren des kleinen Jungen.

»Verdammte Scheiße! Hätte ich gewusst, dass das so leicht ist, hätte ich es schon viel früher gemacht!«

Erleichtert nahm Veronika die Hände wieder runter. »Hätte ich gewusst, dass es so ein harmloser Fluch wird, hätte ich ihm die Ohren gar nicht zugehalten – obwohl Don sich wieder aufgeregt hätte, weil er es mir an der Nasenspitze ansehen würde.«

Helen deutete eine Verbeugung an. Mo wischte sich imaginären Schweiß von der Stirn. »Das hier dürfen wir niemals meiner Mutter erzählen.«

Die anderen Frauen lachten und plötzlich stellte ich erstaunt fest, dass ich miteingestimmt hatte – ohne irgendetwas vorzutäuschen. Vielleicht war ich doch nicht hoffnungslos verloren.

»Mit dem Junggesellinnenabschied wartet ihr aber gefälligst, bis ich wieder trinken darf.« Elena runzelte die Stirn und betrachtete vielsagend ihren runden Bauch.

Ich grinste nur. »Keine Sorge. Ich habe es nicht eilig. Wie wäre es, wenn wir das Ganze ›Sushi statt Strampler‹ nennen?«

Veronika räusperte sich leise und ich sagte nur: »Keine Sorge, vegetarisches Sushi ist unbedenklich, wenn man schwanger ist. Ansonsten warten wir deine Schwangerschaft von mir aus auch noch ab.«

Ertappt starrte sie mich an und es dauerte ein wenig, bis die Botschaft, die ich gerade aus Versehen in die Welt getragen hatte, bei allen ankam.

»Woher zum Henker weißt du das?«, wollte Veronika wissen und Mo hielt ihrem Neffen schnell die Ohren zu, trotzdem natürlich viel zu spät.

»Ich habe nur geraten und dann hast du dich geräuspert.«

Elena schnüffelte verdächtig und ihre Augen sahen recht wässrig aus. Veronika zeigte mit dem Finger auf sie. »Jetzt heul bloß nicht! Du weißt, dass ich dann mitflennen muss!«

»Du bist schwanger«, flüsterte Mo ehrfürchtig und strahlte in die Runde. Keine 20 Sekunden später saß ich drei heulenden Frauen gegenüber und fühlte mit großer Panik sogar bei mir die Tränen aufstiegen.

»Also, ich freue mich, ehrlich. Aber müsst ihr immer kollektiv heulen?« Helen verschränkte genervt die Arme. Dann sah sie zu mir und sagte verächtlich: »Verräterin.«

Ich schluchzte leise und fragte mich ernsthaft, wo dieser emotionale Kollaps herkam – dann gab ich auf und die Tränen liefen in Strömen. Selbst Helen zwinkerte verdächtig oft.

In diesem Moment ging die Tür auf, ich tupfte mir die Wangen mit einem Taschentuch ab und blickte in eine Runde verblüffter Männergesichter. Frederik fand als erster seine Sprache wieder. »Helen! Was hast du gemacht?«

»Gar nichts!«, rief sie empört. Ich zog nur vielsagend die Augenbraue hoch, um sie an ihre SMS an meinen Freund – jetzt wohl zukünftigen Mann – zu erinnern, und sie ergänzte kleinlaut: »Nicht viel.«

Daniel seufzte. »Keine 5 Minuten kann man euch alleine lassen.«

Mo warf ihm einen funkelnden Blick zu. »Ich kann nichts dafür, mit den ganzen Schwangerschaftshormonen hier im Raum.«

Kai sah belustigt zu seinem Bruder. »Nichts als Ausreden, Schwesterherz. So viele Hormone wird Elena wohl kaum versprühen.«

»Ich versprühe hier gar nichts«, protestierte Elena aufgebracht. »Außerdem bin ich ja nicht die Einzige hier, die schwanger ist.«

Alle außer Don, der plötzlich ausgesprochen ertappt wirkte, sahen verwirrt in die Runde, bis Veronika sich schließlich erhob. »Schuldig im Sinne der Anklage.«

Mein Freund rollte gespielt genervt mit den Augen. »Toll, noch mehr Kinder.« Zur Strafe bekam er von seinem Bruder einen Schlag auf die Schulter und ich nahm zufrieden zur Kenntnis, dass er wenigstens zusammenzuckte, wenn Don ihn schlug; bei mir zeigte es nämlich nie Wirkung.

Inmitten der Glückwünsche, die jetzt verteilt wurden, nahm Kai mich in die Arme. »Wer hat dein Handy geklaut?«, fragte er dicht an meinem Ohr, sodass nur ich ihn hören konnte.

»Helen, aber das ist okay.« Ich gab ihm einen Kuss auf die Wange.

»Sicher?«, hakte er nach und streifte mit seinen Lippen dabei mein Ohr.

»Absolut. Irgendwann wäre ich ja nicht mehr darum herumgekommen, dich zu fragen.« Dabei legte ich die Arme um seinen Nacken.

»Weißt du, was ich an dir am meisten schätze?«

Ich grinste Kai an. »Das wird eine lange Liste.«

Er küsste mich. »Natürlich, aber ich fange mit dem Wichtigsten an: Du bist die unromantischste Frau, die ich kenne.«

»Es könnte sein, dass ich mir diesen Titel mit Helen teilen muss. Sie hat immerhin am längsten durchgehalten, als hier alle angefangen haben zu heulen.«

Kai lachte. »Von mir aus. Aber es ist schön zu sehen, dass du auch bei anderen Chaos verbreiten kannst und nicht nur mir das Leben schwermachst.«

»Dir mache ich das Leben aber am liebsten schwer.«

»Ich liebe dich auch.«

ENDE

Liebe Leserin, lieber Leser,

danke, dass Du Dir die Zeit genommen hast, mein Buch zu lesen. Ich hoffe, es hat Dir gefallen und ich konnte Dir ein paar nette Stunden bescheren – denn darum geht es mir, wenn ich schreibe.
Vielleicht hast Du an der einen oder anderen Stelle gedacht, dass eine bestimmte Figur noch gar keinen Abschluss, gar kein Happy End bekommen hat. Deswegen möchte ich Dir an dieser Stelle versichern: Es wird ein Wiedersehen geben. Versprochen.

Bis dahin bleibe ich natürlich nicht untätig. Alle Neuigkeiten von meinen Büchern und mir findest Du

auf meiner **Homepage**
http://www.natalierabengut.com

auf **Facebook**
https://www.facebook.com/rabengut

auf **twitter**
https://twitter.com/rabengut

3819088R00134

Printed in Germany
by Amazon Distribution
GmbH, Leipzig